뉴 라이프

New Life

7

뉴 라이프 7

송윤미 판타지 장편 소설

초판 1쇄 찍은 날 § 2002년 12월 20일
초판 1쇄 펴낸 날 § 2002년 12월 30일

지은이 § 송윤미
펴낸이 § 서경석

편집장 § 문혜영
편집책임 § 김희정
편집 § 장상수 · 박영주 · 권민정 · 이종민
마케팅 § 정필 · 강양원 · 이선구 · 김규진

펴낸곳 § 도서출판 청어람
등록번호 § 제1081-1-89호
등록일자 § 1999. 5. 31
어람번호 § 제1-0332호

주소 § 경기도 부천시 원미구 심곡1동 350-1 남성B/D 3F (우) 420-011
전화 § 032-656-4452 팩스 § 032-656-4453
http://www.chungeoram.com
E-mail § eoram99@chollian.net

ⓒ 송윤미, 2002

값 7,500원

ISBN 89-5505-263-4 (SET)
ISBN 89-5505-558-7 04810

송윤미 판타지 장편 소설

뉴 라이프

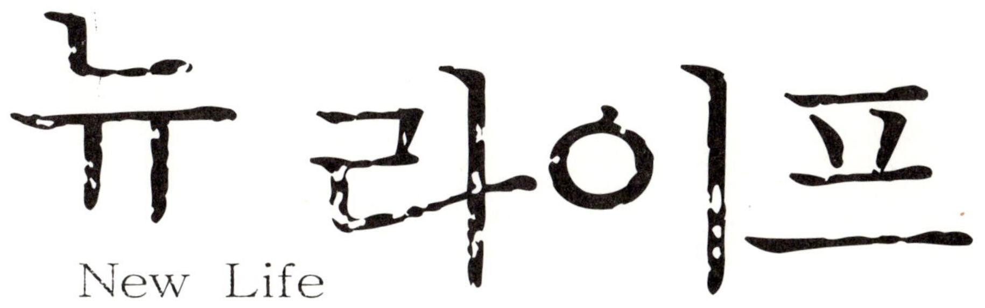

New Life

7 완결
이어지는 뉴 라이프

도서출판
청어람

CONTENTS

 아자! 대망의 수학여행!

맑은 바닷빛 하늘.

영롱한 푸른 물결 같은 새털구름과 하늘이 너무나 아름다워 세상까지 맑게 느껴지는 하루의 시작이다.

오늘도 역시 좋은 아침.

여름이 한창인 날, 더욱 짙어가는 초록 녹음에 이제 본격적으로 여름 방학임을 실감나게 만드는 때가 요즘이다. 그런데 생명과 활기가 최고조에 이르는 한여름의 숨소리가 청소년(靑少年)이라는 단어에서 푸른 여름의 대표 글자 '청(靑)'이 똑같이 들어간 아이들의 마음을 가만 놔둘 리가 없었다.

가슴이 울렁거려서 당장이라도 산으로든 바다로든 배낭 하나만 간편하게 짊어지고 떠나고픈 충동을 일으키는 이 계절!

모든 것이 생기를 찾는 이 기적의 계절.

“냐하하하하하하하하~!!”

그런데 이 경망스런 웃음소리는 무엇이지?

꺄륵꺄륵꺄륵~ 꺄루룩~!!

그리고 그 웃음소리와 보조를 맞추는 인간이 아닌 또 다른 종의 비슷한 류의 울음소리.

아차! 한데 이 새의 소리는 지금 막 들려온 누군가의 웃음소리와 비슷하게 ‘냐하하’ 라는 똑같은 느낌이건만 꼭 울음소리라고 표현해야 할까? 하지만 새는 ‘운다’ 고 하지 ‘웃는다’ 라고 하지 않으니까.

“야, 이 바보 새야. 넌 왜 따라 웃고 난리야? 글구 날갯짓 좀 하지 마! 우푸풋!! 털 날리잖아!”

끼룩?

맑고 창대한 하늘을 거쳐 널따란 숲을 지나 아름다운 대저택이 보여지자 그곳의 어느 창문 밖으로 한 소년의 목소리가 흘러나온다. 물론 어리둥절해하는 삑삑거리는 새끼 매의 대꾸도 역시.

“흠, 뭐 어쨌든… 이제 수학여행이다, 수학여행~!! 냐하하하~”

삐삑! 삑!

‘주인님 좋으면 나두 좋아~’ 라고 말하고 있는 듯, 좀 전 제후가 야단칠 때까진 고개를 갸우뚱거리던 녀석이 다시 민제후가 웃음을 터뜨리자 또다시 똑같이 따라 웃는다. 둘 다 푼수 같다.

금웅. 다른 사람들 앞에서는 의젓하고 고고하며 똑똑하다 못해서 영물 소리를 들으면서 왜 민제후 앞에만 서면 이렇게 어리광쟁이에 말썽쟁이로 변해 버리는지…….

‘어라? 이 녀석 봐라?’

제후는 침대 위에 앉아 앞으로 얼마 안 남은 수학여행 갈 물품을 정리하는 자신의 무릎에 찰싹 달라붙어 눈을 반짝반짝 빛내며 머리를 부 벼대는 새끼 금붕의 작태에 눈을 가늘게 떴다. 무슨 속셈으로 이러는 지 제후의 눈에 빤히 다 보였다.

"아무리 귀여운 척해도 이번엔 소용없어, 임마."

삑?

"안 돼. 너, 나랑 같이 못 가. 더구나 우리 나라 땅도 아니고 중국이 라고, 중국! 비행기 타고 갈 건데 널 어떻게 데려가냐? 공항에서 걸리 면 '아, 이건 제 도시락입니다요. 예? 근데 왜 살아 움직이냐고요? 그 거야 신선도를 유지하기 위해서죠. 하하하'. …이러란 말이냐?"

어깨를 으쓱하며 '게다가 맛도 없을 거야' 라고 중얼대는 폼이 진짜 미식가적인 그런 류(?)의 생각을 안 해본 것 같지는 않은 소년이지만, 어쨌든 결론은 데려갈 수 없다였다.

하지만 그렇게까지 말함에도 역시 미련을 못 버리고 애처롭게 올려 다보는 끈질긴 둘기의 눈초리에 제후가 고개를 획 돌려 그 맹금보다 더 매섭게 쳐다보며 쐐기를 박았다.

"그럼 너 거기까지 날아올 수 있어? 있어? 없지? 네가 철새도 아니 고. 아하~ 정~말 안타깝네."

삐… 익…….

결국에는 모가지를 떨구는 둘기.

이번에야말로 주인하고 같이 가서 신나게 놀고 싶었는데…

그러나 슬픔과 좌절로 삐쳐서 팩— 돌아선 둘기는 아랑곳하지 않고 민제후란 이름의 소년은 방글방글 웃으며 들떠서 벌써부터 가방을 쌌 다 풀었다를 계속하고 있었다. 그런데 그때 울리는 전화 벨소리.

"여보세요?"

제후가 ‘누구지?’라는 얼굴로 침대 머리맡에 있는 전화기를 집어 들어 귀에 가져다 대자 듣기 좋은 소녀의 음성이 들려온다.

《제후니? 나, 예지.》

“어, 그래. 왜?”

무슨 일로 한예지가 전화를 다 했을까? 맨날 틱틱거리면서.

《아니, 그냥. 뭐 하나 해서. 방학하고 한동안 못 봤잖아. 그, 그리고 며칠 있으면 수학여행도 가니까… 아, 그래! 내가 반장이잖아. 그래서 준비 잘되고 있나 전화해 본 거야. 호호호.》

“아~ 그래?”

《그, 그래.》

“흐음~”

《뭐야, 그 이상한 신음 소린. 지금 믿지 못하겠다는 거야? 그리고… 내가 전화하면 안 돼?》

“…누가 뭐랬냐?”

찡그린 목소리로 되물어오는 예지에게 제후가 무심한 듯 싸늘히 대답했다.

조용히 가만있어도 뭐라 그러고, 또 뭐라고 말한다 해도 쨍알쨍알 시끄러우니 그럼 도대체 뭘 어떻게 해달라는 것인지… 제후는 도통 알 수가 없다.

‘그리고 내가 뭘 어쨌다는 거야?’

《이… 너 같은 건… 흑… 너 같은 건 정말 딱 질색이야. 남의 마음도 몰라주고. 방학하고 축제 이후로는 전화도 한 통 안 했었으면서. 흑 흑… 이 나쁜 놈.》

‘이젠 우냐?’

전화기 너머에서 들려오는 떨리는 한예지의 음성에 민제후가 이번엔 쓰러질 듯 비틀거렸다.

'그러니까 여기서 왜 내가 나쁜 놈이 돼야 하는 건지 누가 설명 좀 해줬으면 좋겠는데…….'

피곤하다. 하여튼 여자들이란…….

정말 미스터리하고 알 수 없는 존재가 여자라는 종족이다. 그렇게 파워풀하고 힘이 넘쳐 보이던 그녀들이 어째서 그가 생각하기엔 별것도 아닌 퉁명한 몇 마디 말에는 그렇게 쉽게 눈물을 뚝뚝 떨구는 것인지. 생각할수록 머리 속이 뒤집어지고 현기증이 날 지경이다. 방학하고 나서는 더 돌아버리겠다.

'제길… 왜 조금만 뭐라 하면 저렇게 되는 거냐고! 내가 뭘 어쨌다고! 그래~! 한예지, 차라리 그런 식으로 날 고문하지 말고 전처럼 때려라, 때려! 차라리 날 패!!'

그런데 무엇보다 그녀들의 눈물이 민제후의 가슴을 지끈지끈 아프게 해서 제후가 감히 거역할 엄두를 낼 수가 없다는 것이 문제였다.

'헤휴~ 내 팔자야.'

"그래그래. 내가 다~ 잘못했어. 내가 죽일 놈이다. 잘못했다구."

《그치! 역시 네가 잘못했지? 잘못한 거 맞잖아. 훌쩍.》

'응. 그 잘못이 뭔진 잘 모르겠지만. 쿨럭.'

그래서 결국 자포자기한 한숨과 함께 한 손으로 이마를 짚으며 전화기에 어쩔 수 없어 달래듯 중얼대는 소년이었다.

어쩌다가 여기까지 휩쓸려 온 건지… 비밀로 유지되고 있긴 했지만 그래도 대외적으로 민제후란 인물은 한 나라의 경제 흐름까지 뒤바꿔 놓을 수 있는 아시아의 대(大)기업의 총수, 최고 수장인데.

"우씨… 네가 왜 우냐. 나야말로 울고 싶다, 마."

《응? 뭐라고?》

"아, 아무것도 아니야. 그래, 다 내 업보인 게지. 후후후… 누구 탓을… 크흐흑……."

생각보다 더 꽉 잡힌 제후였다. 미래가 걱정된다.

어쨌든 한 가지 다행인 것은 예지의 목소리가 어느새 다시 밝아져 있다는 것인데, 제후는 그 사실만으로도 이상하게 자신의 마음이 편안해지는 것에 의아해하면서도 좋은 게 좋다는 생각에 걸쩍지근한 기분들을 털어버리고 마지막엔 피식 웃을 수 있었다.

역시 한예지라면 보통 여자애들처럼 훌쩍이거나 애교 부리는 것보다 박력있게 화내거나 소리치는 모습이 더 한예지답다. 그래서 그렇지 않을까? 장난이라도 저 녀석이 눈물을 보이면 마치 병이라도 걸린 것처럼 심장 한쪽 언저리가 저려오는 건. 요즘 같아선 그 증세가 점점 더 심해지는 게 아무래도 진짜 무슨 큰 병에 걸린 것이 아닐까 의심이 가기까지 하는 소년이다. 전생에 중년의 생까지 살았으면 뭐 하나. 그쪽 방면으로는 우주 제일의 둔치에 완전 숙맥이니.

《뭐, 좋아. 어쨌든 네가 잘못했다니까 내가 넓~은 아량을 가지고 용서해 줄게. 호호호~ 대신에 다음에 만나면 네가 그날 하루는 전부 풀코스로 책임지고 나 집까지 바래다줘야 해. 알았지? 음, 물론 이건데.이.트.라는 건 아니고 친.구.로서야. 그러니 절.대. 오해는 하지 말았으면 해. 절.대.로. 오해하지 말라고. 친.구. 사.이.에 같이 밥 먹고 놀러 다니고 데려다 주는 거니까. 알았지? 호호호호~》

"그, 그래……."

민제후, 수화기 너머에서 다시 한껏 밝아진 목소리로 예쁘게 웃음을 터뜨리는 소녀를 느끼고 식은땀과 함께 생긋 웃으며 이렇게 생각했다.

'저 마녀.'

귀에 못이 박히도록 전부터 했던 얘기지만 제후는 정말 여자가 싫었다. 아니, 사실은 싫다기보다…

《참, 타이밍을 놓쳐서 잊고 있었는데, 지금 뭐 하고 있었어, 제후야~?》

'한예지… 그렇게 갑자기 다정하게 부르지 마. 무서워.'

…무서웠다.

"으, 응. 여행 준비. 수학여행 간다니까 뭘 가져가야 할지 몰라서. 물론 장혜… 아하하, 아니, 어머니가 해준다고 나서긴 하셨지만 그대로 맡겨뒀다간… 어떤… 이, 이상한 것들이 가방을 가득 채울지도 모르고."

그렇다. 어쩌면 '알리알리 샬라셩' 이라는 이름의 성질 나쁜 카나리아나 '요리조리 구댕이' 라는 이름의 눈만 뜨면 아무 곳에나 구멍 파고 들어가 숨는 소심한 페릿 등이 여행 가방 안을 차지할지도 모른다. 얼마 전부터 너무 자기 멋대로인 샬라셩이나 극도로 소심한 구댕이 페릿은 외국물을 좀 먹고 견문을 넓혀야 된다느니 뭐니 하며 장혜영 여사가 제후 앞에서 마치 누구 들으라는 듯 큰 소리로 말하는 걸 들었으니… 그때 제후가 모르는 척하며 애써 TV에 열중하는 체하느라 얼마나 비지땀을 흘렸던가! 둘기도 떼어놓고 가는 처지에 수학여행까지 가서 어머니 애완 동물 산보시키는 건 죽어도 하기 싫었다.

게다가 그것들은 다들 주인을 닮았는지 하나같이 성격들이 뭐(?) 같아서…….

《그래? 그럼 준비는 다 끝났어?》

"아니, 아직. 뭘 넣어가야 할지 잘 모르겠다고 했잖아. 아하하하."

며칠 뒤 학교 친구들이랑 함께 떠나는 여행을 생각하니 다시 입가에 헤벌레 웃음이 떠오른다.

어쩌면 좋을까? 어쩌면 좋을까? 요즘 제후는 너무 들떠서 밤에 잠도 안 왔다. 여행이라니, 그것도 같은 또래들과 함께 떠나는 수학여행이라니! 그것은 그가 예전부터 동경하고 동경하던 꿈과 추억. 나이가 들어 중년이 되고 점차 자신의 세력을 확장해서 이제 남부럽지 않게 살 수 있게 되었다고 자부하게 되었을 때도 절대 가질 수 없었던 것이 바로 그것들이었다. 그래서 전생에선 완전히 포기하고 쓸쓸함과 함께 무조건 잊으려고만 했던 단어였는데… 한데…….

'아싸붕!! 음하하하하하~!! 진짜 열심히 놀다 올 테다! 중국 대륙이여, 기다려라! 내가 간다!'

한예지의 마녀 행각으로 인해 서렸던 한기와 서리가 다시금 룰루랄라 수학여행이라는 단어로 해동되자 민제후의 반짝반짝 밝음도 다시 되살아나기 시작했다. 난생처음 가는 해외 여행.

《하지만 특별히 가져갈 것도 없잖아. 수학여행이니까 사비는 너무 많이 가져가지 말고, 또 호텔에서 머물 거니까 간단하게 짐을 꾸려도 될 거야. 웬만한 건 다 거기에도 있거든. 아참! 그리고 여권은 만기가 안 지났는지 확인해 보는 것도 잊지 말고. 혹시 지났으면 빨리 갱신해야 하니까.》

"에? 어라라?"

걱정된다고 챙기는 예지의 말이지만 그저 잔소리라 궁시렁대며 흘려듣던 제후가 여권 갱신이라는 소리에 귀가 쫑긋 반응했다. 처음 듣는 소린데…….

전화기와 전화기 사이에서 한동안의 침묵이 오가자 민제후의 손아 귀에 잡혀 있는 작은 수화기에서 한참 뒤에 불안한 검은 오로라를 가득 머금은 가느다란 소녀의 음성이 새어 나온다.

《뭐야, 민제후. 설마 너 혹시…….》

"아하하… 고등학교 수학여행에 여권이란 게 필요한 거… 였나?"

묻기는 했지만 솔직히 답은 알고 있었다.

'그렇군. 여권이라, 여권. 후훗, 당연하지. 해외여행인데. 그럼, 당연하고말고. 필요할 테지. 그런데…….'

"우아이아악!! 그런데 왜 난 그것을 까맣게 잊고 있었을까? 생각조차 안 하고 있었다니!"

그거야…

'비행기란 걸 타본 일이 있었어야지!!'

민제후가 머리를 붙잡고 괴로워하다 바닥으로 털썩 쓰러졌다.

지금 웃고 있을 때가 아닌 것이다. 그리고 사태의 심각성을 예지도 곧 깨달았는지 금세 시끄럽게 잔소리를 퍼부어대기 시작했다.

《이 바보, 멍충아―!! 그럼 내가 오늘 전화 안 했으면 진짜로 큰일 날 뻔했던 거잖아! 아니, 그보다 이제 준비해서 어떻게 여권 발급을 일정에 맞추냔 말야! 어쩜 좋아! 난 몰라, 이 바.보.야!!》

귀가 따갑다.

《아흐! 내가 정말 너 땜에 못살아, 못살아―!!》

뚜뚜뚜…….

"…끊어졌군."

그래도 다행인 것은 전화기를 내던지진 않았나 보다. 무엇인가 깨지거나 부서지는 소리와 함께 통화가 끊어진 것은 아니니.

'쳇! 벌써부터 바가지라니. 그나저나 진짜 여권은 어떻게 하지? 그러고 보니 학교에서 나눠 준 가정 통신문에 그런 비슷한 내용이 있었던 것 같긴 한데. 그때 자세히 좀 볼걸. 쩝! 그냥 귀찮아서 어디 책 사이에 접어서 끼워놓고 까먹고 말았잖아. 그럼 이제 어쩌지?

뭐, 길이 없진 않을 테다. 힘들겠지만 김 비서한테 부탁하면 어떻게든 될 것 같기도 하고, 또 진짜진짜 희박한 가능성이지만 정말 악운이 겹치고 겹쳐서 성전그룹 총수 비서실에서 해결하지 못하는 어이없는 사태가 빗어진다고 해도 여차하면 예지한테 매달려도 좋을 듯. 뭐니뭐니 해도 한예지의 아버지께서 외무부에 계시니 그쪽으로도 줄이 닿는 곳이 있을 게다. 아무리 세상이 변했다고 하지만 역시 한국이란 나라에서 줄과 빽이라는 것이 얼마나 유용하고 편리한 것인가!

"뭐야, 그럼 간단하잖아. 걱정도 팔자라니까."

다른 사람들이 들었다면 '네가 너무 단순한 거야!' 라며 때려주고 싶을지도. 그냥 '깜박' 했다는 이유 하나로 성전그룹 총수 비서실 재원들을 동원하거나 외무부를 동원할 생각을 하는 인간이 제정신이냐고 머리를 쥐어박아 주는 신동민이 지금 이 자리에 없다는 것이 아쉬울 뿐이다.

한데 그때 울리는 전화 벨소리.

"이번엔 또 뭐야?"

금빛 머리칼의 소년의 미간이 찌푸려졌다.

또 누군가가 잔소리를 목적으로 건 건 아닐 테지?

"예, 여보세요. 아, 김 비서로군. 그런데 왜……."

어떤 의미에선 똑같은 부류의 잔소리꾼이겠지만 그래도 다행히 여자는 아니다. 하지만 그것에서 안도의 미소를 지으려던 민제후는 다음 순간 들려온 김 비서의 목소리에 안색을 굳혔다.

"뭐?"

금빛 머리칼이 흘러내린 민제후의 새하얀 얼굴이 더욱 깨끗해지는 듯 표정이 사라져 갔다.

"내 아버지가……."

이것은 전혀 생각지도 못했던 뜻밖의 소식.

"…귀국?"

＊　　　　＊　　　　＊

끼이이잉―

비행기 동체에서 바퀴가 내려오고 영종도에 있는 대형 활주로로 그 거대한 기체가 미끄러지듯 착륙한다.

인천 국제공항.

21세기 동북아의 관문이자 세계화의 전진 기지가 될 것임을 매 순간마다 다짐하는 것만 같은 아름다운 국제공항이다. 이곳이 고급스런 시설과 유리로 만들어진 건물이기에 채광이 좋고 아름다우며 조형미가 뛰어난 장소라는 것은 둘째 치고라도 한국과 세계를 잇는 거대한 길목으로서 창대한 하늘 위로 각국의 수많은 항공기들이 셀 수도 없이 뜨고 내리는 장면… 단지 그것만으로도 너무나 장관이었다. 그리고 오늘도 어김없이 이 인천 국제공항에는 저 먼바다 건너에서 들어오는 수많은 비행기들이 착륙하고 승객들은 한국 땅에 대망의 첫발을 디디고 있었다.

"하지만 너무 갑작스럽긴 하군."

김성민은 핸드폰 폴더를 닫으며 중얼거렸다.

자신도 뒤늦게 소식을 듣고 황급히 마중 나왔기 때문에 이제야 저택에 계신 도련님에게 핸드폰으로 연락을 드리게 된 것이 당황스러웠다. 조금 전 핸드폰으로 들렸던 도련님이 놀라서 들이키는 숨소리가 아직도 뇌리에 남아 여운을 남긴다. 현재 김 비서도 아까의 민제후 못지않게 누군가의 귀국에 상당히 많이 놀라고 있는 중이었다. 그러나 그것만큼이나 약간의 흥분을 느끼고 있는 것도 또한 사실.

'민승재 씨.'

장혜영 아가씨의 부군이자 현재 독일의 뮌헨 대학에서 인문학 교수로 재직 중인 인물.

몇 년 만인가? 드디어 마주하게 되는 것이다, 그 인물이 민제후라는 소년과. 바로 자신의 아들과.

민승재는 과연 어떤 반응을 보일까?

너무나 변해 버린 자신의 아들을 보고 어떻게 반응할까?

김 비서조차도 기억 속에서 옛날의 민제후라는 소년을 찾아보다가 그때와 너무나 다른 지금의 이미지를 깨닫고 깜짝깜짝 놀라는데.

존재만으로도 그 주변을 점점이 빛으로 물들이고 그 밝음과 깊이, 사람을 빨아들이는 힘, 인재들이 저절로 모여들게 하는 범상치 않은 카리스마를 지닌 그 소년의 존재. 현재 전무후무한 최연소 그룹의 총수이며 그 고고하고 콧대 높은 장씨 가문의 가주.

인격마저도 예전과 전혀 다른 사람이 된 민제후라는 이름의 그 소년에게 어느 순간부턴가 경외감과 무조건적인 신뢰를 보내고 있는 자신을 발견하고 놀라곤 하는데… 그런데 그것을 모르는 그 소년의 친부(親父)는 그것을 어떻게 받아들일까?

무척이나 궁금하다.

사실 김 비서는 성전그룹에 입사하고 나서 몇 번인가 그를 본 적이 있었다. 하지만 그 사람은 보면 볼수록 '알 수 없다'는 느낌이 강한 인물이었다.

알 수가 없었다. 정말로 알 수가 없었다.

그 사람을 무엇으로 정의하면 좋을까?

부드러운 사람 같지만 수수께끼 같은 위인. 가족이나 친인척조차 없고 정말로 아무것도 없는 밑바닥에서부터 시작했으나 이제는 그가 속해 있는 학문적 분야에서 인정받고 있는 학자이다. 그리고 뭇 남성들의 부러움을 받으며 그 아름답고 도도한 세계 음악계의 퍼스트레이디 장혜영의 사랑을 차지한 유일한 남자이기도 하고.

'그러고 보면 정말 대단한 분이셔. 예전엔 미처 인식하지 못했지만.'

지금 그가 모시고 있는 상관 민제후 회장의 친아버지.

정말로 정신없을 정도로 민승재에게는 여러 개의 수식어가 붙었다. 어떻게 생각하면 대단하고 또 어떻게 생각하면 어이없고 재미있다. 말도 많고 탈도 많았던 만큼 별별 이야기가 그의 이름으로 떠도는 것까지 따진다면… 민제후의 부모인 그들의 어린 시절 러브 스토리는 지금의 성전 저택의 하녀들 사이에서 아직도 전설로 남아 있을 정도니.

민승재 그 자신은 스무 살일 때, 그리고 장혜영은 아직 열여섯 어린 소녀였을 때 일이라지? 미국의 어느 대학 캠퍼스에서 로맨틱하게 처음 만난 그들은 한눈에 반해 운명처럼 거침없는 사랑에 빠졌고 당시 국비유학생이었던 갓 스무 살 먹은 민승재는 폭풍 같은 장씨 문중의 거센 반대와 간계에도 불구하고 그녀를 얻어낸 남자라고(지나가다가 저택 하녀들이 모여서 꺅꺅거리며 수다 떠는 걸 들은 적이 있었다. 하나 그녀들의 말도 안 되는 닭살스런 이야기를 백 퍼센트 믿는다면 바보라고 생각하며 식은땀을 흘렸던 기억이……).

사실 여부는 알 수 없지만, 어쨌든 민승재는 그 엄청난 장씨 가문의 힘과 권력에도 끝끝내 자신의 여자를 지켜낸 남자임은 틀림없다!

'그렇지만 민 교수님은 거침없거나 강한 성격은 절대 아닌데… 그래, 어쩌면 그분은 혜영 아가씨에게 끌려온 것일지도… 맞아, 그게 더 신빙성이 있겠군. 그런 소문은 세월의 흐름에 따라 구전에서 미화되어 버리니까. 아하하, 그래도 너무 심하게 포장되고 미화됐어.'

도대체 어떤 이야기였기에?

뭐 어쨌든, 그렇다면 민승재 교수는 대단하다기보다 같은 남자로서 동정을 표해야 할 듯하다. 아니, 아니다. 아무리 그래도 그 대책없는 민제후의 아버님이시니 뭔가…

"이런!"

김 비서는 길고 긴 상념에 빠져 있다가 마침내 쓸데없는 생각들을 털어버리듯 고개를 흔들었다. 그리고 마침 공항 청사를 울리는 안내에서 독일편 비행기가 도착한 것을 깨닫고 황급히 손목시계로 시간을 살폈다.

'벌써 시간이 이렇게! 나올 때가 훨씬 지났는데…….'

그때였다. 마치 김 비서의 생각을 읽기라도 한 듯 게이트가 열리고 입국한 사람들이 쏟아져 나왔다.

머나먼 타국 땅에 있다가 돌아와 가족과 친지들에게 환영받는 사람들도 보였고 관광객인 듯 여행의 즐거움에 들떠 있는 외국인들도 보였다. 사업차 방문하는지 조금은 딱딱하게 긴장한 양복 입은 비즈니스맨들의 모습도 간간이 보인다.

그런데 도대체 민승재 씨의 모습은 어디에?

"앗! 김 비서님, 저기."

그때 '민승재 교수님'이라고 쓰인 종이를 들고 게이트에서 빠져나오는 승객들을 이리저리 살피던 비서실 직원이 다급하게 김 비서를 불렀다. 그리고 그 목소리에 다른 쪽을 바라보던 김 비서가 고개를 돌리고 눈을 반짝 빛냈다.

찾았다!

"어서 오십시오, 민승재 교수님."

김 비서는 절도있는 걸음으로 게이트에서 나오는 한 사람에게 다가가 가볍게 목례를 했다.

김성민 앞에 있는 사람은 가벼운 캐주얼 니트 옷차림이 너무나 잘 어울리는 남자. 크지 않은, 간편한 여행에 딱 알맞은 크기의 여행 가방을 끌고 나타난 그는 부드러운 인상의 청년이었다. 염색하지 않은 천연 브라운의 머리칼과 눈동자는 그의 온화한 인품을 대변하는 듯 편안하기만 하다. 그리고 단정한 얼굴 선과 타고난 기품은 익숙한 것이 그들이 알고 있는 그 어느 누군가와 너무나 많이 닮아 있었다. 민제후란 이름의 그 누구.

역시 부자(父子)지간이란 것인가?

한데 고등학생 아들이 있다고 하기에는 너무 젊어 보인다. 오히려 민제후의 아버지라고 하기보단 큰형이라고 하면 더 믿을 것 같은 외모의 이 사람. 물론 장혜영 여사도 다 큰 아들을 둔 유부녀로 전혀 보이지 않으니 그것이 공평할지도.

'하지만 마지막으로 봤던 7년 전 모습 그대로라니… 세월이 비껴가기라도 한 것 같군.'

"아! 당신은 장인어른의……."

그때 다갈색 눈동자가 온화한 그 청년이 오래전에 몇 번 잠깐 마주친 적밖에 없는 김성민 비서실장을 알아보고 얼굴에 빙긋 웃음을 띠었다. 잔잔하게 미소 짓는 표정이 따뜻한 봄날의 미풍처럼 너무나 부드럽고 온화하다.

특별히 이목구비가 눈길을 잡아끌거나 뛰어나지는 않지만 이 정도면 핸섬한 편에 속할 듯. 민제후와 닮았지만 객관적인 생김새만 따진다면 오히려 민제후보다 조금 더 잘생겼다고 할 수 있을 것 같다. 솔직히 제후는 그 튀는 머리 색깔만 아니라면 오히려 평범한 측에 드는 외모니까.

"예, 알아보시는군요. 회장님을 보필하는 김성민이라고 합니다. 오랜만에 뵙습니다, 민 교수님. 미리 연락을 주셨으면 다른 분들께서도 마중 나오셨을 텐데… 죄송합니다."

"아닙니다. 혹시나 그럴까 봐 일부러 알리지 않았던 건데. 이런, 그런데 진짜 어떻게 아셨습니까?"

김 비서의 사과에 민승재가 반색하곤 손을 흔들면서 소리없이 웃는다.

"교수님께서 계신 대학에서 조교수 되시는 분이 본가로 연락을 주셨더군요. 도착하시는 대로 뮌헨에 연락을 취해달라고 메시지 남기셨습니다. 하지만 그 소식도 저희는 조금 전에서야 겨우 전해 듣고 이렇게 허둥지둥 마중을 나왔습니다."

"마중은 무슨. 괜찮은데. 그리고 어차피 가족들이 알았다 해도 공항으로 나왔을 거라 생각지 않으니까요. 후후, 집사람은 아직도 화가 안 풀렸을 테고 거기다 내가 몇 달이 가도록 연락조차 안 했으니 기대도 할 수 없죠. 게다가…….”

그런데 그 순간, 많아봐야 이제 겨우 30대 초, 중반으로 보이는 민승재의 얼굴에 처음으로 아버지의 얼굴이 떠오른 것 같았다.

“제후, 그 아이한테서 그런 걸 기대하기 어렵고. 그 아인…….”

가족 간에 패인 골. 하나 씁쓸하지만 깊은 정이 담긴 따뜻함.

물론 아주 찰나간이었기에 그를 마주하고 있는 사람들도 착각이겠거니 하고 넘겨 버렸지만.

그리고 다음 순간에 민승재는 얼핏 보면 따뜻한 미소일 뿐인, 그렇지만 사실은 그 속뜻을 알 수 없는 애매모호한 미소를 얼굴에 잔잔히 뿌리며 가볍게 대꾸했다.

“절 싫어하죠.”

아들이 자신을 싫어한다는데 어떻게 저리 웃으며 말할 수 있는 걸까?

김 비서는 겪으면 겪을수록 민승재라는 인간에 대해서 뭐라고 단정 내리기 어렵다는 사실을 마지못해 인정했다.

특별히 자신을 감추는 것도 아니다, 저 사람은. 저것이 원래 모습일 것이다. 마치 미지근한 온수(溫水)에 온몸이 담가져 있는 듯한 부유 감각을 전해주는 이도 저도 아닌 느낌의 인물. 정신이 멍해지도록… 잔잔한…….

“내 아들이지만 왜 그렇게 나를 싫어하는지 저도 모르겠군요. 김성민 씬 그 이유를 아십니까?”

대답을 기대한 질문이 아니라는 것을 알았지만 김 비서는 미간에 내천(川) 자를 그리며 솔직한 심정을 토로했다.

“…교수님의 귀국을 도련님이 사전에 미리 아셨다면 직접 마중 나오셨을 거라 생각됩니다. 예전의 제후 도련님이 아니니까 말입니다.”

아마 호기심에서라도 구경 나오지 않았을까? 기억 상실증에 걸린 이후로 부모님에 대한 것은 물론 그 자신의 가족사까지 깡그리 모두 잊어버렸으니.

‘그러니 지금의 도련님 성격으로는 분명 콧노래를 부르며 공항으로 마중 나왔을 거야.’

김 비서는 ‘냐하하하하~’ 라고 장난기 가득한 웃음을 터뜨리며 누구보다 활기 차고 밝은 민제후를 떠올리고 헛웃음과 허탈함이 섞인 감정 표현을 간신히 참았다. 그리고 의아한 표정을 짓는 민승재를 보고 다시금 예의 바른 보좌관의 모습으로 되돌아와 길을 인도했다.

세상에서 그 어느 것도 구속할 것이 없어 보이는 그 소년이 어릴 때 이후 얼굴도 거의 보지 못했던 아버지라는 존재와 만나면 어떤 일이 벌어질지 궁금해졌다. ‘알 수 없는’ 사람과의 만남이 어떤 반향을 불러일으킬지 기대가 되었다.

*　　　　*　　　　*

“음… 아버지라… 아버지… 흐음…….”

한편, 성전 총수 저택은 큰손님이 오시기에 북적북적 시끄러워지고 있었다. 사위는 백 년 손님이라고 하지 않은가! 그렇게 따진다면 이곳 성전 저택은 민제후의 외가이자 장혜영 여사의 친정이 되니 민승재 교수가 사위로서 손님이 되는 것은 당연하다. 뭐, 현재 이 저택이 민제후의 소유가 되었다 하여도.

하여튼 그렇게 손님맞이로 바쁘게 움직이는 직원들 사이로 한 소년이 팔짱을 끼고 뭐라고 궁시렁대며 밖을 향해 어슬렁어슬렁 걸어나가고 있었다. 화려한 왕성 같은 대저택에서 벗어나 동양적 정취가 아름다운 정원이 있는 단아한 한옥 저택인 동쪽 별관으로 향하는 소년의 모습은 반짝이는 금실이 섞인 밝은 갈색 머리칼만 보아도 누구인지 한눈에 알아차릴 수 있었다. 바로 현재 이 저택의 주인이자 가주인 민제후.

하지만 오늘따라 신기하게도 더욱 단정하고 멋진 차림새다. 특별한 일이 없는 한 되도록 집에선 편한 면바지에 면티 위에 남방 하나만을 걸치고 돌아다니던 그 아이가 오래간만에 귀공자 같은 세련된 디자인의 의상을 입고 있었다. 정장은 아니지만 그러한 옷차림에 머리카락 한 올까지 흘러내리지 않게 깨끗히 정리했으니 이제야 그런대로 상류층 귀한 가문의 도련님답게 보인다 할까?

"호오~ 때 빼고 광낸 티가 좀 나는데? 나도 이렇게 빼입으니 신동민하고도 인물을 견줄 수 있겠는걸. 야~ 참 잘~생겼다~ 냐하하하하!!"

제후가 자신의 모습이 어색한지 뒷머리를 긁적이며 개구쟁이 웃음을 터뜨린다. 아니, 사실은 혹시라도 머리 모양이 흐트러질까 봐 실제로 긁적이진 못하고 흉내만 내었다.

남편이 귀국한다는 소리에 처음엔 멍해 있던 장혜영 여사. 그러나 곧 보통 여자들처럼 홍조가 떠오른 소녀 같은 얼굴로 어쩔 줄 몰라 허둥대다가, 그 모든 걸 소처럼 멀뚱멀뚱 관조하는 제후를 발견하고 눈을 번뜩이며 반강제로 아들을 꽃단장시키던 그녀가 잔잔한 연못에 투영되듯 떠올랐다. 그리고 당연히… 반항이란 있을 수 없었다. 또 반짝반짝하게 광을 낸 그 모습에서 머리카락 한 올이라도 고의로 흐트러뜨린다면 각오하라는 그녀의 협박 때문에 온몸이 근질근질해도 꾹 참을밖에.

'한데……'

보통 여인처럼이라니… 평범한 여자의 반응이라니… 그 천상천하 유아독존 장혜영 여사가 얼굴을 붉혀?

피식 웃음이 터져 나온다. 어이없지만 정말 유쾌한.

'귀여운 어머니.'

그렇다면 아버지는 어떨까?

제후는 학생 때 이런 여인을 아내로 맞아 지금까지 20여 년을 다독이며 살아온 그 아버지란 존재에 대해 진심으로 존경을 표하고 싶었다.

"내게 가족이라……."

어떤 느낌일지…

'모르겠다.'

가족이란 것을 가져 본 적이 없던 제후는 그 느낌을 잡아내기 어려웠다. 너무나 막연해서.

전생에 피는 이어져 있지 않지만 가족이라고 생각했던 아이들과는 피멍으로 얼룩진 감정으로 찢어져 인연이 다했으니.

'사실 이제 내겐 그런 인연은 없는지도 몰라. 가족이라니… 나한테 어울리지 않잖아.'

게다가 처음부터 자신의 몫이 아닌, 원판의 몫인 인연을 억지로 자기 것으로 만들려다가 밀쳐 내지면 얼마나 아플까?

어쨌든 이런 건 빙글빙글 가볍게 웃는 가운데 떠올리는 생각으론 너무 어울리지 않았다. 이제 와서 아빠, 엄마가 어쩌고 가족이 어쩌고 하는 것이 우스울지도 모르고. 그냥 지금까지처럼 이렇게 적당한 선을 그어놓고 편하게 지내면 될 것을.

그런데 그때,

삐이이익―

파란 하늘 높이 날아다니던 금응의 긴 울음소리가 메아리로 들려왔다. 제후가 그 소리에 상념에서 깨어나 높이 고개를 들어 하늘을 바라보니 황금빛으로 빛나는 아름다운 새끼 매 한 마리가 무언가를 경계하며 공중을 선회하다 내려오고 있었다.

저것은 가까운 지역에 수상한 사람이 나타났다는 뜻.

제후가 한쪽 팔을 내밀자 금응이 그 위로 푸득푸득 날갯짓을 하며 제법 의젓하게 내려앉았다.

"쉿!"

제후는 자신의 팔 위로 내려앉은 금응이 평소답지 않게 잔뜩 독이 올라서 심한 경계로 울어 젖히려 하자 달래듯 조용히 시켰다.

'침입자?!'

낯선 기(氣).

물론 오늘 손님이 오시기로 되어 있지만 그것은 저택 쪽이지 지금 이 소년과 금응이 있는 동쪽 별관의 위치는 아니다. 게다가 지름길이 있긴 하지만 차가 다닐 수 있는 길은 성전 총수 저택에서 적지 않게 떨어진 장소. 그런데 이런 곳까지 알지 못하는 낯선 이가 들어오다니. 저택에 수많은 고용인들이 있어 혹시 그들 중의 하나가 아닐까 하는 생각도 들지 않은 것은 아니지만 제후는 곧 속으로 머리를 저었다.

절대 그럴 리 없었다. 오늘 그들은 보통 때의 몇 배나 바쁜 날이기에 시간도 없을 뿐더러 가주의 측근들조차도 출입이 제한되어 있는 이곳 동쪽 별관까지 허가없이 난입할 이도 없기 때문이다.

제후가 두 눈을 파란 살얼음처럼 차갑게 침전시키며 조용히 온몸의 감각을 완벽하게 개방시켰다.

시각, 청각, 후각, 촉각 등.

예리하게 주변을 훑어가며 침입자의 위치를 살폈다. 그러자 엷은 실바람에 바스락거리는 풀잎의 움직임들까지 정확하게 한눈에 들어오고, 땅에 떨어지는 나뭇잎 소리가 들려오며, 바람이 자연스럽지 못한 장애물을 만나 어색하게 휘돌아 지나가는 불안전한 느낌과 그것에서 실려오는 미세한 낯선 향기까지 포착할 수 있었다. 그리고 그렇게 극대화된 감각에서 종합되어 들어오는 정보는 이미 위치가 파악되어 있는 그 낯선 침입자에 대해 눈으로 직접 보는 것보다 더욱 많은 것을 알려준다.

'훗! 재밌는데? 나랑 한번 놀아보겠다는 건가?

기(氣)를 보건대 상대는 일부러 자신의 위치와 기척을 드러내며 반응을 끌어내고자 한다는 걸 알았다. 제후는 마치 그 자리에 원래부터 뿌리 내리고 서 있던 나무처럼 존재하면서 오랜만에 목 뒤의 솜털까지 오싹하게 곤두서게 하는 날카로운 긴장을 즐기며 차가운 미소를 입 끝에 걸었다.

"살기는 없지만……."

'단번에 제압해 주지! 이것이 시험이라면 더욱더!!'

그 순간,

파샤샷!

민제후란 소년의 형체가 새끼 금웅이 갑자기 날아오르는 사이 꺼지듯 사라졌다. 그리고 그 뒤의 가까운 수풀 한 켠에 마치 순간 이동이라도 한 듯 갑자기 나타나는 금빛 형체!

상대를 제압하기 위함이 일차적인 목적이지만 결코 가볍게 흘릴 수 없는 주먹이 상대를 나무 쪽으로 몰아붙이며 연타로 날아 올려치는 팔꿈치가 맹렬한 힘을 담고 상대방에게 쏟아져 들어갔다.

'걸어온 시험 받아주지! 정체를 밝혀!!'

파파팡!

"꾸엑—!!"

"에?"

근데 너무 쉽게 성공하는 공격?

"어, 어라?"

'뭐, 뭐야? 왜 이렇게 약한 거지? 그럴 리가… 아까 분명…….'

제후는 어이가 없을 정도로 너무나 쉽게 들어간 공격에 멍청해졌다. 적어도 피하려고 한다던가 막아내려는 등의 어떤 반응이 올 것이라고 생각했는데 이것은 전혀 무방비하게 민제후의 공격을 고스란히 받고, 또 완벽하다 못해 처절하게 제압당한 것이다. 이것은 어떻게 보더라도 민제후의 공격을 까맣게 예상치 못했다고밖에 볼 수 없는 상황.

하지만 제후는 기가 막힐 뿐이다. 말도 안 되는 그 상황에 멍해졌다.

정말 착각이었나?

"케엑… 꼬르륵……."

"우아아앗!! 이봐요, 형! 정신 좀 차려봐!! 그리고 당신 누구야! 왜 하필 거기에 있어갔구… 아악! 아니야, 안 돼! 죽지 마! 죽지만 마!!"

헤롱헤롱.

정말 이 표현밖에 생각나지 않았다.

따뜻한 인상의 가을 낙엽 같은 부드러운 갈색 머리칼을 가진 청년이 민제후의 손에 완벽하게 제압되어 날아가 정신을 잃고 헤롱대고 있었다. 그리고 그것을 식은땀을 흘리며 바라보고 있는 금빛 머리칼의 한 소년도 그곳에 있었다.

결국 민제후란 소년은 자신이 나무숲으로 날려 버린 한 청년을 발견하고 패닉 상태가 되어서 자기 머리를 부여잡고 허둥지둥 정신없이 왔다 갔다 할 수밖에 없었다.

성전 총수 저택의 청정 숲은 오늘도 또 다른 비명을 맑은 메아리로 멀리멀리 전하고 있었다.

"우꺄꺄꺄~ 나 어떡해~!! 일반인을 상대로 기(氣)를 날려 버렸어!! 이봐, 당신! 죽지만 말라니깐!!"

"정말 너무해… 내가 뭐 알고 그랬나? 그러게 누가 숨죽이고 몰래몰래 다니래? 이씽~ 정말 다들 너무한다고……. 난 정말 몰랐단 말이야. 게다가 거기는 출입 금지 구역이었다구. 당연히 침입자라고 생각할 게 뻔하잖아. 쓸데없이 그런 델 어슬렁거리며 나타난 아버지 탓이지… 왜 나만 갖고 난리야……. 난 정말 억… 울해……. 아이고~ 난 정말로 억울해~"

웅장함과 화려함의 극치. 권력의 위용을 뿜어내는 대성전 저택. 그런데 오늘 그런 그곳과 어울리지 않는 음침한 목소리가 성전 저택에서 새어 나오고 있었으니, 이게 무슨 일인지…….

'아, 바퀴벌레만도 못한 삼수 생활 끝에 간신히 대학에 붙어 미팅과 여대생이라는 울림도 너무나 좋은 단어와 함께 펼쳐질 호화스런 대학 생활의 꿈, 그것을 안고 대망의 입학식장에 가기 위해 양복까지 쫙 빼 입은 그가 불행 끝 행복 시작이라는 슬로건으로 길을 건너는데, 그때 겨우 어린이 세발자전거에 치어서 앞으로 넘어졌다면, 게다가 넘어졌는데 거기서 하필 존나리 재수없어서 앞으로 넘어졌음에도 뒤통수가 깨져서 죽는 비운의 삼수생이 있다면 말이다, 그 한이 얼마나 처절할까? 그런데 지금 그와 같은 처절한 한의 깊이를 가진 이 고통과 설움, 억울함이 찐득찐득하니…….'

"시.끄.럽.다. 아들."

"넵!! 시~정하겠습니다!!"

제후는 혼자 방구석에서 쭈그리고 앉아서 손가락으로 바닥에 동그라미를 그리고 있다가 어머니인 장혜영 여사의 얼음 풀풀 날리는 싸늘한 음성에 거수경례를 하며 퍼뜩 대답했다.

빠릿빠릿한 목소리.

속으론 어떤 말도 안 되는 헛소리와 공상을 쏟아내고 있는진 모르지만 어쨌든 겉으론 군기가 바짝 들어 있었다.

민제후라는 이름을 가진 이 소년.

손가락으로 대강 빗어 정돈하려 했지만 신비로운 금갈색 머리칼은 엉망으로 헝클어져 있다. 흙먼지와 황당한 발자국이 어지럽게 찍힌 옷자락은 여기저기 뜯어져 있고.

한마디로 이것이 만화의 한 장면이라면 보는 이들로 하여금 뒤통수에 굵은 땀방울을 하나씩 달고 삐질삐질 멍하니 쳐다보게 만드는 엉망으로 밟힌 모습이었다. 게다가 또한 그 소년의 얼굴은 얼마나 무자비하게 늘려지고 꼬집혔는지 두 볼이 빨갛게 변해 부풀어 올라 있었으니, '아우~ 아우~' 거리며 양볼을 붙잡고 눈물을 찔끔거리는 그의 모습은 마치 장난꾸러기 악동이 짓궂은 장난을 쳐서 벌을 받는 것 같아 귀엽기까지 했다.

다만 멍이라도 들지 않을까 그것이 조금 걱정스럽긴 한데…

"제후야, 그 눈빛의 의미는 뭐지? 만약 그것이 '불만'이라고 부르는 거라면 이 어미는 심히 실망스럽구나.”

“우앗! 어머니, 아니, 엄.마!! 제가 감히 그럴 리가 있겠습니까? 냐하하…… 흑, 이제 그만 용서해 주세요! 정말 모르고 그랬어요! 잘못했다구요!! 진짜, 진짜루요~”

장혜영 여사가 ‘엄마’ 라는 말에 약하다는 걸 알고 파다닥 물러서서 처음부터 싹싹 비는 민제후였다. 그동안 그 단어는 쪽팔려서 절대 쓰지 않았던 건데… 하긴 살려면 뭔 짓을 못하랴.

제후는 등 뒤로 식은땀이 흘렀다. 또 때릴까? 분위기가 또 심상치 않다. 이미 벌써 엄청나게 구타를 당했기에 더 이상은 싫었다. 아무리 자신이 맷집이 좋다지만 그 매운 손바닥으로 몇 번만 더 맞으면 이젠 생명의 위협까지 느낄 것이다.

더구나 저 찬바람이 쌩쌩 부는 장혜영의 눈초리와 목소리.

‘하지만 지은 죄가 있으니 반항도 못하겠잖아! 흐흭!!’

바로 몇 년 만에 귀국한 친부(親父)를 첫 만남에서 날려 버린 죄!!

“이런 사건을 뭐라고 부르면 좋죠, 김 비서님?”

“패륜(悖倫).”

“아하! 그렇군요.”

그때 담배를 꼬나 물고 간단히 중얼대는 김 비서와 그 말에 맞장구 치는 한지훈 실장이었다.

‘아, 저것들이 진짜!’

불난 집에 휘발유 뿌리며 선풍기 돌리는 비서들이다.

제후는 이마에 힘줄이 돋는 걸 느꼈지만 또다시 꼬투리를 잡혀 장혜영 여사에게 죽기 직전까지 맞고 싶지 않기에 꾹 눌러 참았다. 자신만 속이 바짝바짝 타 들어가지 지켜보는 다른 이들은─적어도 민제후의 측근들은—재미있어 죽나 보다.

"세상에~ 자기 아버지를 패는 이런 불효막심한 자식이 세상에 어디 있냐구! 내가 정말."

"잘못했습니다… 죽을죄를 졌습니다요… 살려주서여."

자, 손이 발이 되도록, 발이 손이 되도록 빌자. 빌다 보면 좋은 세상이 올 거야. 그럼. 언젠간 꼭.

제후는 '팬 건 아닌데…' 라고 이야기해 봤자 어차피 또 죽도록 맞을 것 같아 그냥 가만히 있었다.

하여튼 제후가 정신을 잃은 민승재 교수를 업고 들어온 이후부터 성전 저택은 이렇게 한차례 태풍이 휩쓸고 지나간 상태가 되었다(아까의 훌쩍이던 민제후의 모습에서도 보였듯이—그러나 제후의 친아버지, 즉 오늘 독일에서 막 귀국해서 돌아온 민승재 교수의 몸에 특별한 이상이 있지 않았기에 이 정도로 끝난 것이지 만약 뼈가 부러졌다거나 어딘가 조금이라도 몸이 상했다면……?!).

사람들은 고개를 절레절레 흔들었다. 생각하기도 싫었다.

그래서 고용인들은 민승재 교수가 머리에 작은 혹이 하나 생긴 것 외엔 잠시 정신을 잃었을 뿐 괜찮을 거라고 확인시켜 준 김 박사님 말씀에 모두 안도의 한숨과 함께 가슴을 쓸어 내렸다. 드디어 민제후란 소년에게 면죄부가 발행되는 순간이었다.

"정말 괜찮아요, 김 박사님?"

그러나 여전히 의심스런 목소리로 되묻는 단발의 아름다운 여인.

"예~ 그렇대두요. 아까 말하지 않았습니까. 별 이상 없고, 곧 정신도 들 겁니다. 그나저나 부부싸움하고 짐 싸서 친정 와 있는 분치고는 부군 걱정이 대단하시군요. 껄껄껄~"

"박사님도 참. 그렇게 놀리지 마세요. 제가 얼마나 놀랐는데요. 더구나 이게 우리 아들놈의 소행이라니. 아무리 아버질 오랫동안 만난 적이 없고 기억을 잃었다고 해도 그렇지, 세상에~ 아까는 심장이 덜컹 내려앉는데… 어휴~"

진찰 도구를 챙기는 노의사에게 여인이 그제야 조금 안심을 하는 표정으로 대답하다가 곧 한 시간 전의 상황을 떠올리곤 창백한 얼굴로 부르르 떨었다. 그리고는 침대에 정신을 잃고 누워 있는 온화한 이미지의 남자의 손을 꼭 잡고 풀썩 엎어진다.

"정말 괜찮은 거 맞죠, 김 박사님? 맞죠? 전 이이 없음 못살아요. 아들이야 없어짐 또 낳으면 되지만 남편은…… 우리 승재 오빤 아니잖아요!!"

"하하하. 저기 혜영 양, 잠깐만. 그런 식으로 말하면 아무리 농담이래도 제후 군이 충격을…… 허어."

김 박사는 민승재를 붙들고 안 떨어지려고 하는 장혜영에게 말하며 고개를 돌리다 조금은 어색하지만 재미있다는 듯 너털웃음을 터뜨렸다.

"이런, 이미 늦었군요. 껄껄껄~"

노의사의 시선이 향한 곳에는 새하얗게 돌이 되어 부서져 내리는 민제후가 있었다.

"호오~ 몰랐는데 제후 도련님은 표정이 참 다양하신데요, 김 비서님? 이런 건 뭐라고 하죠?"

" '구경하는 즐거움' 이라고 하지."

"아하! 그렇군요."

측근들 사이에서 완전히 바보가 된 제후였다.

'아들은 없어져도… 또 낳으면… 된다라… 아하… 하……'

한편, 민제후.

충격이다. 민제후 충격받았다. 간만에 좀 큰 걸로.

아무리 지은 죄가 무겁다지만 어떻게 친어머니에게서 저런 말을 듣고 태연할 수 있겠는가. 아들은 없어도 되지만 남편은 없으면 안 된다니. 원래 대한민국의 어머니들은 보통 그 반대이지 않던가?

'으아— 이건 정말 해도 해도 너.무.하.잖.아!!'

제후는 아직까지 정신을 잃고 침대에 누워 있는 아버지라는 존재에게서 많은 상실감을 느껴야 했다. 20여 년에 가까운 결혼 생활에도 불구하고 아들을 닭으로 변신 주문을 외우게 하는 변하지 않은 부모님들의 애정을 확인할 수는 있었지만 이건…

"도련님, 추합니다. 그것도 어머니를 대상으로 자기 아버지에게 질투라니."

"시, 시끄러! 그런 거 아냐!!"

웃는 건지 우는 건지 미묘하게 구겨진 민제후의 표정에 김성민 비서실장이 설핏 미소 지으며 다가와 사무적인 어조로 읊조린다. 그렇지만 분명 놀리는 것이리라.

질투라니, 말도 안 되지만 제후는 자신도 모르게 버럭 소리 지르고 말았다. 하지만 돌아오는 것은 재밌다는 건지 비웃는 건지 모를 김성민의 웃음소리.

'제기랄……'

"하긴, 지금까진 모든 여자 분들의 관심을 한 몸에 받다가 그것을 빼앗기니 서운한 것은 이해하겠지만 말입니다."

"그런 거 아니랬잖아, 김 비서!!"

"이미 얼굴 빨개지셨습니다."

"……."

"쿡쿡."

"으아악—!!"

제후가 굳어져 있다가 곧 김 비서의 그 말뜻과 웃음의 의미를 깨닫고 더 새빨개진 얼굴로 자기 머리를 마구 헝클어뜨리며 비명을 질렀다.

결국 제후는 부모님이 계신 방을 신경질적으로 뛰쳐나오고야 말았다.

오늘은 모든 일이 족족 다 충격이었다. 얼굴도 모르는 아버지라는 존재가 갑자기 귀국했다는 소식도 그랬고, 부부싸움으로 거의 6개월간이나 친정으로 날아와 별거하던 어머니가 그 소식에 십대 소녀처럼 구는 것도, 여유 시간에 산책 나갔다가 침입자로 오인하고 자신의 아버지를 기절시킨 것도, 그 아버지란 인간이 너무 젊어 보인다는 것과…

'상상했던 것과 전혀 딴판인 것까지!'

미간을 찌푸리자 가을 낙엽처럼 부드러운 브라운 아이즈와 헤어의 남자가 떠오른다. 그냥 언뜻 보면 김 비서와 비슷한 연배의 청년 같은데 그가 자신의 생부이자 장태현 이사와 별로 나이 차가 나지 않는다는 것이 놀라울 뿐이다. 물론 장태현 이사가 배가 나오거나 뚱뚱하진 않지만 적어도 얼굴에서 중년의 남성임을 여실히 보여주건만 민승재는 너무하다 싶다. 뭐, 젊어 보인다는 것이 나쁜 것은 아니지만서도.

"한데… 좀 이상해."

제후가 거실로 들어서다가 우뚝 멈춰 섰다. 아까는 경황이 없어서 그럴 여유가 없었지만 혼자 남게 되자 미처 생각이 닿지 않던 곳까지 시야가 닿는다.

　민승재, 그 인간은 어째서 자신과 둘기가 있는 그곳에 있었을까? 아니다. 민승재 교수도 사위로서 이 집안의 일원이니 당연히 그곳에 들어올 수 있긴 하다. 그런데 지금 이상하다고 여기는 건 그런 것이 아니었다. 지금 방 안에서 정신을 잃고 누워 있는 민 교수가 정말 평범한 학자일 뿐이라면…

　'그럼 그때 느꼈던 그 기(氣)는 뭐지?'

　찰나지간에 발견하고 공격했던 순간이지만 아무리 짧은 한순간이었더라도 잘못 판단했을 리가 없는데… 특히 그것이 상대방의 무위(武威)를 느끼는 것이라면—무협지 따위에서나 볼 수 있는 단어지만 특별히 다른 표현은 찾을 수가 없으니… 굳이 설명한다면 상대방이 얼마나 강한지에 대한 예측 정도?—거의 직감이었지만 그 당시엔 확신이었다. 한데 방금 전까지 사람들의 눈을 피해 열심히 살펴봤음에도 민승재는 정말 아무런 힘도 없는 평범한 학자일 뿐이었던 것이다.

　'역시 내가 착각한 거겠지?'

　민제후가 피식 웃으며 얼굴을 쓰다듬었다. 요즘 너무 예민해진 모양이다. 피곤해서 그럴 수도 있고 불안해서 그럴 수도 있고.

　빨리 며칠의 시간이 훌쩍 지나가 친구들과 어울려 수학여행 가는 날이 되었음 할 뿐이다. 열심히 놀다 오면 기분이 많이 풀릴 듯.

　그런데 그때였다.

　"제후 군."

　"……?"

　누군가 부르는 소리에 고개를 돌린 소년은 자신을 따라 시끌벅적한 방 안을 나온 노의사를 볼 수 있었다.

"아, 김 박사님."

그러나 순간, 제후는 자신의 얼굴에서 매우 빠르게 장난기가 빠져나가는 것을 느꼈다. 심각하고 진중한 분위기가 느껴진다. 특별한 이야기가 있다는 것인가?

김 박사가 거실로 들어오면서 방으로 연결된 육중한 원목 도어를 뒤로 천천히 닫았다. 부드럽게 조용히 닫히는 거실문. 그와 함께 소란스러움이 깨끗하게 사라지고 갑자기 믿을 수 없을 만큼 고요한 정적이 그들을 휘감았다.

어느새 금갈색이 찬연한 한 소년과 하얗게 서리가 내려앉은 백발의 노인이 무서울 정도로 어떠한 소음도 없는 텅 빈 공간에서 진지하게 마주 보고 있었다.

"민제후 군, 조용히 둘이서만 이야기 좀 했으면 좋겠는데."

"……."

점차 무겁게 낮아지는 김 박사의 음성에 소년의 눈동자가 어둠의 심연으로 깊어져 갔다. 듣고 싶지 않지만 들어야 하는 그것.

"자네의 시력 검사 결과가 나왔네."

*　　　*　　　*

"자자, 모두들 주목!"

짧은 박수 소리와 함께 아이들의 시선이 선생님에게로 집중되었다.

"우리는 곧 수학여행을 떠나게 됩니다, 여러분. 원래 계획대로였다면 방학하기 전에 갔었어야 했는데 본의 아니게 태풍 때문에 이렇게 방학 중에 늦게 떠나게 됐네요. 하지만 수학여행은 수업의 연장이기

때문에 당연히 여름 방학의 일수가 연장될 테니 그것에 대해 걱정들
마시구요, 또 북경 공항에 도착하고 나서는 꼭 선생님들의 인솔과 지도
를 따라주세요. 물론 여러분들에겐 해외가 익숙하니 그런 규칙이 답답
할 수도 있지만 수학여행은 단체 여행이기 때문에 질서가 필요하다는
사실, 다들 잘 알고 있으리라 믿습니다. 모두들 즐거운 추억을 많이많
이 만들어옵시다. 아참! 출국 심사가 끝났으니까 탑승 시간까지는 자
유 시간입니다. 하지만 이곳에서 멀리 벗어나지 말아주세요. 전달 사
항은 여기까지입니다. 그리고 반장!"

"네."

"잠깐 볼까?"

"예, 선생님."

진수아 선생님은 간단한 전달 사항과 한 시간 뒤에 이륙할 예정인
비행기편을 학생들에게 알린 후 반장인 한예지를 웃으며 불러들였다.

인천 국제공항.

그곳 로비에 모여 있는 몇백여 명의 학생들. 선생님의 말씀까지 끝
나자 그 학생들은 더욱 웅성대며 끼리끼리 모여 떠들기 시작했다.

수학여행이라… 이곳이 해외로 출국하는 국제공항이라는 점을 생각
한다면 정말 대단한 일이 아닐 수 없다. 한국의 고등학생들이 수학여
행을 해외로 간다니. 그래서인지 주변의 지나가던 많은 사람들이 그
아이들의 모습을 놀란 얼굴로 멍하니 쳐다보고 있었다. 더구나 그 많
은 학생들 한 명 한 명의 분위기가 보통 아이들과는 사뭇 달랐으니 사
람들의 시선이 집중되는 것은 어쩌면 너무나 당연한 일이었다.

고등학교 수학여행이라는 것은 아까 인솔 교사로 보이는 여선생이
주의 사항을 말함으로써 확실해졌는데 학생들의 모습은 일반적인 수학

여행의 장면과는 정말 달랐다.

교복이 아닌 사복 차림의 아이들.

한눈에도 그들의 옷차림은 평범한 보세 옷이 아닌 명품 브랜드. 아니, 굳이 명품이 아니라 하더라도 그들의 행동과 태도부터 모두 범상치 않다. 수학여행을 가기 위해 비행기 탑승을 앉아서 기다리며 뉴욕 타임즈나 코리아 헤럴드 따위의 영자 신문을 보는 평범한 고등학생이 어디 있겠는가? 또 컴퓨터가 사용 가능한 곳에서는 게임보다는 주식 시세에 열중하고, 삼삼오오 모여 한국어가 아닌 영어로 토론하며 웃어대는 무리들과 아무렇지도 않게 면세점에서 유명 브랜드 쇼핑을 즐기는 소녀들까지. 물론 일반 전형생들도 많이 섞여 있다지만 아무리 그래도 그들마저 평범한 또래들과는 살아온 환경이 다르고 배움이 다른 엘리트 소년, 소녀들이다. 즉, 이들은 한 명 한 명이 어디에 내놔도 주목받는 특고생들.

그런데 오늘은 학교 수학여행이라는 특수한 여건으로 이렇게 단체로 모여 있으니…….

"병팔아, 저거 고등학교 수학여행… 정말 맞을까?"

"그, 그렇대잖아. 너도 저기 선생 얘기하는 거 방금 들었을 거 아냐."

공항 로비에 모여 있는 성전특고생들의 그런 모습들을 멀리서 지켜보던 배낭 여행족 대학생들은 약간 넋이 나간 얼굴로 중얼대고 있었다.

"에이, 씨바! 난 고등학교 때 수학여행 경주로 갔었는데. 숙소도 몇 십 년 된 지저분한 여관이었다구. 그런데 요즘 애들은 해외로 수학여행 간다 이거지? 야~ 세월 참 좋아졌다. 부럽다, 부러워."

"빙신. 요즘 애들도 우리 때랑 거의 똑같애, 자식아. 대한민국이 좋아져 봤자지.”

“에? 그럼 뭐야, 저 애들은?”

자신들도 해외로 배낭 여행을 가기 위해 몇 달을 아르바이트해야 했는데 저리도 쉽게 학교 수학여행을 해외로 나가는 고등학생이 있다는 사실에 놀랍다 못해 경악스러운가 보다. 도대체 어떤 미친 학교가 학생들을 해외로 여행 보내줄까? 보통 학교에서는 어림도 없는 것을.

그러나 조금 후 덩치가 큰 남학생은 세상의 불공평함을 열심히 씹으며 떨떠름한 표정을 지었다. 그리고 그 아이들이 ‘평범함’ 과 ‘보통’ 이라는 단어와 인연이 없는 특별한 인간들이라는 것을 마지못해 인정하는 얼굴로 중얼거렸다.

“쟤들, 성전특고생들이래.”

그러자 한동안의 침묵.

다음 순간엔 모두의 눈이 튀어나오는 경악!

배낭 여행족 일행인 대학생들은 성전특고라는 말에 더 크게 놀랐거나, 또는 그제야 모든 상황을 수긍했거나 그 둘 중 하나의 반응을 보였다는 것은 후담이었다.

“제후야.”

“…….”

“야, 민제후!”

“…….”

“어쭈, 이게.”

무슨 생각에 그렇게 골똘히 빠져 있는 걸까?

박원우는 간단한 짐을 화물로 부치고 와서 로비 의자에 심각한 표정으로 허리를 숙이고 앉아 있는 민제후를 발견하곤 머리를 긁적였다. 저 녀석에게 저런 무서운 표정이 있었나 싶었다. 깍지 낀 손 위로 턱을 괴고 무시무시하게 빛나는 눈동자가 전혀 민제후답지가 않다.

원우는 크게 심호흡을 했다. 그리고…

"이야!! 민.제.후!! 너 귀먹었냐아—!!"

"우왁!!"

쿠당!

귓가에 바짝 대고 갑작스레 질러댄 박원우의 고함 소리에 한 소년이 의자에서 굴러 떨어지면서 엉덩이 꼬리뼈에서부터 뇌로 도달하는 찌르르한 전기 충격에 비명을 지르며 현실로 돌아왔다.

"쓰읍— 아이고, 나 죽네. 이눔의 박원우 시끼! 너 죽었어!! 으씨…….."

"푸하하하하하~!!"

박원우의 통쾌하다는 웃음에 제후가 투덜대며 엉덩이를 잡고 일어섰다. 기습 공격에 어처구니없이 당하다니. 찌푸린 낯으로 욕설이 튀어나왔다.

"그래, 민제후. 차라리 날 욕해라. 그래야 너답지. 웃는 것까진 바라지 않는다. 그렇게 좀 풀어져 보라고. 오늘은 우리가 고대하고 고대하던 대.망.의. 수학여행 아니냐. 음하하하!"

"잘났다, 새끼."

'이 몸이 간만에 진지하게 상념에 빠져 있는데 감히 방해했겠다?

제후가 짓궂은 장난기가 떠오르는 눈동자를 은밀히 빛내면서 엉덩이를 털며 다시 자리에 앉았다. 하지만 원우는 평소 같았으면 목이라도 조르려고 달려들었을 그 소년이 그렇게 얌전히 도로 앉자 이번엔 정말 걱정되는 얼굴로 쳐다보았다.

"괜히 똥폼 잡지 마, 임마. 왜 그래? 안 어울리게. 뭐 고민있어?"

"그런 거 아냐."

"그럼?"

"…그날이야."

"엉? 그게 무슨 소리……."

이해가 안 간단 표정.

제후는 박원우가 굳어진 얼굴로 멈칫하자 원우에게 표정이 보이지 않도록 자연스럽게 고개를 모로 틀고 나른하게 중얼거렸다. 하지만 표정이야 어쨌든 진지한 목소리.

"그.날.이라고, 그.날."

"……."

어쩐지 썰렁한 찬바람이…

"후~ 그.날.이라서 그런지 신경이 너무 예민해졌어. 너무 힘들다."

'그러니까 그.날.이 대체 뭔데!!'

퀭한 눈, 핏기가 싹 가신 창백해진 원우 놈의 얼굴은 정말 멋지다.

"으윽! 하여간 너란 놈은……."

제후가 친구의 반응에 만족해서 흘러내린 앞머리를 쓸어 올리며 피식피식 웃어버리자 원우라는 소년이 지끈지끈 두통이 일어나는 머리를 부여잡고는 결국 그의 옆에 털썩 주저앉았다.

"참, 민제후, 너 여권은? 여권은 잘 해결됐던 거야?"

"어? 그야 당연히… 그런데 어떻게 알았어?"

"어떻게 알긴. 평소 네 행동들로 보아 이 형님이 불안시려워서 며칠 전에 전화로 물어봤지. 그랬더니 반장이 그러더라. 그때 겁나게 쌀쌀

맞았어, 한예지. 그래도 너, 오늘 나온 거 보니 다행히 시간 맞췄나 보네? 하긴 해결 안 됐으면 이 자리에 있지도 않았겠지. 한데 어떻게 시간 맞춘 거야?"

"후후후, 우리 나라에서 돈과 빽, 연줄이면 불가능한 것이 없느니."

"하지만 네가 그런 게 어디 있냐?"

민제후의 알 수 없는 말에 이젠 질린 원우는 결국 언제나 그랬듯이 오늘도 완전히 두 손 들고 포기했다.

"관두자, 관둬. 예지가 알아서 해준 거겠지 뭐. 그보다 심심한데 우리도 면세점에나 구경 갔다 오자. 야, 시커먼 놈. 너도 같이 가자."

"세진이도?"

'갈래?' 도 아니고 '가자' 다. 그런데 그나마 그것도 권유형 어감이 아니라 이미 그렇게 정해놓고 그냥 군소리없이 따라오라는 어감.

유세진이 기분 상할 것 같은데…

아니나 다를까, 박원우의 제안에 약간 떨어진 곳에서 신문을 읽던 유세진이 안경을 올려 쓰며 불쾌한 낯빛으로 고개를 들었다.

"저 말입니까? 그런데 제가 왜 시커먼 놈이죠?"

"그럼 네가 분홍색 놈이냐? 거울 좀 보지 그래. 게다가 너, 우리 수십만 고등학생들의 허락도 받지 않고 마리안을 낚아채 간 녀석이잖아. 인정하지?"

마리안 이야기에 얼굴이 찡그려지는 검푸른빛 머리칼의 소년. 그래도 아까의 불쾌한 기분이 아니라 저건 어쩔 수 없다는… 체념? 아니, 투덜거림인가? 뭐지?

"…알았습니다. 그럼 일어서죠."

"옛쓰~!! 좋았어! 남자가 그래야지."

“제 성별이 남자인 것과 이것은 전혀 상관없는 문제 같습니다만.”

“어쨌든.”

생각보다 가볍게 일어서는 유세진이었다. 역시 세진이 녀석은 마리안이라는 단어에 약하다는 사실을 새삼 느끼는 제후였다.

수학여행이라는 것에 들떠 있는 원우 탓에 유세진까지 어쩔 수 없이 자리를 털고 일어서게 되자 더 그런 생각이 든다. 옛날의 세진이었다면 이런 모습 절대 보이지 않았겠지? 저렇게 반 친구의 내키지 않는 동행을 위해 일어나지도 않았을 테고, 타인이 자신의 어깨에 팔을 둘러 친한 척하게 내버려 두지도 않았을 것이고, 무엇보다 자신의 감정을 저리 쉽게 노출시키지도 않았을 텐데.

‘그러고 보니 저 녀석 오늘 표정이 영 이상한데……’

제후는 원우가 유명 브랜드 면세점 매장에 들어가 이리저리 진열품을 구경하는 걸 보며 세진에게 가볍게 장난처럼 물었다. 정말 누구 말대로 기다리고 기다리던 수학여행인데 자기 빼고 또 고민의 바다에서 허우적거리는 놈을 보는 건 고역이니까. 아니면 열이라도 있는 거 아닐까?

“너, 어디 불편하니? 왜 그래? 안색도 안 좋고. 하하하, 설마 마리안이 4일간 떨어져 있는 것도 싫대? 그래서 너 따라오겠다고 떼썼냐? 그것도 아님 며칠간 떨어져 있게 됐으니까 뽀뽀라도 한꺼번에 안 해주면 못 간다고 매달렸어?”

뜨끔, 뜨끔, 뜨끔?!

‘어라라?’

말끝마다 흠칫흠칫 놀라며 점층적으로 얼굴색이 변하는 유세진?

그 장면에 금갈색 머리칼의 소년은 잠시 뚱한 표정으로 시선에 힘을 주었다.

'뭐냐, 저 표정 변화의 의미는?'

하지만 제후는 다른 사람이면 잘 눈치 채지 못했을 유세진의 미묘한 반응에 멍하니 서 있다가 곧 음흉한 얼굴을 해서 씨익 웃었다. 이제 보니 자신이 그냥 반장난으로 입에서 나오는 대로 지껄였던 세 가지가 모두 정곡을 찌른 모양이다. 걱정했던 별일은 없나 보다.

'그런데… 거참, 이상하다. 별일없다는데 왜 안심이 되기보다 기분이 더 꿀꿀해지냐? 이건 웬 배신감? 허허.'

"그, 그런 거 아닙니다!"

'변명하기는. 다 들통났어, 자식아. 넌 워낙에 새하얀 얼굴이라 얼굴 빨개지면 금방 표난단 말이다. 그나저나, 호오~ 저 얼굴도 꽤 괜찮은걸? 약간 홍조가 떠오른 세진이 얼굴도 상당히 귀엽잖아?!'

"응? 그게 무슨 소리야? 뭐가 아닌데?"

"아, 넌 알 것 없다, 박원우."

"엑? 뭐야, 니들. 나만 **빼놓고**."

넌 저리 가서 혼자 놀아.

"그런데 세진아, 그건 뭐냐? 아까부터 혼자 열심히 보던 그 신문…… 엇?"

민제후는 양 주머니에 두 손을 넣고 걸어다니며 아까부터 유세진이 접어서 들고 다니는 신문을 보고 말을 돌릴 목적으로 물어보았다. 가뜩이나 자신들이 지나갈 때마다 면세점 여직원들이 눈동자마다 하트를 띄우고 깍깍대며 쳐다보는 것도 신경 쓰이는데 겨우 박원우의 호기심을 충족시키기 위해 마리안 이야기까지 떠벌릴 정도로 바보는 아니니까. 또 사실 궁금하기도 했고. 이상한 그래프와 수치가 함께 실린 재미없어 보이는 것을 재미있게 읽는 녀석이 신기하다. 그런데다가…

"그거 혹시… 일본어?"

"아, 이거요? 네. 니혼게이자이(日本經濟新聞). 그냥 일본 경제 신문인데… 보시겠습니까?"

마치 지나가는 날씨 이야기처럼 별것 아니라는 듯 말하는 그 소년의 분위기에 제후는 할 말을 잊었다.

'너한텐 그게 단순히 '그냥' 이냐?'

남들이 보면 귀여운 천재의 미소, 또는 순진한 천재 미소년의 얼굴이라고 말할지 모르지만 민제후가 보기엔 그저「싸가지없는」표정일 뿐이다. 천진난만은 무슨. 저 녀석은 자기가 얼마큼 잘났는지 너무나 잘 아는 녀석이니까. 저 나이에 저런 것들까지 챙겨 보는 인간이라니.

역시 속은 하나도 안 귀엽다.

"와~ 장난 아닌데, 유세진! 나도 그것까진 안 보는데. 아, 하긴 난 타임즈 빼곤 주로 흥미 위주 잡지를 보니까. 하하하, 그런데 넌 타임즈도 당연히 볼 거 아냐. 한데 그럴 필요까지 있어?"

"아니, 정말 별것 아닙니다. 이건 그저 제가 그쪽 방면으로 조금 관심이 있어서… 그리고 또 중국과 일본 경제는 충분히 주목할 만한 가치가 있으니까요."

"하지만 그냥 관심 정도가 아닌 것 같은데? 뭐 어쨌든. 그래서 어때? 미래의 국제 경제 분석 전문가께서는 우리 나라의 입지를 어떻게 생각하지?"

"후후후, 글쎄요. 그저… 앞으로 한국 경제는 21세기 경제공룡 중국과 과거 아시아의 경제 주도국이었던 일본, 그 두 나라 사이에서 더욱 균형을 잡아야 할 겁니다. 앞으로 더욱 치열해지겠죠."

"음, 맞아. 그건 그래."

물건 구경하면서 저렇게 재미없는 이야기를 재미있다는 듯이 하는 것도 정말 재주다. 아니, 쟤들은 실제로 저런 이야기가 진짜 재미있을지도 모르지.

'어쨌든 난 그런 거 재미없어. 쳇!

"어서 오십시오, 손님. 뭘 보여 드릴까요?"

"아, 네. 거기 오른쪽에 진열된 시계 좀 보여주세요. 그쪽 Cartier랑, 네, 거기 OMEGA… 어때, 너희들이 보기엔? 괜찮아 보여?"

"네, 디자인 좋은데요."

"그렇지? 내가 보기에도 이 정도면 무난하네. 야, 민제후! 거기서 혼자 뭐 해? 너도 이리 와."

오늘은 수학여행 날.

중국으로 학교에서 수학여행을 떠나는 날이다.

여름 방학 한중간이긴 하지만 또래 친구들과 함께 떠나는 최초의 여행.

이 공항 밖 하늘 위로는 전 세계에서 오는 비행기, 또는 세계 전 지역을 향해서 떠나는 비행기들이 끊임없이 날고 있을 것이다. 귀로 비행기가 하늘을 찢으며 날아가는 소리가 들리는 것만 같다.

그래서일까? 아무리 많이 적응했다지만 평소 같았으면 몇백짜리 명품 시계를 마치 구멍가게에서 풍선껌 고르듯 하는 친구들에게 기겁을 하며 조금은 잔소리를 했을 민제후지만 지금은 하늘에 취해서 멍하니 자기 세계로 빠져 들어갈 뿐이다.

공항. 수많은 사람들이 거쳐 가는 관문. 고요한 장소가 아님에도 봇물처럼 회상이 쏟아진다. 아니, 오히려 그 북적거림 때문에 더 그럴지도 모른다. 제후는 머리 속이 텅 비어지는 느낌이었다. 그때 그 순간처럼.

*   *   *

"자네의 시력 검사 결과가 나왔네."

피가 싸늘하게 식는다는 느낌은 이런 것일 거다. 머리끝까지 올라 있던 붉은 혈액이 발바닥까지 순식간에 곤두박질치며 밖으로 새어 나가는 느낌.

너무 긴장되어 온몸의 근육이 욱씬욱씬 쑤시는 느낌이었다. 김 박사님에게서 시선을 돌리고 싶었지만 마치 주술에라도 걸린 듯 난 고개를 돌릴 수가 없었다.

"솔직히 뭐라고 할 말은 없네. 제후 군의 시력 이상은 뭐라고 해야 할지……. 처음엔 촬영장 조명 사고 때 다친 상처가 직접적인 원인일 거라 추측했지만 이번 검사 결과 직접적인 외상에 의한 것은 아닌 것 같더군."

"그럼……."

"글쎄, 역시 예전의 그 사고가 원인이라면 내부에서 찾아야 하겠지. 내 소견으로는 뇌에 문제가 있지 않나 하네만. 그 사고 때 자네 머리에 작게 뇌출혈이 있었네. 하지만 회복 속도도 빨랐고 그 정도 출혈은 뇌에서도 흡수 가능했기에 수술 없이 그만 지나쳤었는데… 역시 모르는 새 지속적으로 뇌에서 출혈이 있었다면 시신경에 장애를 주었을 가능성이 높아. 그러나 그게 또 아니면 두 번째 가능성으로……."

"아니면요?"

굳어져 있는 내 얼굴이 석고상보다도 더 생기가 없을 거라는 데 모든 걸 걸 수도 있을 것 같았다.

"정신적인 문제도 배제할 수 없지."

'정신적인… 문제?'

"그래. 내가 정신과는 아니지만 닥터 신이 그러더군. 아, 닥터 신 알지? 반년 전에 자네가 죽음에서 깨어난 이후 잠시 치료받았던 정신과 전문의 말일세."

"아, 네, 그 선생님……."

당연히 알고 있다. 자살 미수가 있고 종국엔 기억 상실증까지 일으킨 철없는 재벌 3세를 치료한다고 여겼던 정신과 의사를 말하는 것이라면. 실력은 있어 보였지만 그냥 마주 보기조차 싫었던 그 냉정한 의사.

"닥터 신이 그러더군. 혹시 극심한 스트레스를 받거나 현실을 회피하고 싶을 때 시야가 흐려지거나 어딘가에 갇히는 듯한 경험을 하지 않냐고."

"……!!"

눈이 크게 떠졌다.

'그게 무슨……!'

김 박사님은 한번 꺼낸 그 이야기를 멈추지 않고 나열하듯이 냉정하게 말하고 있었다.

의사들은 원래 그런가? 처음에는 조금 말하기 어려워하는 듯한 기색이 엿보였으나 이야기가 어느 정도 진행되자 환자에게 사적인 감정을 일체 배제하고 냉정하게 사실을 알린다. 멍청해진 내 얼굴을 비웃듯 거실에는 노의사의 차가운 목소리만이 건조하게 떠돌았다.

"물론 그 두 가지 경우 모두일 수도 있고, 또는 그 둘 다 아닐 수도 있네. 사실 우리 의료진들은 그런 심리적인 문제보다는 출혈에 의한 시신경 압박에 비중을 두면서 복합적인 이상 중세로 가닥을 잡고 있긴 하지만, 일부에선 그런 문제 제기도 있다는 사실을 알려주고 싶었고. 어떤가, 제후 군? 정말 닥터 신의 말대로인가?"

"잘… 모르겠습니다."

난 고개를 숙여 하얗게 말라 버린 입술로 힘겹게 말을 뱉었다. 연신 혀로 입술에 침을 발랐지만 노력의 성과도 없이 목소리가 가뭄 중 논바닥처럼 갈라져 나왔다.

"그래, 모든 것은 정밀 검사를 해보면 알게 되겠지."

또 이야기를 들으면 들을수록 내 머리 속은 완전히 비어져 갔다.

'복잡해… 지금 그런 것이 문제가 아니잖아… 내 시력 이상의 원인 따위…….'

아니, 아니다. 중요하다. 중요한 건 사실이야. 하지만 그것 이전에 내가 진짜로 알고 싶은 건 그 따위 것이 아니었다. 막말로 지금 내겐 병의 원인 따위 상관없다. 내가 알고 싶은 건 단 하나.

"전 실명하게 되나요?"

바로 이것.

갑자기 고개를 번쩍 들고 잔인할 정도로 직선적인 질문을 던지는 내 목소리는 똑바로 쏘아보는 시선과는 달리 미세한 떨림을 감추지 못했다. 하지만 겉으로 보이는 것과는 다르게 마음은 어쩐지 차분해졌다. 이상하다. 검사 결과가 나왔다는 소리를 들었을 땐 내 몸을 번개가 꿰뚫고 지나가는 것만 같았는데 오히려 직접적인 대답을 요구하는 나는 마음이 고요했다. 정말로 이상하게도.

가까운 지인들도 모르게 몰래 검사를 받았다고는 하지만 집안 주치의이신 김 박사님을 포함해 우리 나라 최고의 의료진에게서 받은 검사. 이미 저들은 내 상태를 정확하게 파악하고 있을 것이고 원인은 잘 모르겠다고 하지만 증상의 진행 속도와 상태 등에서 결과는 이미 충분히 도출되었을 터였다. 다만 그들이 아직 확실히 말하지 못하는 것은 내가 가진 부와 배경이 부담이 되었거나 또는 결과가 결코 희망적이지 못하다고 생각할 수밖에.

마침내 그때 숨 막히는 침묵을 깨고 김 박사님이 조심스레 입을 여셨다.

"글쎄……."

제길, 그 소리가 가장 듣기 싫었어.

"아직 단정 지을 순 없네. 한 번만 더 검사해 보자고. 사람은 그렇게 쉽게 빛을 잃어버리지 않아. 적어도 난 그렇게 생각하네."

더 이상 들을 수가 없어 눈을 감았다.

그리고 그제야 냉정한 의사의 모습을 벗어던지고 집안끼리 알고 지낸 평범한 할아버지로 돌아온 김 박사님이 천천히 다가와 내 어깨를 두들겼다.

"수학여행을 간다지? 후, 좋을 때지. 재밌게 놀다 오고, 돌아오는 대로 정식으로 입원해서 다시 검사해 보자고. 너무 걱정하지 말게. 아무 일 없을 거야. 자, 어깨 쭉 펴고! 누가 뭐라 해도 이제 자네는 대성전그룹의 총수가 아닌가. 강해져야지."

강해지라는 말. 그 말이 내 가슴을 더 깊이 젖어가게 만들었다.

웃음이 터져 나왔다. 하나도 우습지 않은데.

난 왜 웃는 걸까?

“김 박사님, 부탁이 있습니다. 이 일은 비밀로 지켜주십시오.”

부모님을 비롯해서 친구들, 그리고 이젠 내 또 다른 분신이나 마찬가지인 김 비서에게조차도 알리고 싶지 않았다. 당분간은. 그래서 정중히 허리를 굽혔다. 김 박사님 말씀대로 좋을 때, 마지막이 될지도 모르는데 재밌게 놀다 와야 하는데 괜스레 소문이 새어 나가 친구들에게 동정의 눈초리를 받고 싶지 않았다. 게다가 난 나 자신을 믿었다.

곧 김 박사님이 안쓰럽다는 얼굴로 한참의 터울을 두고 무겁게 허락의 뜻을 비췄다.

“…알겠네.”

“그럼 부탁드리겠습니다.”

*   *   *

“야, 민제후! 너, 뭐 하는 거야?”

“으응? 뭐, 뭐?”

누군가 등을 세게 툭 치는 느낌에 제후는 퍼뜩 정신이 들었다.

꽤 오랫동안 정신을 놓고 있었나 보다. 시간이 꽤 많이 흘렀던지 다른 반으로 보이는 학생들은 이미 슬슬 집결 장소로 걸음을 옮기는 것이 보였다. 그리고 좀 더 초점을 맞추니 박원우와 유세진이 바로 제후의 눈앞에서 얼굴을 찌푸리고 있는 것도 보였다.

세진이와 원우.

학교에서 매일 보던 얼굴들이었으나 교복이 아니라 밝은 색깔의 캐주얼 셔츠와 니트, 재킷 등 간편하면서도 맞춘 듯이 너무나 세련되게 잘 어울리는 사복 차림이라서—사실 어쩌면 진짜 맞췄을지도 모른다—제

후는 새삼스레 그 소년들의 분위기가 달라 보인다고 생각했다. 우습게
도 전혀 어울리지 않는 이런 순간, 그 소년들의 모습을 찍으려고 카메
라를 들고 몰래 쫓아다니는 같은 학교 및 타 학교 여학생들의 마음이
십분 이해가 가는 제후였다.

확실히 눈요기는 되었다.

"흠, 나도 쬐.끔.만. 더 잘생겼음 좋았을 텐데. 물론 지금도 짱 멋지
고 캡 잘났지만. 냐하하하하!! 그래도 역시 동민이나 세진이 녀석 옆에
만 서면 한없이 작아지는 내 모습이~ 그대 앞에만 서면 나는 왜 작아
지는가~ 그대 등 뒤에 서면 내 눈은 젖어드는데~ 아싸!"

뭐냐.

이게 과연 방금 전까지 심각하다 못해 초연한 얼굴로 고민에 빠져
있던 인간이 하는 소린지…….

"…이젠 네가 아주 미쳤구나, 미쳤어."

박원우가 혼자 헤실헤실 웃으며 말도 안 되는 이상한 가사를 붙여
흥얼거리는 민제후의 노랫소리에 꼭 뭐 씹은 표정으로 찌그러져서 중
얼댔다. 상념에서 깨어난다 싶더니 곧장 엉뚱한 생각에나 빠져들다가
또 어느 순간부턴가 음정, 박자 다 완전 쌩무시한 김수희의 엉터리 '애
모' 라니.

이때 누군가 이 소년의 머리 속까지 깨끗하게 들여다봤다면 더욱 그
어이없음과 허탈함에 정신 좀 차리라고 제후의 목을 조르고 싶을지도
모르겠다. 그렇지만… 어쩌면 그래서 더 '민제후' 답다고 할 수 있을지
도. 맞다. 어쩌면 그래서 더욱 사람들이 이 소년을 보고 웃을 수 있는
것인지도 모른다. 하지만 그래도 가끔은 진짜 진지한 모습도 보여주길
바라 마지않는데…….

"제길, 자꾸 저놈한테 말려들지 말아야 하는데."

"이럴 때 저희 초전박살에서는 이렇게 충고하죠. '세상은 다 그런 거야.'"

"명언이군."

"그렇죠?"

세진이와 원우가 이상한 웃음을 흘리며 아직 혼자만의 세계에서 완전히 빠져나오지 못하고 있는 제후를 나란히 바라보며 처음으로 완벽한 의견 일치를 보았다.

"야야! 민제후! 이제 그만 정신 좀 챙겨라, 자식아. 그렇게 멍청하게 서 있으면 자꾸 사람들하고 부딪치잖아. 그리고 쪽팔리게 촌티 좀 그만 날려. 뭐가 잘났다고 일부러 서민티 내고 다니냐, 다니길. 쳇!"

원우 입장에서는 별 생각 없이 황당함에 한 말이었는데…

"야, 박.원.우!"

그런데 갑자기 정색을 하는 금갈색 머리칼의 소년.

한 번도 이런 식의 반응을 보인 적 없던 녀석이었는데. 한데 갑자기 눈빛을 달리하며 가까이 다가온다. 원우는 장난기라곤 하나도 찾아볼 수 없는 민제후의 얼굴에 속으로 '아차' 하며 찔끔했다. 그 순간 유세진조차도 차가운 눈동자 위로 한쪽 눈썹을 치켜 올리며 경계한다.

"뭐, 뭐, 뭐야?! 쪽팔리다고 하니 기분 나빠? 그치만 사실이잖아! 부, 불만있음 더, 덤벼! 덤벼봐!"

화난 건가?

하기사 멍청하다느니, 쪽팔린다느니, 또는 촌티 날린다느니 하는 말도 심했지만 서민이 어쩌고 하며 무시하는 발언까지 했으니까……

원우는 머리 속이 하얗게 비워졌다. 특별히 자기가 어디 가서 맞고 다니는 약골은 아니지만 상대가 민제후라면 이야기가 달라진다. 평소엔 단순하고 밝은 귀여운 녀석이지만 한편으로는 스콜피온 일원인 같은 반 운동 특기생의 목에 나이프를 겨누고 진심으로 그어버리겠다고 차갑게 웃을 수 있었던 인물도 또한 민제후임을 원우는 잘 알고 있었다.

그때 보았던 그 시린 눈.

너무나 차갑고 차가워서 파란 한기조차 뿜어내던 민제후의 섬뜩한 눈동자.

그것을 잊을래야 잊을 수가 없었는데… 민제후와 친구가 된 것도 그런 약간은 이중적이고 매력적인 카리스마와 순수함 때문이었는데… 그 이후로 민제후의 배경이나 성적 따윈 아무 상관 없이 그 얼렁뚱땅 소년에게 반해 옆에 있게 된 것이었는데, 그런데 잠시 해이해져 민제후의 겉껍질일 뿐인 어리숙함에 취해 함부로 대했으니…….

'맞는다!'

박원우는 민제후의 손이 얼굴로 다가오는 약 1초도 안 되는 그 짧은 시간 동안 수백 가지 생각이 스치는 걸 느끼며 자신의 무모함에 혀를 깨물고 싶은 것을 참고 대신 눈을 질끈 감았다.

뺨 한 대 정도면 싼 거겠지. 저 녀석 곁에 모여드는 수많은 빛들 중의 하나로서 무언가를 찾을 수 있다면.

그러나…

"역시 너밖에 없다, 박원우."

"에?"

'이게 뭐, 뭐야?!'

때리려는 줄 알았는데 다가온 제후는 황당하게 그를 살포시 안고 토

닥인다.

놀리나 지금?

그러나 사실 그때 제후는 어리둥절해서 멍해진 원우의 표정에 아랑 곳하지 않고 친구를 꼭 끌어안고 등을 두드리며 진정으로 자기 감정에 만 빠져 있었다.

'그으럼! 너밖에 없지. 너처럼 평범하게 안 생긴 축에 드는 놈이 나 말고 또 있다는 사실이 난 너무 기뻐. 흑…….'

하나 그런 전후 사정을 모르는 박원우는 그저 자신을 믿고 신뢰하는 듯한 친구의 태도에 감동하고 겉으로나마 조금 무시하는 태도를 보인 것에 미안한 마음을 먹고 머리를 긁적이며 어색하게 웃음을 터뜨렸다.

"자, 자식이. 당연하지! 나도 너밖에 없어. 음하하하!"

"호오~ 기쁘냐?"

"엉. 왜?"

"아냐, 기쁘다면 다행이고. 냐하하하!"

야리꾸리하게 웃으며 묻는 민제후의 표정이 뭔가 껄적지근한 원우 였으나 마주 보고 있자 묘하게 어색해져서 그냥 다시 크게 웃어버렸다. 분명 뭔가 중요한 걸 놓친 것 같아 마음 한쪽 구석탱이가 찜찜하게 걸 리지만. 뭐, 좋은 게 좋은 거니까.

"두 사람 다 바보 같습니다."

하지만 유세진은 그렇지 않은가 보다. 평소 창백하게 보일 정도로 새하얀 얼굴의 검푸른빛 머리칼의 소년은 무엇이 그리 마음에 들지 않 는지 미간을 잔뜩 찌푸린 채 얼굴을 펼 줄 몰랐다.

차창이 어둡게 코팅된 고급 승용차가 인천 국제공항 청사 앞에서 멈

취 섰다.

달칵—

외제 고급 승용차. 한눈에도 보통 인물이 타고 다닐 수 있을 것 같지 않은 차종이다. 그러나 그것은 정치 관료나 거물 기업가가 타고 다닐 것 같다기보다는 좀 더 스포티하고 세련된 모양새로 남성보다는 여성들의 취향에 더 맞을 듯해 보이는 기종이었다. 그리고 그런 느낌이 딱 들어맞았다는 걸 과시라도 하듯 공항 앞에 멈춰 선 자동차의 문이 열리자 뒷좌석에서 높은 하이힐을 신은 날씬한 여성의 다리가 바닥으로 내려섰다.

"다행입니다. 우려했던 것보다 여유 시간이 넉넉하게 도착한 것 같습니다, 아가씨."

"윤 대리입니다."

"예?"

앞좌석에서 먼저 내려 뒷좌석 문을 열어주던 양복 입은 남자에게 선글라스를 낀 여성이 요사스러울 정도로 요염한 미소를 뿌리며 그의 말을 가로막았다.

웃는 표정도 그렇고 선글라스로 가려지지 않은 이목구비도 그렇고 어디선가 많이 본 듯한 이미지에 어리둥절해지는 여성의 말이었다.

어디선가 많이 본 듯한…

하지만 그렇다고 그 여인의 외모가 어디서나 쉽게 볼 수 있는 그저 그런 평범한 의모라는 소린 절대 아니었다. 오히려 그 반대. 팔과 어깨가 거의 다 드러나 좀 야한 듯한 하늘하늘한 원피스를 입고서 늘씬한 몸매를 드러내는 그녀는 핏빛처럼 붉게 칠한 입술만큼 너무나 육감적이고 뇌쇄적인 미녀였다. 정말로 그녀는 상당히 보기 드문 미인이긴 하였다. 다만 지나가던 사람들이 고개를 돌려 한 번 더 돌아보는 것은 그녀가 미인이라는 사실과 또 대중적으로 잘 알려져 있는 어떤 연예인을 상당히 닮았다는 이유도 짙게 포함되어 있을 뿐. 물론 사람들은 그녀의 검은 머리칼과 전혀 매치가 안 되는 정반대의 분위기를 느끼고 곧 고개를 갸우뚱 흔들며 사라진다.

"'윤혜서' 대리라고요, 김진우 씨. 이제부터 절 '윤 대리' 라고 부르세요. 우린 지금 대외적으론 회사 직원으로서 중국 출장을 떠나는 겁니다. 이번 일은 현 사장님께서 특별히 신경을 쓰시는 일인 건 잘 알고 계시겠죠? 우리 조직이 지금보다 수십 배 무섭게 성장할 수 있는 기회입니다. 그러나 공식적인 루트로 조용히 다녀와야 해요. 그쪽 Drug 제조 기술자들과의 접촉은 매우 조심스런 과제이니… 주의해 주세요."

"아, 예. 알겠습니다, 아가… 아니, 윤 대리님."

'윤혜서' 라는 이름을 알고 있는 이 여인!

그렇다면 정말 혜서인 걸까?

"좋아요. 이제 가죠."

"네, 가시죠."

그것까진 정확히 알 수 없지만 어쨌든 중국행 비행기에 탑승하기 위해 수행원과 함께 출국장을 향해 걸음을 옮기는 여성은 분명 윤혜서로 기억되어 있는 한 여인의 얼굴과 너무나 똑같았다. 비록 지금은 박경덕의 기억 속 청순하고 순수한 소녀의 모습이 아니라 요염하고 유혹적인 미녀였으나 얼굴만큼은… 똑같다.

그들의 모습이 공항 청사 안으로 사라지자 아무도 눈치 채지 못하는 사이에 잔인하고 슬픈 인연의 얽힘이 다시 돌아가기 시작했다.

“너, 약 먹었냐?”

“엉?”

제후는 반 아이들이 모여 있는 장소로 이동하다 다시 원우의 걱정을 듣고 퍼뜩 정신을 차렸다. 행복하고 즐거워야 할 수학여행이지만 오늘은 왠지 잡념이 너무 많달까? 현실에 잘 집중할 수가 없었다. 머리 속을 헝클어뜨리는 복잡하고 난해한 문제들이 눈앞에 왔다 갔다 해서.

세진이는 보이지 않았다. 자리로 돌아가는 길에 잠시 전화 통화하고 가겠다며 사라졌기에 그들만 먼저 돌아오는 길이었다. 그런데 그렇게 조용히 걷다가 다시 정신 놓고 있는 모습을 원우 녀석에게 들켜 걱정을 끼친 모양인데,

“야, 정신 좀 차려. 너 오늘따라 왜 이렇게 상태가 안 좋냐? 꼭 약 먹은 병아리같이.”

약이라……

제후는 자신을 걱정하는 마음을 찡그림과 툭툭 내뱉는 퉁명스런 말투로 감추는 친구의 모습에 피식 웃음을 터뜨리며 장난스럽게 말을 받았다.

“어, 이제 슬슬 약발이 오르나 보다. 끊어야 하는데. 신경 꺼.”

그러나 순간 뭔가 잘못한 모양이다.

그저 분위기상 받아친 말이었는데 저렇게 일그러진 얼굴로 정색을 하며 무섭게 소리칠 필요까진…….

“설마 너, 정말 약 같은 거 먹었어? 그런 거야?!”

“어, 어? 아니, 꼭 그렇다기보다… 왜……?”

콧물이 나길래 감기약을 좀 먹긴 했지만…

“이, 이 씹.쌔.야!! 너 제정신이야!! 게다가 넌 저번에도 약 잘못 먹

어서 골로 갈 뻔했었대메! 무슨 약인지 모르지만 당장 끊어! 약 하는
게 몸 함부로 굴리는 것 다음으로 가장 안 좋은 거야! 그거 몰라?"

의대 지망생이라 그런지 몰라도, 그래서 약이란 단어에 저렇게 예민
한 걸까? 하지만 원판이 먹고 죽을 뻔한 약은 그런 종류가 아닌데…

'게다가 그런 약들은 비싸잖아. 내가 미쳤냐? 그런 데 돈 쓰게. 그런
돈은 먹고 죽을래도 없다, 없어. 그리고 좀 조용히 하지. 여긴 공공 장
소인데. 아하하…….'

그래도 걱정하니까 저런 소릴 하는 거겠지? 기분 좋다.

"에구에구~ 귀여븐 녀석!"

제후가 원우의 머리를 흐트러뜨리며 웃었다. 그러나 다음 순간 박원
우가 곧 그 손을 매몰차게 쳐내며 노려본다.

탁!

'엇?'

"장난으로 듣지 마, 민제후. 내 주위엔 약 하는 정말 상종 못할 인간
들 많단 말이다. 그런데 만약, 만약 너도 그들과 똑같이 진짜 그런 류
라면……."

"……."

입술을 깨물고 차마 끝을 맺지 못하는 그 말에 그제야 제후는 '약'
이라는 것이 무엇을 뜻하는 것인지 정확하게 알았다.

마약(麻藥).

그것은 일그러진 상류 계층의 폐단의 한 면이기도 한.

여기서 저 아이가 그렇게 경멸스럽게 부르는 '약'이란 것은 곧 대마
초, 몰핀, 헤로인, 엑스타시, 필로폰, GHB 등을 가리키는 마약을 뜻하
는 것이란걸. 박원우의 집안이 상류층 명가의 치부가 될 수 있는 불량

품 자녀들을 그 집안에서 비밀리에 강제로 수용하게 하는 만큼 꽤 크고 좋은 종합 병원이라더니만 그쪽으로는 아주 치를 떠는 모양이다. 더구나 좁아 터진 상류 사교계, 거의 아는 얼굴들, 또 오는 놈은 또 오는 정해진 단골도 있을 테니…

'어쨌든 내 잘못인가?

누구에게나 예민한 부분이 있는 거니까.

제후는 자신이 박원우의 그런 부분을 건드린 것 같아 머쓱한 표정으로 머리를 긁적이며 중얼거렸다. 잘 넘어갔으면 해서. 아까까진 분위기 정말 좋았는데 갑자기 왜 이렇게 되버렸는지.

한숨이 나온다.

"농담이야, 농담. 햐~ 무슨 놈의 자식이 그런 조크도 이해 못하냐?"

"그러니까 그 딴 거 농담으로라도 하지 말라구. 넌 어떨지 몰라도 난 엄청 속이 뒤틀리니까 말야. 우리 형도 약에 미쳐서 인생 조졌으니까."

그 말에 밝은 갈색 머리칼의 소년이 움찔하며 돌아보았다.

조용히, 천천히 목소리에 그늘을 담아 읊조리는 박원우란 이름의 소년의 모습을 어떻게 받아들여야 할지 혼란스럽다. 평소 잘난 척 안 하고 돈 자랑도 없어서 썩 괜찮은 녀석이구나 싶었지만 저런 가정사가 있을 줄이야.

"아, 저… 음… 미안."

민제후가 결국 서늘하게 가라앉은 진지함으로 먼저 입을 열었다. 그렇게 가볍게 이야기할 소재가 아니었는데. 난 왜 이럴까?

"몰랐어. 미안하다. 난… 난 그저 기분이 안 좋았어. 그뿐이야."

하루 종일 정신 놓고 멍하니 서 있는 것도, 어떤 일에도 집중하지 못하고 헤매는 것도 모두 그냥 컨디션이 안 좋을 뿐. 물론 대마초나 엑스터시하고는 상관없다. 약하곤 상관없었다. 원판 놈은 어땠는지 잘은 모르지만 어쨌든 지금은 그런 거에 관심도 두지 않고 잘 알지도 못하니까. 하지만,

'마약 따위와 상관없단 건 확실하지만 오늘 내 상태… 훗! 정말 컨디션이 안 좋을 뿐인가? 그래? 그런 거야?'

"맞아, 그런 거야. 그냥 컨디션이 나빠서 그래. 걱정 마, 박원우. 너희 병원 신세는 질 리 없을 테니."

스스로에게 물었던 질문을 다음 순간 자신의 입이 답을 내뱉고 있어 놀랐지만 제후는 그렇게 말하며 화사하게 웃고 있었다. 그것이 자신에게 보내는 위로의 말처럼 들리는 게 씁쓸하고 가슴이 터질 것 같았지만 한편으론 이대로도 좋았다. 이들 옆에 있다면, 이들과 같은 공간에 머물고 있다면 언제까지고 이런 것들이 현실로써 자신을 감싸 안아줄 것만 같아서, 보고 싶지 않은 잔인한 현실을 피해 빛이 있고 그늘이 있고 살아 숨 쉬는 현실로써 존재할 것 같아서.

'그래, 잊자. 단 며칠만… 단 며칠만 모두 잊고 웃을래. 오늘은 잊지 못할 추억을 만들어야 하니까.'

모든 복잡한 문제는 잠시 접어둬야지.

슬프고 가슴 아픈 문제도 잠시 묻어둬야지.

학교 수학여행을 다녀와서 바로 병원에 입원 수속을 해야 하는 민제후였기에 친구를 바라보며 더욱 밝게 미소 지어 보였다.

아무것도 부족함없이 자랐을 것 같은 박원우란 녀석도 알고 보니 나름대로 그늘이 있는 삶을 살았던 것 같다. 생각해 보니 지금까지 보아 온 모든 아이들이 그랬던 것 같았다. 강제경도, 신동민도, 우세진도, 문

승현까지도. 원판 민제후는 더 말할 것도 없고.

겉으로 보이는 대로만 평가한다는 것은 얼마나 바보 같은 짓인가!

나 혼자만 불행하다는 생각으로 엎어져 있다면 그것이 얼마나 꼴값 떠는 짓인지 제후는 새삼스럽게 느꼈다.

그래서 더욱 자연스럽게 미소가 피어 나왔다.

"안 좋다니? 뭐가?"

그런데 그때, 제후는 뜻밖에 자신들을 향해 물어오는 또 다른 목소리에 화들짝 놀랐다.

누, 누구?

"앗! 너⋯⋯."

"무슨 일인데 왜 이렇게 분위기가 싸해? 니들 지금 싸우냐? 아주 잘하는 짓이군."

빈정대는 것 같지만 사실 훈계조로 들리는 듣기 좋은 저음의 목소리.

고개를 돌린 소년들은 그들에게서 몇 발자국 떨어지지 않은 곳에서 샤프하고 잘생긴 남학생을 발견하곤 눈빛을 반짝였다. 웬만한 연예인은 따라오지도 못할 넋을 잃을 정도의 잘생긴 외모가 투명한 무테 안경 뒤에서 지적인 매력으로 더욱 돋보인다. 더구나 훤칠하게 큰 키와 보세 옷도 명품 브랜드처럼 보이게 하는 체형은 민제후로 하여금 '옷빨 한번 죽이는군' 이라며 다시 한 번 씹고 싶게 만드는 친구.

"야, 신동민!"

동민이다!

'역시 녀석이 나타나자 주변이 환해지는 것 같은걸.'

고개를 돌려보니 곳곳에서 무시무시한 광채를 자랑하며 숨어서 노려보는 여학생들의 눈빛이 보인다. 원우와 둘만 있을 때는 이런 건 없었는데 정말 굉장하다. 물론 그 당사자는 잘 인지하지 못하는 것 같지만서도.

'와~ 여자들이 동민이 눈짓 한번에 아주 죽는구나, 죽어. 까하하하~'

"뭐, 뭐냐? 왜, 왜 이래. 너… 무슨 음모냐, 이번엔."

"내가 뭐얼~?"

한편 신동민은 지나가다 제후를 발견하고 별 생각 없이 말을 걸었을 뿐인데 갑자기 그 허무맹랑한 민제후가 실실 웃으며 다가와 어깨동무를 하며 친한 척을 해대니 바짝 긴장되어 말이 떨려 나왔다. 원래 웬만하면 잘 놀라지 않는 그였지만 민제후를 만나고 나선 별별 황당한 일에 다 휘말려 봤기에 이젠 민제후 눈꼬리에 묘한 웃음기만 묻어나도 겁이 덜컥 나는 신동민이었다.

이번엔 또 뭔 일인지……?

"아무래도 이상해, 이상해. 난 너 그러면 정말 무서워. 이번만큼은 사고 치지 말고 조용히 갔다 오자구. 응? 제발 부탁이다."

"사고는 무슨. 그나저나 너, 인기 많아 좋겠다?"

"무슨 소리야?"

봉창이지만 사실이다. 사복인데다가 평소 책을 읽을 때 이외엔 잘 안 쓰던 안경까지 써서 그런지 신동민도 분위기가 많이 달라 보였다. 한여름에 어울리는 시원한 파란색 셔츠를 입고 액세서리라곤 가벼운 무테 안경과 풀어져 있는 셔츠 깃 사이로 보이는 가는 은줄 목걸이가 전부인데도 저렇게 눈 돌아가게 생겼으니…….

제후는 갑자기 우리 나라 수많은 여성들이 정말 불쌍해졌다. 아니,

특히 오늘 인천 공항에서 신동민을 본 여자 분들이. 모르긴 몰라도 저 녀석 오늘 저런 모습을 해가지고 쿨한 표정으로 공항 안을 헤집고 다녔을 텐데 얼마나 수많은 여성 분들이 오늘 그 치명적인 장면으로 인해 상사병에 걸릴 것인가! 특히나 본인은 자기 모습에 대한 자각도 별로 없는데 말이다.

'안타까워. 역시 이 안타까움을 씻어내는 가장 좋은 방법은 신동민을 연예인으로 데뷔시키는 것인데. 쯧쯧… 사업적인 측면으론 너무나 안타깝지만 어쩔 수 없지. 저 녀석 쓸 데는 그 자리가 아니니. 음, 조금만 덜 똑똑했어도…….'

일단 데뷔만 시키면 마리안만큼 단번에 뜰 수 있을 것 같은데. 실현 불가능의 꿈일지라도 역시 저 얼굴을 보고 있자면 안타깝기 그지없다.

"짜식! 아우우~ 귀여븐 것!!"

그보다 우선 아까 원우 녀석만 이쁘다 이쁘다 쓰다듬어 줬으니 이번엔 동민이 녀석을 나의 사랑을 담아 꽈악 끌어안아 줄 차례가 되었도다.

"으악! 너, 지금 뭐 하는 플레이야, 민제후!"

'뭐긴 뭐야. 이 엉아의 짜릿하고 예쁜 애정의 표현이쥐~ 오호~ 녀석, 빈약할 줄 알았는데 더듬어보니 꽤 튼실한걸? 냐하하하!'

"더듬지 마!!"

공공 장소에서 싸우냐고 훈계하던 녀석이 오히려 자기가 더 크게 비명을 질러대다니…….

얼마 후 신동민은 마침내 민제후의 '꽉 끌어안고 부비부비 공격 및 옵션 더듬기' 공격에서 사색이 되어 벗어나서 화를 내야 할지 도망가야 할지 미처 정하지 못하고 혼란스러운 상태로 민제후에게서 후닥닥 떨어졌다. 도대체 저 녀석 머리 속엔 뭐가 들어 있는지 무지 궁금하다는 표정. 한순간에 핼쑥해진 신동민의 얼굴이 애처롭다.

"헥헥… 이 변태 자식……."

"음헤헤헤헤~ 지도 기분 좋았으면서 내숭은."

그 순간 신동민, 얼굴이 새파래진다. 역시 놀려먹는 재미가 있는 놈이라니까.

"냐하하하하!!"

어쨌든 덕분에 무거운 분위기가 다시 훈훈하게 바뀌었다.

그리고 그때까지 옆에서 구경(?)만 하고 있던 박원우는 신동민을 안됐다고 동정하는 건지, 또는 자기가 그런 꼴을 안 당해서 다행이라는 건지 묘하게 섞인 표정으로 수시로 얼굴색이 바뀌고 있었다. 식은땀도 흘리는 게 상당히 부러웠던 모양인데(정말?).

'아참! 오늘 박원우한테 신동민을 소개한다는 것을 깜박 잊었네. 성전특고 유명 인사들이니 서로 얼굴은 알고 있어도 말해 본 적은 없을 텐데. 그럼 내가 서로 소개를…….'

한데 그때,

"저, 저기요……."

"……?"

웃고 떠들다가 옆에서 조심스레 말을 거는 소리에 고개를 돌리니 한 여학생 무리가 다가와 있다. 여학생들 앞에는 대표 격인지 한 소녀가 나서서 말을 건다. 당돌하게 똑바로 눈을 쳐다보며 말을 하는 그녀들은 얼굴을 빨갛게 물들이고 있지만 쾌활하고 적극적이다.

'뭐지? 이건 어디선가 많이 본 분위긴데? 쿄호호호호~ 혹시 '사인 해 주세요, 오빠' 그러는 거 아냐? 아아~ 알어, 알어. 그냥 해본 말이

야. 피식! 신동민이면 또 몰라도 우리가 무슨 스타라고 사인은 무
슨······.’

"저기, 혹시 연예인들이세요? 세 분 다 신인이시죠? 전 오늘 그쪽 분
들 보고 열렬한 팬이 됐어요. 여기 잘생긴 오빠도 멋지구 그 옆에 오빠
들도 너무너무 귀여워요! 그런데 오늘 해외로 촬영이라도 나가시나 봐
요? 저기, 그런데요······."

"아, 착각인 거 안다니까. 그러니까 사인은 무슨······."

"저기 사인 좀 해주세요!"

정적.

사람들 얘기를 듣지 않고 또 혼자만의 세계에 빠져 있던 제후는 우
연히 명랑하게 부탁하는 여자애들의 말과 겹쳐지자 순식간에 모든 사
고 회로가 하얗게 정지했다. 하지만 그 현상은 민제후뿐만이 아니라
나머지 소년들도 마찬가지인 모양이다. 공부, 학교, 집밖에 모르는 신
동민은 이렇게 적극적으로 다가오는 여학생들이 처음이어서 당황한 모
양이고, 박원우는 특별히 자신이 잘났다고 여긴 적이 없었기에 그런 모
양.

이들이 자신들을 잘났다고 생각하지 않다니? 이해하기 어려울지도
모르나 그것은 아마도 이들이 모두 최고 엘리트 스쿨인 성전특고생이
기에 그럴 테다. 평균 수준 자체가 최고이고 일류인 곳이 아닌가! 특별
하다 특별하지 않다의 개념은 상대적인 것이기 때문에.

"······?"

여전히 펜과 수첩을 내밀며 끈질기게 사인을 요구하는 여학생들.

세 명의 소년들은 그들 앞에 굳어서서 당혹스럽고 이해가 가지 않는
상황들을 이해하기 위해 억지로 머리를 굴렸다.

각자 서로를 쳐다보다 다시 여학생들을 쳐다보고, 또다시 여학생들을 바라보며 각자 입 모양으로 '나?', 또는 'me?' 라고 손가락으로 자신을 가리키면서 확인했다가 다음 순간 여지없이 그녀들의 반짝반짝 빛나는 선망의 눈초리 속에서 끄덕이는 고갯짓까지 되돌려받았다.

하나 확인은 받았는데 아직 접수가 잘 안 되는 모양이다. 어떤 반응을 보여야 할지 몰라 그냥 두 눈만 깜박이던 소년들은 그들의 행동 하나하나에 꺅꺅 소리 지르며 좋아하는 여학생들 소리에 겨우 정신이 들었고, 마침내 약속이라도 한 듯 동시에 자신들의 감정을 이렇게 표현했다.

"에에에엑―?!!"

아무래도 자신에 대해 별 자각이 없는 건 신동민만은 아니었던 것 같다.

*　　　*　　　*

"그래서요, 아가씨? 그럼 민 교수님은 아가씨를 만나기 전까진 그렇게 자신에 대해 별 자각을 못하고 사신 거예요?"

"그렇다니까. 호호호~ 그 사람은 그때나 지금이나 책밖에 몰랐으니까."

"어머, 너무 로맨틱해요. 그럼 첫 만남은요? 자세히 좀 얘기해 주세요."

성전 저택에서 장혜영은 모처럼 저택의 창문을 모두 열고 대청소를 하고 있었다. 얼마 전 귀국한 남편도―잠시 불미스런 사건이 있었지만―지금은 아무 탈 없이 깨어나서 건강하고, 아들은 수학여행을 떠났다.

게다가 날씨도 화창하니 오늘 같은 날은 대청소하는 날이라고 하늘에서 선사한 것만 같다. 게다가 혜영은 저택의 살림을 돌보는 직원들과 함께 대청소를 하며 수다를 떠는 것이 얼마나 신나고 재미있는지…

더구나 지금은 자기 남편과 첫 만남에 대해 이야기하는 중이라 소녀처럼 들떠 있는 그녀였다.

"그럼 민 교수님은 하늘에서 떨어지는 아가씨를 보고 깜짝 놀라셨겠네요?"

"응, 맞아. 사실 내가 그땐 좀 말괄량이였거든. 그게 어떻게 된 거냐 하면… 그날은 마카로브 교수님 개인 레슨이 있는 날이었어. 그런데 그날따라 얼마나 날씨가 좋고 연습은 또 얼마나 하기가 싫었는지—맞다. 꼭 오늘 같았다, 그때 날씨가—더구나 창밖에 있는 벚나무는 분홍빛 벚꽃이 흐드러지게 피어 있어서 도저히 수업하기가 싫은 거야. 생각해 봐, 지원 씨. 그때 난 겨우 열여섯 소녀였다구. 그 나이 때의 소녀를 그렇게 좋은 날 방에 처박아놓는다고 공부가 되겠어?"

"맞아요! 그땐 그렇죠!"

그 순간 유리를 닦고 테라스에 널어놓은 카펫을 털다가 그녀의 이야기에 열렬히 맞장구 치는 직원들.

"그렇게 내가 창가에 늘어져 있는데 그때 마침 레슨하러 오시는 교수님 구두 발자국 소리가 들리지 않겠어? 그때 결심했지. '에잇! 창문 밖으로 뛰어내리는 한이 있더라도 오늘은 피아노 못 치겠다!' …그래서 어떻게 했는 줄 알아?"

"어떻게 했는데요?"

이야기가 점점 흥미를 더해가는지 여자들이 눈을 반짝반짝 빛낸다. 무엇보다 실화를 바탕으로 한 유명한 러브 스토리 아닌가!

"후후, 어떡하긴. 용감하게 창밖에 있는 벚나무로 뛰어내렸지!"

"어머머!!"

"후우~ 맞아. 지금은 다시 하라고 해도 겁나서 못한다니까. 더구나 그땐 옷차림도 공주님 같은 원피스였다니깐. 한창 연극제를 준비하던 때라서. 아, 어쨌든 옷은 나풀나풀한 공주 치마지, 머리는 또 얼마나 구불구불하게 길었었는데."

"세상에~ 안 다치셨어요?"

"응, 그게… 창문에서 뛰어내리기 전에는 가뿐해 보였는데 막상 벚나무 위로 뛰어내리니까 그게 그렇게 간단한 일이 아니더라고. 간신히 나뭇가지를 붙잡고 버티고 있는데 손에 힘이 빠지는 거야. 그런데 다시 교실로 올라갈 수 있는 것도 아니고, 아래로 내려가자니 밑이 정말 까마득하대? 호호호. 결국 그때 '난 이제 죽었구나' 싶었지. 그리고 마침내 손에 힘이 빠지고 나뭇가지를 놓쳐서 비명을 지르며 떨어지는데……!!"

"지. 는. 데?!"

여자들이 청소하다가 이야기에 심취해 청소 도구를 손에 꼭 쥔 채 대청소도 잊고 긴장해서 장혜영의 얼굴만 뚫어지게 쳐다보았다.

"그렇게 정신없이 떨어지는 순간에 나무 밑에서 책을 보던 대학생 오빠 하나가 깜짝 놀라서 고개를 드. 는. 데… 그거 알지? 영화 속에서 보면 남자 주인공이 고개를 딱 드는 순간의 장면이 여러 번 반복되며 보여지고 주인공 얼굴이 화사하게 빛나며 클로즈업되는 장면! 그때 딱 그랬다는 거 아니니."

"어머어머!!"

"하아~ 지금도 멋지지만 우리 그이 그때 정말 끝내줬지. 벚꽃이 바람에 날리는 배경으로 내가 떨어지는 순간에 고개를 드는 그 대학생 오빠가 얼마나 멋졌는지. 시간이 멈춘 것 같았어. 심장 박동이 딱 멈췄었다니깐. 내가 그 순간 나무에서 떨어지고 있다는 걸 까먹었을 정도였으니까 말야. 또 나중에 알고 보니까 승재 씬 가난한 국비 유학생이긴 해도 예일대에 다니는 수재였고. 그래, 어쩌면 그래서 내가 맨날 손해를 보는지도 몰라. 내가 먼저 첫눈에 반했으니까.”

혜영이 이야기의 긴장을 조금 늦추며 살짝 미소를 흘리자 젊은 직원들은 물론이고 아줌마들도 자기들끼리 말을 주거니 받거니 하며 이것저것 말을 한다.

“하긴, 민 교수님은 지금도 너무 멋지시니까. 누가 그분을 40대로 보겠어. 안 그래? 솔직히 제후 도련님이 아드님이라고 하면 누가 믿어?”

“맞아맞아.”

“그래서 그 뒤에 어떻게 됐는데요? 네?”

그 뒷이야기는?

혜영은 소녀 같은 예쁜 웃음을 방긋 지으며 다시 총채로 먼지를 털면서 중얼거렸다.

“그때? 아, 그때 바로 ‘꽈당’ 했지 뭐. 바로 그 사람 위로.”

“네엣?!!”

“정말이야. 그 사람이 깜짝 놀라는 사이 엉겁결에 날 받아 안았는데 결국은 둘이 같이 바닥으로 굴렀어. 그리고 그때 창문 위로 교수님이 ‘캐롤린!!’ 이라며 호통을 치는데, 난 그 소리를 듣고 그대로 후닥닥 튀었지 뭐.”

“뭐예요, 그게. 그게 다예요?”

여자들의 실망했다는 목소리.

하지만 한국말은 끝까지 들어봐야 안다는 거 모르나?

"아, 근데 한참을 뛰다 보니까… 내가 그 대학생 오빠의 손을 꼭 붙잡고 뛰었더라고."

"꺄아― 정말요? 마치 한 편의 영화 같아요!!"

예상대로 여자들은 한껏 들떠서 좋아한다. 젊은 아가씨들은 너무 낭만적인 만남이었다며 두 손으로 자기 얼굴을 감싸고 깍깍대고 나이 든 부인들은 호호거리며 이야기가 늘어진다. 여자들 수다 중에 최고 좋은 것은 남 걱정, 즉 누군가를 씹는 거고, 그 다음으로 좋은 건 로맨스임이 틀림없다. 오늘의 대청소는 이렇듯 하나도 지루하지 않게 즐겁게 끝나 간다.

'그럼 그 뒷이야기는 다음에. 호호호.'

하지만 남 이야기가 아니라 자기 이야기를, 그것도 남편과의 연애 시절 이야기를 저렇게 스스럼없이 또는 다른 말로 뻔뻔하게 할 수 있다니… 수줍음이란 것이 없는 건가? 어쨌든 정말 대단한 여성이다.

"어? 뭐지, 이 낡은 종이는?"

장혜영 여사가 흥미진진한 전설적인 논픽션 러브 스토리를 풀어내다가 대청소 막바지에 이르러 민제후의 서재 책상을 보고 고개를 절레절레 흔들었다. 뭐가 이렇게 어지럽고 산만한지. 아침에 수학여행 간다고 들떠서 책상 위도 제대로 정리도 안 하고 나갔나 보다.

그녀는 혀를 차며 넓은 책상 위에 흐트러진 결재 서류들과 아직 검토 중으로 보이는 기획안 서류철 등을 정리하고, 그 밖에 학교 숙제와 필기구는 가방에 챙겨 넣었다. 그런데 그때 발견된 둘둘 말려 있는 지저분한 종이 뭉치. 그것은 회사 일로도, 또는 학교 과제로도 보이지 않는데…….

"지원 씨! 여기 제후 방 책상 위에 올려져 있는 이건 뭐야?"

"아, 그거요? 아까 승현 군이 와서 두고 간 건데요. 그냥 도련님 드리면 알 거라고."

"그래?"

장혜영은 간단하게 대답하고 다시 제 할 일을 하는 그녀들에게 간단한 끄덕임을 보이고 그 종이를 다시 쳐다보았다. 여기저기 조금 손상이 간 누렇게 변색된 종이가 묘하게 흥미를 잡아끈다.

"흐응~ 뭘까……."

혜영은 호기심을 이기지 못하고 생긋 웃으며 풀리지 않게 감겨 있는 노란 고무줄을 벗겨내고 그 종이 뭉치를 조심스레 펼쳐 보았다. 그러나 그것을 다 펼쳐 낸 그 순간, 그녀는 두 눈을 커다랗게 뜨고 얼굴에서 웃음기를 감췄다.

'이건!!'

그 종이는 묘하게 생긴 여러 개의 그림들이 스케치하듯 그려져 있는 도면. 설계도라고 하기엔 뭔가 부족하고 굳이 말하라면 어떤 구조물과 그 열쇠에 대한 크로키 정도라고 할 수 있었다. 그 이외엔 그 도면에서 알아낼 수 있는 정보는 더 이상 없었다. 하나 장혜영은 그것만으로 깜짝 놀라고 있었다.

"어떻게 이걸 제후 그 아이가… 그 앤 아직 '그것' 에 대해서 아는 것이 없을 텐데. 설마."

'이게 어떻게 된 거지? 혹시… 제후가 이미 승재 씨가 귀국하게 된 경위를 알고 있는 거 아니야?!'

벌써?

…아냐, 아니다. 다시 생각해 보니 그럴 리 없었다. 더욱이 아무도 말해 주지 않았는데 어떻게 안단 말인가. 민제후란 소년이 신도 아니고. '그것'에 대해 알고 있는 사람은 장씨 가문에서도 지도자들 몇 명뿐인데. 그리고 민제후는 기억 상실증에 걸려 과거를 모두 잊었는데 어떻게 '그것'에 대해 안다고…

역시 말도 안 된다. 그럴 리가 없었다.

*   *   *

"아버지가 돌아오셨어."

곧 비행기를 타기 위해 담임 선생님을 기다리는 자리로 돌아와서 민제후가 짐을 챙기며 별스럽지 않게 중얼거렸다. 짐이래 봤자 단 3박 4일 간의 수학여행이기에 간단한 배낭 가방 하나뿐이지만.

"뭐?!"

"뭐라고?!"

제후는 똑같은 표정이 되어 동시에 물어보는 신동민과 박원우의 모습에 그만 키득거리는 웃음이 흘러나왔다. 전혀 다르게 생긴 두 사람이 똑같은 표정이라…….

"쿡쿡쿡."

"야, 웃지만 말고 말해 봐. 그게 무슨 소리야?"

"민제후, 니네 아버지 살아 계셨냐?"

"……."

하여간 존재감이 없는 사람이다, 아버지란 사람도.

제후의 친한 친구들조차 그 소년의 아버지가 아예 돌아가시고 없다고 생각하고 있었으니까 말이다.

"그래, 멀쩡히 살아 있으시다. 그러니 너흰 괜히 산 사람 하루아침에 죽은 사람 만들지 마라."

그런 인물은 집에 있는 한 명으로 족하다. 장혜영 여사는 뻑 하면 괜히 하늘을 바라보며 제후 아빠를 찾아댔으니까. 그 모습이 때때로 너무 진지해서 누가 보면 동정의 눈물을 뚝뚝 떨굴지도 몰랐다. 그건 연기라고, 가짜 눈물이라고 알고 있어도 장 여사가 눈앞에서 그런 장면을 연출하면 민제후도 삐질삐질 식은땀을 흘리다가 결국 두 손 두 발 다 들고 만다. 세뇌 효과가 있달까?

아마 며칠 전 아버지인 민승재 교수를 직접 만나보지 못하고 이대로 몇 년의 시간이 더 흘렀다면 그 소년도 정말 자신의 아버지는 돌아가셨다고 생각할 뻔했다.

"솔직히 놀랐습니다. 어떻게 이렇게 갑자기……."

단도직입적으로 물었었다.

"왜 오셨습니까?"

한국엔 왜 왔냐고.

못 올 곳을 왔냐며 부드럽게 웃음 짓는 민승재의 얼굴에 제후는 눈살이 찌푸려졌었다. 평생 안 올 것처럼 연락도 없이 몇 년간 밟지 않던 한국 땅 아니던가. 당연한 질문이라 생각했다. 그리고 처음부터 아버지로서 만났다면 모를까 이미 서로를 모르는 상태에서 만난 적이 있었기 때문에 짙어진 경계심. 그때의 그 낯선 기운, 물론 지금은 착각이었을 거라고 생각되지만 제후는 그래도 민승재 교수가 그저 그런 평범한 사람이라고 여겨지진 않았다.

뭔가 있었다, 그 남잔.

"글쎄, 드디어 어떤… '때'가 왔다고 해야 하나? 모두 제자리를 찾을 때가 온 거겠지."

"벌써부터 모든 걸 말해 줄 순 없구나, 아쉽게도. 후후, 그럼 규칙 위반이야. 그렇지만 한 가지 확실하게 말할 수 있는 건 이번에 내가 한국에 들어온 이유는 바로 널 만나보기 위해서란 거다, 민제후. 물론 아들을 보러 온다는 사적인 문제엔 일 문제도 조금 얽혀 있지만."

무슨 말인지 도통…

'하여간 부자 간의 첫 만남치고는 좀 썰렁한 대화 내용이었지, 아마?'

"기억도 안 나는데 내가 옛날에 아버질 싫어했다더라? 그런데 그 이유를 그 사람을 만나보고 알았어."

제후가 가방에서 모자를 꺼내 눌러쓰며 말했다. 친구들에게 하는 말이지만 마치 자신에게도 들으라고 다시 한 번 확인하는 듯이.

민제후의 다갈색 눈동자가 모자의 캡 밑에서 맑게 빛났다.

"무서운 사람이더라구. 조금 다른 의미로."

민 교수 앞에서 했던 자신의 말이 자꾸 떠오른다.

"…왜 내가 예전에 아버지를 싫어했는지 알 것 같아요."

“무서워? 왜? 널 때려? 아니면 니네 아버지 무시무시하게 생겼냐?”

무시무시하게?

원우의 익살맞은 표정에 그만 긴장이 쫙 풀려 버렸다.

“푸하핫!”

무시무시하게 생겼다니. 절대 아니다. 민승재 교수, 그는 민제후가 만나본 사람 중 가장 온화하고 따뜻한 인상의 매력적인 청년이었다. 아니, 매력적인 중년 아저씨(음, 이게 말이 되나?).

어쨌든 신념이 뚜렷하고 아내를 사랑하고 포근한 웃음을 지을 줄 아는 남자. 짧은 시간을 마주했었지만 그것만으로도 충분히 느낄 수 있었다.

정말 멋진 남자구나. 같은 남자로서 정말 멋있는 사람이라고 느꼈다. 과장되고 부풀려진 모습이 없는, 자기 자신을 있는 그대로 보여주면서도 온화함 속에 강함을 느낄 수 있는 사람. 마치 커피 광고에 나오는 모델처럼 향기가 있고 부드러운 사람이었다.

자신의 아버지란 사람은 그런 사람이었다.

하지만…

‘난 그 온화함이 무섭다.’

사람들이 생각하는 것과는 다른 의미로. 자신도 그 이유를 알지 못해 잘 설명할 순 없지만…

‘차라리 박원우 말대로 보이는 겉모습이 무시무시했다면 이런 찜찜한 기분은 안 들 텐데. 쩝!’

원판도 같은 것을 느꼈다면 충분히 싫어했을 것 같은데. 아니, 싫어한다기보다 그 앞에서 움츠러들며 도망가려 했을 것 같다는 생각이 들었다. 지금의 자신도 어쩐지 얼굴이 찌푸려지고 있으니까.

하여튼 민승재 교수가 무시무시하다거나 험악한 인상과는 거리가 먼 건 확실하다.

오히려 비디오적인 면은 나보다 더 받쳐 주잖아?

"아니, 별로. 그런 건 아닌데, 그냥 나랑 잘 안 맞을 것 같더라구."

앞으로 내가 어떻게 처신해야 할지…….

'제자리를 찾을 때.'

민승재 교수가 분명 그렇게 말했었지? 그 따뜻한 웃음으로 조금은 이른 감이 있지만 이제 모두 제자리를 잡을 때라고. 그것이 무슨 뜻인지 이해할 순 없었지만.

'그래. 나도 이제 과거를 정리해야 할 때가 된 것인지도 몰라. 억지로 잊는 것이 아니라 정말 용서해야 할 때. 지금이라면 용서할 수 있을지도… 몰라…….'

생각이 자연스럽게 아픈 과거로 흘렀다.

힘들겠지만 지금의 자신이라면 현성우를 이해하고 용서하려고 노력할 수 있을지도 모른다. 무슨 이유가 있었을 것이다. 앞뒤 분간 못하는 성품의 아이는 아니었다, 그 녀석은.

상처를 아프다고 솔직히 인정하고 받아들이자 시야가 넓어졌고, 그 속에서 현성우의 배신 배후에 무언가 그 나름대로의 이유가 있었을 것이라고 생각되기 시작한다.

하나 용서하기엔 아직 훨씬 더 많은 용기가 필요하다. 그것을 제후는 최근 절절히 깨닫고 있었다.

'하지만 용기를 내야지. 그것이 하늘에 있는 우리 착한 혜서의 바람이기도 할 테니까.'

여려 보이는 소년의 입가에 가느다란 웃음이 피어올랐다.

이젠 전생의 사람들을 생각하면서도 조금씩 웃을 수 있게 된 것일까? 그렇다면 언젠가 현성우를 완전히 용서할 수 있게 되면 더 밝게 웃을 수 있게 될지도. 그리고 그때가 되면 민제후란 소년의 영혼도 마침내 증오의 사슬에서 완전히 벗어나 진정으로 자유로워질 수 있을 것이다.

'음, 그러고 보니 장태현 이사가 구속되고 나서 현성우는 어떻게 됐는지 신경을 못 썼군. 또 장 이사는 어떻게 됐을까? 기소됐나?'

김 비서가 뭐라뭐라 알려줬던 것 같은데 졸다가 또 제대로 듣질 못했었다.

아무래도 4일 뒤 수학여행에서 돌아오면 장태현을 비롯해서 현성우와 해성유통에 대해 조사해 보라고 지시해야겠군. 아니다, 지금 잠깐 사무실로 전화하고 올까?

"으샤!"

"어? 야, 민제후! 어디 가냐?"

"어, 나 잠깐 화장실 좀."

"그래? 그럼 빨리 갔다 와. 곧 탑승 시간이랜다."

"엉, 걱정 마."

제후가 한동안 친구들과 이런저런 잡담을 나누다가 일어서서 걱정 말라고 손을 흔들며 걸음을 옮겼다. 한데 그때 막 과자 봉지를 뜯고 주전부리를 하던 원우 녀석이 뭔가 생각난 듯 벌떡 일어서서 멀리 걸어가는 민제후의 뒤통수에 대고 소리쳤다.

"야! 시간없으니까 오래 걸릴 것 같으면 중간에서 끊고 나와라! 알았지?"

“와하하하하!!”

주륵……

‘윽! 박원우, 내 저놈의 자식을 기냥…….’

제후는 친구 놈의 말에 주륵 넘어질 뻔하다가 빨개진 얼굴로 더욱 뒤도 돌아보지 않고 모자 쓴 얼굴을 더 깊이 숙여 사라졌다.

“쪽팔려 죽는다는 게 이런 거군. 에휴~”

그래도 사복을 입고 있는 데다가 아까 모자를 꺼내서 깊이 눌러썼기 때문에 소년의 모습은 특별히 사람들의 주목을 끌지 못했다. 신동민과 박원우들과 함께 여학생들에게 시달린 이후로 자기는 금 실타래 같은 독특한 머리칼 때문에 시선을 끈다는 것을 알고 조치한 일이었다. 모자는 수학여행지에서 야외의 햇빛이 너무 강하면 쓰려고 준비한 것이었는데 설마 실내에서 얼굴을 가리려고 쓰게 될 줄이야. 하지만 솔직히 기분이 그리 나쁘지만은 않았다. 나쁠 이유가 없지 않은가. 여자들에게 인기가 좋다는데.

어쩐지 재미있어서 자꾸 웃음이 나온다.

그런데 그렇게 그 소년이 빙글빙글 미소 지으며 걸어가던 그때,

“……!!”

민제후의 옆으로 지나가는 한 남자와 한 여자!

그 소년의 옆으로 막 스쳐 지나갔다.

‘잠깐! 방금…….’

은은하지만 강렬한 색을 가진 진한 향수 냄새.

독약과 같은 매혹적인 향. 공기 중에 흔적으로 남은 그것이 한순간 민제후의 영혼을 잡아챘다. 그 향기는 분명 어렴풋하게 회색 빛 과거의 잔상 속에 남아 있는 그것!

제후가 미간을 찡그리며 반사적으로 홱 돌아섰다. 모자의 캡이 가리고 있어서 자세히 보지는 못했지만 방금 지나갔던 선글라스를 낀 화려한 용모의 여자는…

'설마……?'

혜서일 리가…

"제.후.야!!"

제후는 자신을 지나쳐 가버린 그 여자의 모습을 쫓아 달려가려다 뒤통수를 때리는 날카로운 소녀의 음성에 깜짝 놀라 멈춰 서고 말았다. 우뚝 멈춘 민제후의 얼굴은 모자챙으로 인해 드리워진 그늘 밑으로 새하얗게 질려 있는데… 마치 유령을 본 듯 휘둥그레 커져 흔들리는 커다란 눈, 식은땀이 맺힌 창백한 안색이.

"야, 민제후! 너 뭐야? 내가 얼마나 여러 번 불렀는데 왜 대답을 안 해?"

뛰어와 자신의 팔을 잡아당기며 말하는 아름다운 소녀가 시야에 들어왔지만 소년은 그녀의 뒤로 방금 전 놓친 어떤 여자의 모습만을 정신없이 찾고 있을 뿐이다. 하지만 그들은 벌써 사람들 사이로 사라졌는지, 아니면 처음부터 그의 착각이었는지 그녀의 모습은 찾을 수가 없다. 안 보인다.

'없어…….'

"야! 민제후!!"

"어, 엇? 아… 예지구나. 왜……?"

"이쒸~"

'히힉!! 뭐, 뭐야, 이번엔?'

정신을 가까스로 추스르고 시선을 내려뜨리니 한예지가 무섭게 눈을 치켜뜬 것이 보였다. 한눈에도 '한예지, 무지무지 화났다' 라고 쓰여 있는 얼굴. 아까와는 또 다른 이유로 식은땀이 흐른다.

제후는 한예지를 달래려는 목적으로 띠는 어색한 방긋방긋 웃음과 함께 천천히 뒷걸음질쳤다. 이럴 땐 튀어야 산다.

"왜, 왜 그래, 한예지. 나, 오늘은 아무 짓도 안 했어."

그러니 제발 그 머리카락 날리는 특수 효과만은 참아죠~

"이리 와봐, 너."

"정말이야. 오늘은 정말 아무 일도……."

'크흑… 진짜 무섭단 말이다.'

이젠 완전히 울상이 된 귀여운 금갈색 머리칼의 소년.

하지만 도망가려다 긴 검은 머리 소녀의 가까이 오라는 손가락 까딱거림에 울며 겨자 먹기로 주춤주춤 다가갔다가 그녀의 손에 꽉 잡혔다. 역시 예지 마녀도 장혜영 여사와 비슷하게 손의 악력이 장난이 아니었다. 제후는 트라우마가 일어나는 것 같았다.

'어흑! 난 정말 여자가 싫다.'

울고 싶다.

"이게 콱! 어딜 토낄려구. …넌 지금 나랑 잠시 갈 데가 있어, 민제후."

"어딘데, 거기가?"

"글쎄, 우선 가자니깐! 시간없어! 빨리!!"

"아하하……."

제후가 한예지한테 목을 잡혀 질질 끌려가면서 힐끔힐끔 계속해서 뒤를 돌아보았다. 미처 쫓아가서 확인하지 못한 것이 못내 아쉬움으로 남는다. 그저 닮은 사람을 본 것일 텐데. 단지 그뿐일 텐데도.

그런데 이상한 건 그때 그건 결코 반갑거나 기쁜 감정이 아니었다는 것. 꿈에서라도 보고 싶었던 사람의 얼굴과 비슷한 얼굴을 우연하게 발견하게 됐는데 전혀 반갑지 않다니…….

'예감이 좋지 않다. 마치 꼭 무언가 곧 무서운 일이 일어날 것처럼. 왜 이렇게 가슴이 뛰지? 이상할 정도로 공포에 질려 주체할 수 없이 쿵쾅거리는 이 불안한 심장 박동 소리는…….'

도대체 어떻게 해석해야 하는 걸까?

삐… 익…….

얼래?

"뭐냐, 이건?"

"그건 네가 더 잘 알 텐데."

삑? 삐익—!! 삐익—!!

그때, 막 제후를 발견하고 반가워서 푸득푸득거리는 철없는 새끼 금웅. 골 때린다. 으윽!

"도대체 어디로 숨어온 거야?"

"우리 반 애들 짐 검사하다가 걸렸대."

"……."

어이가 없다.

'하! 그럼 검사에서 안 걸렸음 자칫 완전히 쥐포가 된 닭둘기를 구경할 뻔했군.'

짐 속에 숨다니. 그렇다는 것은 수화물 운반 도중 다른 물건들에 눌려 완전히 찌부가 될 뻔한 게 기사회생하게 됐다는 소리다. 더욱이 수화물이 실리는 곳은 기내 안과 달리 기온이 굉장히 낮은 곳까지 떨어진다고 하던데… 운이 좋아 쥐포가 되지 않았더라도 얼어 죽을 뻔하다가 살아난 꼴이다.

'어이구, 저 꼴통! 내가 못산다, 못살아!'

그런데 몰래 따라올 생각을 어떻게 했을까? 신기하기만 하다.

"제후야, 어떻게 할 거야? 데려가려면 데려갈 수도 있대. 데려가, 말어?"

한예지가 미간을 찡그리고 있는 민제후의 옆구리를 꾹꾹 찌르며 묻는다. 말 자체는 닭둘기는 제후 거니까 알아서 하라는 뜻 같지만 자세히 살피면 그 소녀의 억양과 표정, 반짝이는 눈빛에서 '재밌겠다, 데려가자' 라는 협박성 애원조의 표현이 쏟아지고 있었다.

한편 제후는 그 짧은 순간에 짱구를 마구마구 돌리는 중이었다. 지금 이 녀석을 돌려보낸다고 집에 얌전히 가리라는 보장도 없고, 또 생긴 건 비둘기지만 DNA 정보상 종족이 그렇지도 않으니 귀소 본능이 있는지도 잘 모르겠고, 그렇다고 일부러 새 한 마리 때문에 회사 직원을 공항까지 불러 집까지 데려가라고 지시하는 것도 좀 그렇고…….

'어쩌지?'

"둘기도 저렇게 가고 싶어하는데. 어때? 데려가, 말어? 엉? 엉?"

'더구나 예지가 저렇게 좋아하는데.'

"어휴~ 난 모르겠다. 니 맘대로 해라."

민제후, 결국 한예지의 청순가련, 순진무구, 오매불망 애원하는 예쁜 눈동자에 홀라당 넘어가 데려가기로 결정해 버렸다. 미인계에 약할 줄이야.

"앗! 정말? 그럼 둘기 데려갈 거야? 데려가도 되지?"

"할 수 없지 뭐."

"와아~"

삐익~!

새끼 금웅도 그 순간 갇혀 있던 케이스 안에서 푸득거리며 좋아한다.

'이그, 저 뚱땡이 닭은 뭘 알아듣고 좋아하는 건지.'

그런데 정말 잘하는 짓인지 확신이 안 선다. 아무래도 잘못한 것 같은데… 그냥 김 비서한테 연락해서 저택으로 데려가라고 할 걸 그랬나?

"손님, 비행기 1대당 애완 동물 2마리만 태울 수 있기 때문에 애완 동물을 데리고 탑승하시려면 원래 항공편 예약 때 미리 동반 탑승을 알려주셔야 합니다. 하지만 손님의 사정이 워낙 딱하시고 그 항공편에는 오늘 예약된 탑승 애완 동물이 없으니 이번 한 번만 봐드리겠습니다."

공항 직원 누나의 친절한 미소에 민제후가 뚱한 얼굴로 속으로만 중얼거렸다.

'안 봐줘도 되는데요.'

"동반 탑승이 허용되는 동물은 애완견이나 고양이, 새 등 세 종류로 엄격히 제한되어 있는데 그건 통과되겠고요, 다음으로는 반드시 동물은 운반용 케이스에 넣어 좌석 아래에 두어야 한다는 걸 잊지 말아주세요."

"네, 그러죠."

역시나 또 뚱한 목소리.

"그리고 여기 서류 작성해 주시고 요금 결제해 주세요."

"네, 요금 결제… 예옛? 뭐, 뭡니까?! 돈도 내야 되나요?"

"뭐니, 민제후. 쩨쩨하게. 너 재벌이잖아. 자기는 매일 수십억씩 돌리면서. 이래서 있는 사람들이 더한다고 한다니깐. 흥!"

'이, 이것 봐. 재벌이든 아니든 그건 회사 돈이지 내 돈은 아니라구!'

하지만 어쩐지 여자 친구한테서 무시당했다는 생각에 기분이 나빠진 소년이었다. 솔직히 대한민국 모든 남학생들에게 물어보라. 여자 친구가 억양까지 살려서 '어머~ 너, 디게 쩨쩨하다. 쫌스러~' 라고 한다면 어떤 기분이 들지. 없던 돈도 만들어서 폼을 살려야 할 판이다.

"쳇! 조, 좋아. 얼만데? 얼마면 되는데?"

어쩐지 원빈의 대사 같지만…

그나저나 지갑에 돈이 없는데 큰일이다. 쿨럭!

"네. 애완 동물은 무게 1㎏당 일반석 요금의 1.5%에 해당하는 초과 수화물 요금을 내야 합니다."

하나 그때 여직원이 쿡쿡 웃으며 다시 한 번 친절하게 알려준다.

제후는 그와 예지의 재벌이 어쩌고, 수십 억이 어쩌고 하는 티격태격한 말씨름을 진짜로 안 듣고 그냥 농담이라고 생각하고 넘어가 준 직원 누나가 고마웠지만, 문제는 돈, 머니, 현금이 연관된 설명이라 아무리 친절하더라도 얼굴이 살짝, 아주 살짝 찌푸려지는 것은 어쩔 수 없었다.

"에이 띠, 짜증나. 도시락 들고 탈 때 운임 지불하는 거 봤…… 악!!"

픽!

그 순간, 제후는 눈알이 튀어나오는 줄 알았다.

어무이~

"야, 너, 너 어떻게 그런 생각을?! 너, 앞으로 여행지에서 우리 둘기보고 침만 삼켜도 주.우.거~!! 이 야만인!!"

예지가 놀랐는지 말을 더듬어가며 닭둘기가 갇혀 있는 케이스를 꼭 껴안고 분노의 도끼눈을 치켜뜬다. 세상에나… 개까지 잡아먹는다는 소릴 하면 아주 사람 잡을 기세다.

"에혀~ 에혀~ 그려. 업보여, 업보. 흑흑. 누구 탓을 하겠어."

민제후, 예지한테 불시에 기습당한 뒤통수를 문지르며 눈물을 찔끔이면서 그 순간에 삐뚤어진 모자를 벗었다가 다시 쓴다. 한두 번도 아니라서 이제 패닉 상태에서 회복하는 속도도 매우 빠른 제후였다. 더구나 인간은 마녀한테 이길 수 없다는 걸 체험으로 아니까.

'그나저나 돈이 많이 들까? 설마 무게가 초과하진 않겠지. 많이 나가진 않겠지. 이렇게 쬐끄마한데.'

그러나 잠시 후.

"이… 이……."

무게가…

"야, 이 뚱.땡.아!! 그러길래 평소에 그 포동포동한 뱃살 좀 어떻게 하래니깐!! 뱃떼기랑 궁뎅이에 살만 피둥피둥하게 쪄가지구!! 몸뗑이에 벽돌 넣어났냐? 아우~ 열받아!"

삐익~!!

"시꾸랏!! 이게 어디서 대들어, 대들긴! 눈 안 깔아!!"

삐이이익~!!!

닭털 날린다. 엄청 퍼덕대는군. 에푸풋!

빨리 돈이나 내라고 야리면서 지켜 서 있는 한예지를 보자니 도망도 못 가겠고, 어쩔 수 없이 지갑을 열고 돈을 찾았다. 하지만 없던 돈이 생기나? 역시나 지갑에 돈이 없는 것을 확인한 제후는 한숨을 포옥 내

쉬고는 은회색 신용카드를 꺼내서 내밀었다.

이놈의 수학여행 한번 떠나기 정말 힘들군.

"누나, 카드도 되죠?"

"네, 손님."

"에이… 따바… 쓸데없는 데다가 돈이나 쓰고… 궁시렁궁시렁……."

"바.보. 요금 결제나 해."

"알았어, 알았다구! 에잇! 에잇!"

결국 카드로 긁었다. 서류도 쓱쓱 작성했다. 지참해야 할 구비 서류는… 믿고 싶지 않았지만 정말 우연찮게 민제후의 가방 안에 들어 있었다. 동물 병원에서 받은 건강 진단서 등을 전부 어딘가로 쑤셔 넣었다고 생각했었는데 그것이 그 가방이었던 모양. 하긴 한동안 주로 그 가방만 메고 다녔으니까 어쩌면 당연한 걸지도. 그래도 진단서 등이 그곳에 그대로 들어 있었다니, 정말 가슴을 치는 순간이었다. 그거라도 없었으면 어.쩔. 수. 없.어.서. 못 데려갔을 텐데…….

'아아~ 그보다 내 카드. 정말 만약을 위해서 가지고 다녔던 건데 이렇게 쓰게 될 줄이야…….'

그런데 눈물을 머금고 사용한 카드를 돌려받아 다시 지갑에 넣으려는 순간, 제후는 자기 손 안에 있던 작은 은회색 빛 네모난 형체가 갑자기 사라진 걸 알고 깜짝 놀랐다.

'엇?!'

"뭐야, 카드 있었네 뭐. 그것도 자기 풀네임이 새겨진 반짝반짝한 노블레스 카드 갖고 있었으면서."

"야, 한예지! 그거 이리 내. 빨리."

“치! 누가 갖는대니. 자. 어쨌든 대단하다, 너? 원래 대단한 건 알았지만 그래도 그렇지, 고등학생이 플래티늄 카드 중에서도 특별 VIP라니.”

“……!”

제후는 카드를 지갑에 넣다가 옆으로 바싹 다가와 고개를 내밀고 쫑알거리는 한예지의 말에 의외라는 눈빛으로 다시 쳐다봤다. 한예지가 그 카드를 알아본다는 것이 놀랍고 신기하다. 일반적으로 사람들은 금빛의 골드 카드가 나와야지만 ‘우와’ 하고 감탄하는데.

사실 골드 카드는 너무 남발되어서 이제 진짜 상류 계층들은 더 이상 골드 카드에 관심이 없는 것이 사실이었다. 그래서 그것보다 한 단계 더 업그레이드된 것이 플래티늄 카드인데, 그중 민제후가 가지고 있는 건 국내 재산가 상위 1%에게만 발급되는 것으로 일반 플래티늄 카드에서도 자그마치 두 단계나 위인 VIP 클래스의 것.

처음에 김 비서가 급할 때 사용하라고 그것을 내밀었을 때 자신도 알아보지 못했지 않은가.

제후는 가방을 둘러메고 예지랑 검역소에서 나와 출국장을 향해 서둘렀다. 비행기를 놓치진 않겠지만 생각보다 많이 지체돼서 걱정.

“어쨌든 카드는 빚이잖아. 난 현금박치기가 더 좋아.”

“하여간 넌 별종이야. 그치, 둘기야?”

삐익?

“뭐? 맞다고? 오호호. 나도 네가 나랑 같은 생각일 줄 알았어. 네 주인은 바보야, 바보. 그치?”

삐익? 끼루룩~

“그것도 맞다고? 까아~ 너무 이뻐.”

'아하하… 재밌냐? 에구에구, 아주 혼자 원맨쇼를 해라 해, 한예지. 그게 도대체 어디가 그 녀석이 동조하는 폼이냐? 뭔 소린지 알아듣질 못하는 모양이구만.'

하지만 새끼 금붕을 담은 애완 동물 케이스를 꼭 끌어안고 웃으며 걸어가는 한예지를 바라보자 민제후의 얼굴엔 투덜거리는 속마음과는 달리 어느새 흐뭇한 미소가 피어나고 있었다. 수학여행이란 거, 떠나기도 전에 복잡하고 정신이 하나도 없게 했지만 그래도 예지가 저렇게 천진하게 웃는 걸 한 번은 봤으니 손해 봤다는 생각이 하나도 안 들었다.

한예지라니… 드디어 내가 미쳤나 보다.

"그나저나 중국에선 별 탈 없이 잘 지내다 와야 할 텐데."

*   *   *

"과장님, 이 서류 잘못된 거 아니에요?"

"응? 뭔데 그래?"

"이거요, 이거. 여기 이번에 비행기에 동반 탑승한 애완 동물 종 이름이 좀……."

동물 검역소에 있던 한 직원이 밖에 나갔다 들어와서 정리를 하다가 어떤 서류에서 한 가지 이상한 점을 발견하고 가지고 왔다. 그런데 문제는 그것을 받아 든 상사도 그것을 보고 이해 불가능의 표정을 지었다는 것이었는데.

"종류가… 치킨(Chicken)?"

그렇다면 기내 탑승 애완 동물이 닭이란 말인가?

하지만 아무리 그렇다고 해도…

"'비상 시 후라이드와 양념 반반'? …이게 뭔가?"

어리둥절한 과장.

그러나 자신들도 모르겠다며 어깨를 으쓱하는 제스처를 보이는 직원들.

한편 그들이 그렇게 어리둥절해하고 있을 그때, 수학여행을 떠나는 성전특고생을 태운 비행기는 중국 북경 공항을 향해 인천 국제공항 위로 멋지게 날아오르고 있었다.

덜컹!

뚜벅뚜벅.

꽝! 쿠탕!!

녹이 슬었는지 여닫을 때마다 매끄럽지 못한 쇳소리가 들려와 귓가를 거슬리게 한다. 하지만 그보다 더 거슬리는 것은 자신을 데리고 나가는 경찰의 발자국 소리와 차가운 적막감, 그리고 이런 곳과는 어울리지 않는 밝은 조명이다.

장태현은 면회실로 향하면서 꼬일 대로 꼬인 심사에 또다시 불이 붙는 것을 느꼈다. 특별감사팀에 의해 크고 작은 비리들이 밝혀지자 그 옛날 자신에게 붙어 알랑방귀를 뀌어대던 정·재계 인사들이 가차없이 등을 돌렸다. 회사에서는 확실하게 밀려났고 지금은 민사상, 형사상 각종 사건들에 얽혀 꾸질꾸질한 모습으로 이런 창살 안에 갇혀 있다. 물론 아직 재판도 못 받았고, 형을 받은 것이 아니라 국내 최고의 변호사를 선임해서 밖으로 나갈 방법을 찾고 있으니 곧 좋은 소식이 있을 거라 기대하지만.

'이 장태현이, 아직 죽지 않았다 이 말이야!!'

밖으로 나가기만 하면 정말 가만두지 않을 것이다, 모두.

'그나저나 누가 면회를……?'

그때, 면회실로 막 들어서면서 그런 생각에 잠겨 있다가 눈앞에 나타난 낯선 인물을 보고 얼굴을 굳혔다.

따뜻한 갈색 머리칼과 눈동자가 인상적인 부드러운 인상의 남자. 단정한 얼굴 선에서 나타나는 타고난 기품은 그가 상당한 지식인이라는 걸 알려주듯 학자풍의 면모를 과시한다.

'민.승.재.'

장태현은 십여 년 가까이 마주치지 않았고 특별한 일이 없는 한 꼴도 보기 싫었던 인간이 눈앞에 나타나자 이를 악물었다. 다른 때라면 몰라도 현재 자신의 처지가 민승재에게 어떻게 보여질 것인가를 생각하니 눈에서 불이 나는 것만 같다. 얼마나 세게 이를 악물었던지 입 안에서 찝찌르한 피 맛이 났다.

"흥! 자네가 내 면회를 올지 몰랐군. 한국엔 왜 왔나?"

"어딜 가나 그 질문이 우선이군요. 몇 년 만에 만난 제 아들도 처음 얼굴을 맞댄 그 자리에서 대뜸 그러던데요? 아무도 환영해 주지 않는 한국 땅이라 쓸쓸합니다, 장 이사님. 어쨌든 오랜만에 뵙습니다."

"난 네 그 가증스런 웃음 따윌 상대하고 싶은 여유가 없어."

태현은 민승재가 앉아 있는 맞은편 테이블 앞에 앉으며 예전처럼 경멸 어린 눈빛을 보냈다. 일부에선 이런 인간들을 가리켜 자수성가(自手

成家)했다, 훌륭하다, 장하다 등의 찬사를 보내곤 하지만 장태현의 생각은 달랐다. 때론 잡종이 순종보다 영리할 수 있다. 그러나 그렇다고 잡견이 순수 혈통이 되는 건 아니다. 씨종 자체가 천하다. 혈통은 무시할 수 없다는 게 그의 지론이었다.

장태현의 입술이 비틀렸다.

"원로들한테 전폭적인 지지를 받던 민승재나으리가 독일 재단에서 밀려나기라도 한 건가? 생전 안 하던 짓을 다 하고."

"결정이 내려졌습니다."

'뭐?'

중간에서 말이 잘린 장태현은 담백하게 본론을 이야기하는 민승재의 모습에 그를 무시하며 피하던 시선을 돌려 다시 쳐다보았다.

"민제후한테도 말했었지만 이제 슬슬 정리할 때가 돼가는 것 같아서죠. 재단에서 결정이 내려왔더군요. 물론 아직 심사 단계이긴 하지만."

"……!!"

덜컹!

민승재의 말에 장태현이 놀라서 벌떡 일어섰다.

혹시나 했지만 설마 했다. 믿을 수가 없다. 하지만 민승재가 나타났다는 건 드디어 후계자에게 '그것' 을 넘긴다는 소리. 그렇다면 진정한 후계자가 정해졌다고? 벌써?

아직 심사 중이라는 단서가 붙었지만 누가 그걸 믿는단 말인가. 성전 씨크릿 재단의 민승재가 이미 직접 움직였는데.

"앉으시죠. 처가댁 어른이 서 계시니 불편합니다."

장태현이 잔잔하게 미소 짓고 있는 민승재의 얼굴을 노려보며 입술을 질끈 깨물었다. 생각 같아선 저 웃는 낯짝을 멋지게 한 대 갈기고 싶었지만 그러면 더욱 불리해질 자신의 입지를 생각하고 자제심을 있는 대로 끌어 모아 어거지로 다시 앉았다.

차가운 의자 위에 엉덩이를 걸치니 입가에서 비아냥과 조소가 피실피실 새어 나온다.

"정리라… 정리……. 말은 좋군. 하지만 그건 나 같은 쓰레기들까지 청소하겠단 의미겠지? 결국 난 어떻게 해도 '그것'을 얻지 못했군. 큭큭큭큭."

'그것'만 얻으면 성전그룹을 얻는 것과 마찬가지라고 여기며 희망을 가졌었는데. 이 창살 밖으로 나가 확실하게 되갚아줄 수 있는 목표고 희망이었는데 말야.

"네놈의 아들까지 날 이렇게 물먹일 줄이야. 큭큭큭."

"……."

여러 정황과 분위기로 충분히 그 후계자 후보가 누구인지 눈치 간 장태현이었다. 게다가 이렇게 빨리 다음 후계자 선정이 거론됐을 정도의 성과를 보인 인물이라면 바로 민제후뿐!

대중과 언론에 철저하게 베일로 가려진 신비의 성전그룹 제국의 최고 수장.

불가능하다고 평가됐던 단군 프로젝트를 정부의 전폭적인 지지를 끌어내 국가적인 위상까지 높여가면서 또 한 번 성전을 무섭게 성장시키고 있는 천재. 최고의 경영적 센스를 가지고 있고 더구나 지독히 운도 따라주는 데다가 시대의 흐름을 읽을 줄 아는 인물로 평가되어 그의 입지는 지금 그 어느 때보다 최고에 달해 있었다. 게다가 아직 학생인 민제후의 어린 나이 때문에 철저히 비밀주의일 수밖에 없었던 것이 오히려 신비롭게 비춰져 더욱 인기를 높여주었으니…

"대체 그 녀석은 뭐지? 어떻게 된 게 새파랗게 어린 놈이 이렇게 모든 걸 가질 수 있느냔 말이야! 어떻게 마음먹은 대로 다 가질 수 있냐고! 이 빌어먹을 개새끼!!"

꽝!

너무 열이 받아 그가 주체를 못하고 부들부들 떨며 책상을 내려치자 그런 장태현 이사의 모습을 민승재가 싸늘해진 눈으로 조용히 바라보았다. 자기 아들을 개새끼라고 욕한다는 것은 자신이 개라고 면전에서 모욕당한 것인데 그저 조용히, 웃는 낯은 변화시키지 않고 눈빛만 차갑게 해서 노려볼 뿐이다. 시각에 따라서는 그것이 더 무서울 수도 있는.

"넌 다 알고 있었지? 한국에서 벌어지는 일들, 독일에서 모두 다 듣고 있었어. 그렇지 않나?"

"부정하진 않겠습니다."

"큭큭큭. 그래, 넌 그랬지. 옛날부터 네놈의 자식은 항상 그랬어. 어떤 의미에서 넌 나보다 더 무서운 놈이야. 혹시 넌 네 아들놈이 '그것'의 후계자가 되는 것까지도 예측하고 있었던 것 아냐?!"

"……."

말이 없다.

그리고 그것에 더 속이 뒤집힌 장태현은 더욱 심한 상소리들로 상대를 위협하면서 소리쳤다.

"말해, 민승재!!"

"…절 너무 과대평가하시는군요."

돌아버리기 직전인 장태현을 가늘게 뜬 눈으로 바라보는 민 교수.

"감사드리긴 한데 제가 그것까지 어떻게 알 수 있었겠습니까, 장 이사님. 전 계속 독일에 있었고 제 아들은 작년까지만 해도 장인어른 눈

밖에 나 있었는데 말입니다.”

“…….”

말문이 막히자 이젠 장 이사가 지옥에서 막 걸어나온 사람처럼 추하고 추한 모습으로 무시무시하게 노려본다. 그리고 곧 민승재가 자리에서 일어섰다.

“오늘 제가 여기 오게 된 것은 그런 재단의 결정을 알려 드리기 위해서죠. 어찌 됐든 당신도 문중을 대표하는 몇 안 되는 수뇌이니까 말입니다. 게다가 당신은 마지막까지 ‘그것’의 후계자로서 거론된 분이기도 하시니 알려 드리는 것이 예의라고 생각했습니다. 그럼 이만.”

민승재 교수가 밖으로 나가 버렸다.

그렇게 그자가 떠나고 난 다음 장태현은 저주처럼 계속적으로 혼잣말을 했다. 그리고 부당하게 빼앗긴 어떤 것과 사사건건 자신의 앞길을 막는 재수없는 어떤 어린 놈에게 으드득 이빨을 갈아붙였다.

“끝났다고? 모든 것이 끝났다고? 나보고 이제 그만 떨어지란 소린가? 하!”

웃기지 마.

이대로 끝낼 줄 알아?

모두 가만두지 않으리라. 내 앞길을 막아서는 개자식들, 내 발목을 잡는 배신자들, 겁대가리없이 날 이용하고 기술 좋게 발을 뺀 현성우와 깡패 새끼들…….

“이대로 끝낼 순 없지. 이렇게 죽 쒀서 개 줄 순 없어. 그럼! 누구 좋으라고!!”

민제후, 그리고 빌어먹을 해성유통 같으니.

　　　　　*　　　　　*　　　　　*

　"어차피 장태현 이사와는 서로의 손익계산에 의한 만남이었습니다. 장태현은 해성을 이용해 자신이 직접 손댈 수 없는 더러운 일들을 떠맡길 수 있었고, 우리 현성우 사장님은 그 장 이사를 통해서 성전그룹의 이름을 이용해 결국 우리 나름대로 만족스러운 완벽한 유통망을 완성시킬 수 있었죠. 그럼 된 거 아닌가요?"

　한 여자가 목적지에 도착하자마자 전(前) 성전그룹의 실세 장태현 이사에 대한 우려를 표명하는 부하 직원에게 별로 대수롭지 않다는 듯 말했다.

　찰랑이는 검은 머리가 어깨 근처에서 나풀거리고 진한 화장은 그녀의 몸매를 노골적으로 드러내는 화려한 옷차림만큼 요염하다. 그녀는 중국 북경 공항에 도착해서 게이트 밖으로 향하며 같이 온 남자에게 천천히 붉은 입술을 가져다 대었다.

　"그렇게 소심해서 어떻게 조직의 일을 맡아볼 수 있겠어요, 김진우 씨?"

　"죄, 죄송합니다."

　김진우란 이름으로 불린 남자는 자신의 옆얼굴로 느껴지는 윤혜서의 숨결에 딱딱하게 경직되어 사무적으로 대답했다. 그리고 그 모습에 그녀는 재미있어하며 깔깔 웃음을 터뜨렸다.

　중국 북경 공항.

　'首都飛機場(수뚜페이지챵)'이라 하는 북경 공항의 1층 입국장을 나오며 윤혜서는 자신들의 뒤쪽에서 전해지는 떠들썩한 분위기를 느끼고 왠지 부러움을 느꼈다. 아무리 그들의 일이고 자원해서 오게 되었다지만 가볍게 여행 온 기분이 아니었기 때문에 더 그러했다. 그들의 이번 중국 출장은 표면적으론 해성유통의 해외 지사 설립과 중국 진출 타진을 알아보는 것이었지만 실상은 중국의 히로뽕 제조 기술자들과의 구체적인 접촉이었다.

해성유통이라는 회사를 앞세워 조직의 활동 대부분이 합법적으로 위장되었고 수년을 준비해 온 유통 체계도 장태현이라는 거물을 이용해 알게 모르게 완벽히 정비되었기에 마약 사업에 본격적으로 뛰어들려고 하는 해성파였다. 오래전 박경덕이라는 보스가 존재했을 때는 마약, 매춘, 밀수 등 반인륜적인 분야엔 철저히 손을 대지 않았었지만 지금은 달랐다. 지금의 해성파는 단순한 폭력 조직으로서 푼돈에 정신을 빼앗기는 대신 일본 야쿠자처럼 히로뽕의 제조, 판매에 본격적으로 개입하고 유통시켜 거대한 조직으로 일어서길 기다리고 있었다.

'한국에서는 히로뽕 제조 공장이 1990년대 초 대부분 적발돼 제조 기술자들이 중국 등 해외로 진출, 숨어버렸다. 그 후 우린 완제품을 밀반입하는 정도로만 그쳤었는데… 하지만 이젠 달라! 중국 조직과 기술자들도 최근 중국 마약 당국과 한국의 공조 수사로 밀수입이 어려워지자 힘들어하고 있다. 이때 이들을 우리 쪽에 끌어들여 국내 제조에 나선다면 우리 해성파는 대한민국 최대 조직으로 일어나게 돼!'

더구나 최근엔 기존의 물건보다 수배의 환각 작용이 일어나는 최상질의 신종 히로뽕을 개발하였으니…….

"호호호호~!!"

정말 오래 기다려 왔었고, 지금 그 때가 코앞으로 다가와 있었다.

"어머! 그렇게 굳어질 건 없잖아, 김진우 씨. 누가 보면 내가 김진우 씰 덮치려 했는 줄 알겠어요."

"죄송합니다, 윤 대리님."

"또또 그러는군요. 네, 알았어요. 이제 그만 할게요. 그런데… 김진우 씨, 인천 공항에서부터 생각했지만 어쩐지 오늘 좀 소란스럽고 떠들썩하지 않아요?"

그녀가 굳어진 얼굴을 펼 기색을 보이지 않는 김진우를 보고 피식 웃음 지으며 그의 긴장도 풀어줄 겸 해서 생각나는 사소한 분위기 문제를 물었다. 피조차 차갑다고 소문난 보스의 여자를 바로 곁에서 보필하려니 식은땀이 흐르나 보다. 재미있었다.

"네. 그것이, 어느 유명 사립 고등학교에서 북경으로 수학여행을 왔다고 하더군요."

"아, 그래요?"

윤혜서가 뜻밖의 그 말에 선글라스를 벗어 독하지만 아름다운 눈동자로 뒤돌아보았다.

'고등학교에서 해외로 수학여행을?'

"야~ 2시간 반 만에 남의 나라에 오다니……."

그 시각 제후는 비행기에서 내리며 감탄을 하고 있었다. 단지 비행기에 올라 2시간이 좀 넘는 시간 동안 편안히 앉아 있었을 뿐인데 너무나 간단하게 남의 나라 땅에 도착한 것이다. 이건 그저 버스나 기차를 타고 가까운 서울 근교로 여행 나온 느낌이다. 아니, 솔직히 그보다 훨씬 더 쉽고 간단했다. 좌석은 편안했고 스튜어디스 누나들은 너무 예쁘고 친절했다(사실 이게 제일 헤벌레했던 부분이었다. 므흣). 게다가 기내식과 음료수를 마시며 비행기 창밖의 하늘을 계속 '우와~ 우와~' 라고 감탄사를 내뱉으며 놀다 보니 금방 중국이란다. 학교에서도 사소한 부분 하나하나 신경 썼던지 시작부터가 호사스런 출발이었다. 정말 감동, 감동!

한마디로 너무 좋다!

"하나도 안 좋아!"

'엥?'

"흥! 처음부터 이게 뭐람. 비즈니스 클래스라니. 퍼스트 클래스만 이용하다가 비즈니스에 타려니까 이것저것 다 마음에 안 차."

"흐웅… 그치만 할 수 없잖아? 퍼스트 클래스는 인솔 교사들만 탔는걸. 게다가 단체 여행이니까. 일반 전형 애들은 이코노미였을 테니 투정 그만 해."

누군가 소리치는 소리에 깜짝 놀란 제후가 고개를 돌리니 같은 반 여자애들의 목소리였다. 한 명은 짜증을 내고 또 다른 한 명은 여행 안내 책자에서 눈도 안 돌리고 시큰둥하게 친구를 달래고 있다.

'아하하… 난 또. 세진이 이외에 독심술을 익힌 놈이 또 있는 줄 알았네.'

그나저나 왜 여자애들이 짜증을 내는지 이해가 안 간다. 비즈니스고 이코노미고, 아는 게 별로 없어서 뚜렷이 할 말은 많지 않지만 그들이 앉았던 좌석은 어느 것 하나 흠 잡을 데 없이 편하고 깨끗했으며 너무나 안락했으니까. 아니면 그저 아직 어린애들의 '최고가 아니면 싫다'라는 의식인지. 여기저기에서 너무 초라한 여행이라고 불평 불만이 조금씩 새어 나온다.

아주 배가 불렀다. 것도 아주 빵빵하게.

"와아~ 둘기야, 드디어 도착했다! 중국이야, 중국. 좋지? 그치? 호호호!"

삐익! 끼루루룩!

"꺄아~ 귀여워!"

물론 다 그런 건 아니다.

한예지는 인천에서 떠나올 때보다 더 방긋방긋 예쁘게 웃으며 금붕을 담은 케이스를 꼭 안고 마냥 좋아하고 있었다. 학교에선 저런 미소를 지은 적이 없어서 덕분에 많은 남학생들이 예전보다 더 열렬해진 표정으로 넋이 나가 버렸고.

어찌 됐든 저것도 민폐가 아닐까?

민제후의 얼굴이 왠지 모를 불쾌감으로 찡그려졌다.

'에잇! 기분 나빠!'

"세진아, 동민이 못 봤어?"

"신동민 군 말입니까?"

제후가 이유 모를 불쾌감을 털어버리려는 듯 북경 공항에 도착해 웅성거리는 아이들 사이를 한참을 두리번거리다 유세진을 발견하고 뛰어가서 물어보았다. 이상하게도 신동민이 안 보인다. 비행기 안에서는 좌석이 달라서 떨어졌다지만 도착해서는 만나기로 했었는데…….

"그거야 동민 군은 자기 클래스 애들과 함께 있겠죠. 당연한 거 아닙니까?"

"에?"

"동민 군이 클래스 ＡⅠ의 반장이니까 당연하잖아요. 그렇죠?"

유세진이 생긋 웃으며 대답한다.

그 순간 제후는 '아~ 그렇구나' 라고 생각됐지만…

'근데 난 왜 저 웃는 얼굴을 자꾸 쥐어박고 싶은 충동이 솟아나는 걸까?

그것도 아주 불.끈.불.끈.하게.

"호텔은 모든 클래스가 동일하니 그쪽에서 연락해 보시죠. 아마도 동민 군은 핸드폰 로밍 서비스를 받았을 겁니다. 그럼 이만. 전 누.구.처럼 한가하지 않은 부반장이거든요."

얄미워 죽겠다.

어색하게 웃는 얼굴로 굳어 선 민제후는 친절한 것 같으면서도 싸가지없고, 싸가지없어 보이면서도 친절해 뵈는 검푸른빛 머리칼 소년의 순백 미소에 아무 말도 못하고 당해 버렸다. 이런 식으로 당한 건 정말 오랜만.

저 녀석, 뭐 기분 나쁜 일이라도 있었나?

멀리 깔끔하게 말하고 돌아서서 걸어가는 유세진의 뒷모습에 민제후는 어리벙벙해져서 심각하게 표정을 바꿨다.

"야, 넌 짐 안 찾냐… 엑? 뭐, 뭐야. 너 또 왜 그래?"

민제후가 어처구니없이 멍하니 서 있자 트렁크를 찾아오던 박원우가 반갑게 다가오다가 급격히 얼굴을 찌그러뜨렸다. 이제 하도 붙어 다니다 보니까 척하면 착이다. 그의 본능이 말하고 있었다.

저 인간, 지금 뭔가 또 황당한 상상 속에 빠져 있구나. 말려들지 말아야 해, 박원우. 얼른 멀리 떨어져!

"너, 너, 혹시 또 '그날' 이 어쩌고저쩌고하며 이상한 소릴 지껄이려고 그러지? 좋~다! 어디 한번 해봐라. 이제 나도 면역이 돼서 괜찮아, 괜찮아. 음하하하하! 한 번 당하지 똑같은 수법에 두 번 당할까 봐서. 네 자식이 특고가 알아주는 괴짜인 걸 이미 내 모든 뇌 세포 속에 각인시켜 놨으니 앞으론 절대……."

"세진이도 그.날. 같애, 원우야."

"커헉!! …콜록콜록!"

안 당한다더니…

박원우, 곧바로 금빛 머리 소년이 돌아보며 초연히 진담처럼 하는 말 한마디에 사레들려 엎드려서 콜록대는 인간이었다.

친구는 정말 잘 사귀어야 한다.

"우와~ 저것 좀 봐! 야야, 그리고 저기 저것도 봐봐! 사람도 엄청 많다! 자전거도 디따 많다!"

'시.끄.러.워.'

세진은 공항에서 리무진 버스로 호텔로 이동하는 동안 계속 뒤쪽에서 들려오는 소음에 머리가 지끈지끈했다. 그렇지 않아도 생각할 게 너무 많아서 머리가 아픈데 버스 맨 뒷좌석 창가를 가방을 던져 맡아 앉게 된 민제후가 이동하는 중에도 계속 떠들어대는 통에 두통이 더욱 심해지는 것 같았다.

어떻게 하면 저렇게 쉴 새 없이 나불댈 수 있을까? 정말 그것이 알고 싶은 유세진이었다.

"참! 예지야, 근데 우리 지금 어디로 가는 거야?"

'그게 이제야 궁금하십니까!'

세진이는 민제후의 질문에 속으로 소리치고 말았다. 모습이 안 보이고 단지 목소리만 들려오지만 같은 반 아이들 수십 명 중에 민제후 일행의 언행만 캐치되다니. 자기도 모르게 그들에게 바짝 신경 쓰고 있었나 보다. 그 때문에 피식 웃음이 터질 뻔했다. 방금 전까지 신경 쓰고 싶지 않다고 생각하던 주제에.

"뭐? 일정표 나눠 줬었잖아."

"아, 그랬나? 그런데 어디 끼워놨는데 바빠서 못 봤어."

곧 대꾸를 하는 한예지의 맑은 음성 뒤로 들려오는 몰랐다는 억양으로 헤헤거리는 목소리.

"이그, 통지서를 나눠 주면 좀 읽어라, 읽어. 한두 번도 아니고 매번. 읽어보라고 주는 건데 왜 아끼니? 하여간 넌… 잘 들어. 우리 숙소는 북경반점이야, 북경반점! 알았어? 절대 잊어버리지 마! 밖에서 길을 잃어도 숙소 이름을 알면 찾아올 수 있으니까."

"응, 알았어. 그런데… 북경반점? 짜장면집에서 자, 우리?"

리무진 버스 안이 다음 순간 그 소년이 어리둥절하게 내뱉은 단어에 소리라는 현상 자체가 순식간에 아예 사라진 것만 같은 착각이 일어났다. 뭐, 원래부터 민제후를 제외하면 그리 시끄럽지도 않았지만.

반 아이들은 자기들끼리 이야기하다 뒤에서 들려온 황당한 소리에 하던 일을 멈추고 일제히 그들을 돌아보았다.

집중되는 시선 속에 목까지 벌게진 얼굴로 제후의 옆에서 좀 떨어지게 자리를 당겨 앉아 턱을 괴고 모르는 사이인 척 외면하는 박원우. 그 밖에 기타 등등 브라더스들은 이미 창가에 기대 정신없이 곯아떨어져 아무것도 몰랐고, 세진이야 처음부터 떨어져 앉았기에 돌아보는 일행들 중의 하나였다. 하지만 민제후란 소년은 굳굳하게 냐하하 웃는다.

결국 한예지의 발끈한 목소리가 짱짱하게 울려 퍼졌다.

"이 바보야!! '반점'은 중국에서 '호텔'이란 뜻 대신 쓰인 거잖아!! 짜장면이 거기서 왜 나와!"

그러자 그와 함께 한꺼번에 터지는 아이들의 웃음소리.

북경반점(北京飯店). 즉, Beijing Hotel.

그곳은 북경 시내 중심부에 위치하고 있고 전통과 격식을 갖춘 대표

적인 호텔로 별 다섯 개짜리 최고급 호텔이다. 그런데 그런 곳을 짜장
면집?

어떻게 그런 생각을 할 수 있지?

"큭큭큭큭… 윽윽……."

다른 학생들처럼 크게 터지려는 웃음을 억지로 참으니 더 이상한 소
리가 끅끅대며 목에서 울려 나온다. 세진은 자기 자리에서 고개를 숙
여 그런 자신의 얼굴을 감추고 손을 이마에 대었다. 고개를 숙이고 있
자니 머리카락이 내려와 창백한 세진의 안색을 감춰주듯 시원한 푸른
빛으로 가려주었다.

'모처럼 머리가 다시 맑아졌어. 실컷 웃고 난 탓인가?

정말 이상하다. 어느 순간 내 주위의 모든 것들이 너무 힘겹고 무거
운 짐처럼 느껴져 모든 일에 자신이 없어질 때면 민제후의 황당한 말
과 행동에서 용기를 얻게 된다니.

그저 민제후란 소년의 단순하고 밝고 낙천적인 모습에 취해 있다 보
면 자신의 일들까지 더 이상 복잡하지 않고 단순하게 보이기 시작하는
것인지.

유세진은 한국을 떠나올 때부터 느껴지던 불쾌한 제3의 감각에게서
벗어나 수학여행의 설렘에 다시 동참하기 시작했다.

그 어느 때도 느껴보지 못했던 더럽고 추한 매듭의 결말이 자신과
가까운 누군가에게 바짝 다가와 있음을 온몸으로 깨닫고 있었지만 어
차피 입 밖에 꺼내지도 못할 일. 옛날처럼, 항상 언제나처럼 자신은 방
관자가 되어 그저 바라만 볼 수밖에 없음을 알기에…….

'민제후식으로 하면 이렇게 단순하군. 쿡쿡쿡.'

자신이 할 수 있는 일은 없었다. 그렇다면 어쩌겠는가?

할 수 없는 거지 뭐.

"제후 군, 북경반점에 가면 오늘 저녁 식사부터 다를 겁니다. 일정에 따르면 '카오야'라는 북경 오리를 먹을 수 있습니다."

세진은 벌떡 일어나 민제후 일행이 터를 잡고 있는 리무진 버스 맨 뒷좌석으로 자리를 옮겨 털썩 주저앉으며 맑고 천진난만하게 미소 지어 보였다.

여전히 남들이 못 보는 것을 볼 줄 안다는 것은 힘들다. 아무 힘도 없이, 단지 마음만 가지고 보고만 있어야 하는 기분은 여전히 아팠다. 하지만 지금 이 순간 이들과 어울리고 있을 때는 그 아픔까지도 잊어버리게 된다. 왠지 모든 일이 다 잘될 거라고 위로받는 듯.

"그리고 그 이후엔 특별히 자유 시간이 조금 주어진다고 했죠, 아마?"

"엇?! 진짜?!"

모든 것이 다 잘될 거야… 라고 속삭이는 마음을 발견한다.

호텔은 정말 끝내줬다.

물론 금 보자기에 쌓여서 자란 버릇없는 아이들 중 몇몇은 독방을 안 준다고 투덜대기는 했지만, 제후는 그런 경우를 보면 여자애일 경우 생까거나 지.그.시. 한 번씩 쳐다만 보았고, 남자애일 경우 역시 지.그.시. 살짝 밟아주었기에 특급 클래스에서는 금세 투덜대거나 불평을 하는 배가 빵빵하게 부른 나쁜 어린이는 없었다.

침대도 있는 호텔 방을 한 방에 3~4명씩만 잘 수 있다면 그게 어딘가? 그런데 감히 그런 걸로 불평을 하다니. 어차피 밤에 놀다 보면 한두 곳에 몰려 있을 거면서.

어쨌든 민제후의 눈이 호사를 누리며 구경하는 사이 학생들은 조금 이른 저녁을 먹기 위해 호텔 식당으로 향했다. 중국이라고 한국보다 낙후된 곳을 상상했다면 당장 그 의식 구조를 뜯어고쳐야 할 장소였다. 으리으리하고 번쩍번쩍하다. 게다가 북경 오리를 먹는 건 기본이기에 같이 먹을 만한 요리를 테이블 별로 별도 주문했다. 예쁘게 빚어진 딤섬과 먹음직스런 야채 요리들.

미리 세팅되어 있던 테이블에는 작은 꽃잎이 띄워진 맛있는 차가 보기에도 멋있게 놓였고 찻잔이 비면 1미터도 넘는 코를 가진 주전자로 차를 따라준다. 신기하다.

"이제 그만 쳐다봐라. 너, 눈 안 아프냐?"

"엉, 눈깔 아퍼."

"……"

신동민의 말에 깜찍하게 웃어주며 마음으로 답하는 제후.

동민이는 자기 반을 책임져야 한다며 자꾸 거절했지만 제후는 그래도 친구 사이에 그러면 안 된다며 부득부득 그를 끌고 자신들과 합류하게 만들고 말았던 것이다. 비록 호텔 안에서 자신을 보고 움찔 놀라며 피하려고 했던 부분이나 손을 끌고 데려올 때 하얗게 질렸던 안색에서 좀 석연찮은 점을 발견했으나 제후는 그저 신동민의 책임감은 정말 투철하구나라고 한 번 더 느꼈을 뿐이었다.

'설마 신동민이 나같이 착하고 프리티한 친구를 일부러 피해 다녔을 리 없잖아? 냐하하하~!'

지금도 보라. 내 눈이 아플까 봐(?) 얼마나 걱정하는가.

"호호호… 애들도 참."

한예지가 다소곳하게 웃으며 민제후 쪽으로 몸을 기울여 다정하게 어깨 위의 먼지를 탁탁 털어주는 척하며 그만 알아들을 수 있게 작은 목소리로 속삭였다. 이빨 사이로 웃는 얼굴을 위장하면서 내뱉는 협박성 경고.

"얌. 전. 히. 있. 어. 라. 앙~"

"네, 넹……."

한예지 무섭다.

"어머, 그런데 그보다 우선 중국에 왔으니 요리가 기대 많이 된다. 중국인들은 별거별거 다 먹잖아. 뭐, 내가 그런 묘한 음식들을 먹어보고 싶다는 건 아니지만 중국인들은 날개 달린 것은 하늘의 비행기와 네 개의 다리 달린 것은 책상만 빼고 다 먹는다고 알려질 정도니까. 우리 이따가 자유 시간에 밖에 나가게 되면 맛있는 것도 찾아다녀 보자. 거리 음식은 호텔 음식하고는 또 다른 매력이 있을 것 같애."

모두가 한예지가 제안한 말에 동조하며 새로운 분위기를 이끌어갔다. 그리고 한동안 소음과 산만함의 근원인 민제후도 요리가 나오자 언제 그랬냐는 듯 진짜 조용해졌다.

하지만 음식이 나오면 조용해지는 건 민제후만의 특징은 아니라고 생각한다. 아마도 그런 비슷한 인물을 아는 사람이라면 이 저녁 식사 시간의 미묘한 분위기를 더 실감나게 상상할 수도 있을 듯.

음식이 나오면 순식간에… 절간이다.

'첫째, 밀전병을 개인 접시에 깐다. 둘째, 오리를 몇 점 집어 소스에 찍어서 전병 위에 놓는다. 셋째, 그 위에 먹고 싶은 야채나 재료를 또 얹는다. 넷째, 둘둘 말지 말고 세 번 착착 접어서 전병을 한입 크기로 만든다.'

"그리고 마지막으로 냠냠 맛나게 먹는다!"

오리 껍데기는 마치 스낵마냥 바삭바삭해서 너무 맛있고 고소했다.

'음~ 행.복.해.'

맛있는 걸 먹을 때가 행복을 느끼는 순간 중의 하나임이 틀림없다.

그런데 저 오리 머리 반으로 쪼갠 것도 먹어야 하는 걸까? 오리 수프는 느끼하지 않고 담백해서 맛있지만 오리 머리는 뇌 구조물이 빤히 다 내려다보이는데 말야. 눈알이 자꾸 신경 쓰여 망설이게 되었다.

먹을까 말까?

"자유 시간에 어디부터 가볼까요? 예지 양은 어디가 가보고 싶으세요?"

"음, 나는 저녁 시간이니까 왕부정(王府井) 거리만 갔다 와도 좋을 것 같은데."

"그럼 그러자. 왕부정 거리는 우리 나라 서울 명동 같은 거리라던데. 주위에 배낭족들이 하는 얘기를 얼핏 들으니 우리의 먹자골목 정도를 연상하면 된다고 하더라."

세진, 예지, 동민은 그렇게 민제후가 조용한 틈을 타서 모든 일정을 자기들끼리 계획한다. 물론 제후 입장에서는 보는 거, 먹는 거, 모든 것이 다 신기하고 재미있어서 일정이야 어찌 되든 상관없지만…

"韓國人? うっ! えんぎでもないね(한국인? 윽! 재수 되게 없네)!"

"ふっ, 一緒(いっしょ)です(훗, 마찬가지입니다)."

"うるせ(시끄러)!!"

그건 이렇게 될 줄은 몰랐을 때 얘기고.

'뭐냐, 이 상황은.'

잠시 눈 깜짝임이 이루어졌다고 생각한 순간 행복한 음식이 가득했던 광경은 몇 시간 전의 추억으로 변했고 자신들은 벌써 왕부정 거리라는 곳으로 나와 있었다.

'에혀~ 결국 맞짱 뜨는 거야?'

왕부정 거리다. 한데 오늘 하루 정말 다사다난했고 그런 오늘의 운세는 해외로 나왔다고 해서 달라지는 건 없나 보다.

맥도날드, KFC 등의 패스트푸드점은 기본이고 백화점, 서점, 안경점 등등이 모여 있어 여기가 과연 중국인가 싶은 거리가 나타났다.

동안시장이라는 대형 백화점 건물의 규모는 엄청나게 컸다. 그리고 구경을 다니다 들어선 곳은 먹자골목. 예지가 그렇게 원하던 대로 그곳엔 각종 음식들이 진을 치고 우리들을 살랑살랑 유혹했다. 만두, 국수, 꼬치, 옥수수, 튀김, 희한하게 만든 음료수에다가 나중엔 메뚜기, 전갈까지 요리가 되어 그중 목 좋은 한자리에 떡하니 버티고 있었다. 정말 이것저것 모두 다 맛볼 생각으로 하나씩 먹어봤지만… 맛은 뭐라 표현할 수가 없었다. 괜찮은 것도 있고 이상한 것도 있고.

그런데 문제는 제후 일행들이 왕부정 거리를 구경 다니다가 그들과 마찬가지로 수학여행을 온 듯한 일본 학생들과 부딪친 일인데, 처음엔 그들이 한예지를 손가락으로 가리키며 자기들끼리 키득거린 게 화근이었다. 그쪽 일본 학생들은 우리들이 알아듣지 못할 거라 생각하고 마음대로 떠들었던 모양이지만 안타깝게도 제후 일행에는 일본어를 알아들을 수 있는 녀석이 있어서…

"시비는 그쪽에서 먼저 걸어온 것으로 알고 있는데요. 창피한 줄 알아야죠. 외국에서는 처신을 좀 더 똑바로 하고 다니라고 아무도 안 가르쳐 준 모양이지요? 자기 좋을 대로 행동하고 다니면 그게 곧 국가 망신이란 걸 왜 모르십니까? 외국 여행에 나와 지나가는 여학생 희롱이나 하고, 사과하라고 했더니 어느 나라 사람이냐고 되묻는 건 무슨 의미인지 궁금하군요. 어느 나라 사람인가

에 따라 사과해도 좋고 안 해도 그만인 그런 기준도 있습니까? 정말 편리하군
요.”

'에구에구…….'

그나저나 유세진, 진짜 열받았나 보다. 피식 비웃고 있는 입 모양도
그렇고, 살벌하게 노려보는 눈초리도 그렇고, 무엇보다 뭔 소린지 영
알아듣진 못하겠지만 빠르게 쏘아붙이는 차가운 일본어가 더욱 그렇
다. 세진의 눈동자가 날카롭게 날이 서 있어서 자칫 잘못하다간 진짜
패싸움이라도 벌어질 태세였다. 물론 잘못은 상대방에게 있었지만.

어쨌든 제후는 그런 세진이를 보고 상대가 엄청 불쌍해졌다. 세진이
가 한국말로 저런 식으로 말하면 그게 어떤 주제든 엄청 쫄 것이 분명
한데 저 일본 학생들은 외국인인 세진에게 유창한 자기 나라 말로 코
너로 몰리고 있으니까.

“에이쒸! 이 쪽바리 새끼들이!! 다 댐벼!”

'넌 또 왜 끼냐? 네가 그러지 않아도 유세진이 저렇게 선전하고 있
는데.'

제후는 박원우가 앞으로 나서서 악악대는 것을 보고 그 녀석의 뒷덜
미를 잡아 뒤쪽으로 휙 던졌다.

박원우 덕분에 유세진이 돋워놓은 분위기가 완전히 맞짱 한번 붙자
가 되어버렸다. 세진이 녀석도 싸운다면 적극적으로 가담할 기세고,
동민이는 좀 더 평화적인 해결을 바라는 눈치지만 이 녀석도 일어를
어느 정도 알아들었던 탓인지 굳이 패싸움으로 번진다면 뒤로 빠질 생
각은 없다는 분위기. 박원우야 젤루 첨에 '다 덤벼' 라면서 달려들었으
니 통과, 기타 등등 브라더스 애들은 이래도 흥 저래도 흥의 분위기 메
이커니 뭘 해도 따라올 것 같다.

'이러니 싸움 말릴 인간은 나밖에 더 있어? 에구구~ 국제 패싸움이라니… 그건 나라 망신이라구.'

"스톱!! 저스트 모먼트!!"

영어는 만국 공통어라지요. 나하하하~

제후가 방긋방긋 웃으며 두 애들 사이로 끼어들어 그들을 떼어놓으며 일장 연설을 늘어놓았다.

"이런이런, 싸우면 쓰나. 더구나 비슷한 또래들끼리. 게다가 이쪽은 한국인, 이쪽은 일본인, 각자 국적이 다른 사람들이 또 각자 자기 나라가 아닌 외국에서 만나 친구가 되기는커녕 오히려 단체로 기분 상해하면서 치고 박고 싸운다면 그 얼마나 안타까운 일이겠느냐. 작게는 내 몸이 상하니 개인적인 손해요, 크게는 이겨도 남의 나라에서 남의 나라 사람과 싸워 이긴다고 자랑이 아니요, 진다면 한일전에서 졌냐고 고국에 들어가 무수한 손가락질, 즉 수많은 지탄을 받을 것이 불 보듯 뻔한 이치인데 이 어디가 이익이 남는 다툼이란 말인가! 오호~ 통재라~ 외국에 나오면 어느 누구라도 애국자가 된다 했거늘 사소한 시비로 인해 졸라 열심히 싸우게 되면 이 어찌 나라의 이름을 드높였다 할 수 있겠으며 훗날 저승에 가서 조상들 면목을 무슨 수로 볼꼬. 그 옛날 우리 만국 세계인의 가슴을 촉촉히라는 애로틱 버전으로 적셔주던 손에 손잡고 '위 아더 월드' 는 모두 잊었던고? 우리 모두 이 아리까리하고 존나 거시기한 세상 거시기해서 거시기해 봄세~! 나하하하하하하하~!!"

여기까지 숨 한 번 제대로 쉬지 못하고 한달음에 끝냈다. 인간 승리!

그리고 화창하게 웃는 얼굴로 다시 아이들을 돌아본다. 비록 말은 통하지 않더라도 이 애절한(?) 마음이 전해졌을 거라고 생각한다.

"유 언더스탠?"

그런데 주변을 둘러보니 한국 학생들이든 일본 학생들이든 모두 돌이 된 아이들. 그리고 그 주위로 매우 추운 찬바람이 그들을 휘감고 지나간다.

'아무래도 말이 너무 빨라서 이해가 안 됐나 보다? 그렇다면.'

"한 번 더 할까? 원 모얼?"

하지만 질문은 너무나 이해가 잘됐나 보다. 일본 학생들이 '한 번 더' 라는 소리에 갑자기 길길이 날뛰더니 괴로워하는 것이 아닌가! 개중엔 가까운 벽에 머리를 박는 녀석들도 보였다. 뭐가 저 애들을 저렇게 만들었을까? 불쌍하다는 생각이 들었다. 그래서 제후는 잽싸게 이렇게 외쳤다.

"튀. 어!!"

그 말에 얼떨결에 튀는 애들. 역시 사람의 반사 작용이란 대단한 것이다.

한데 그때였다.

"까아~ 민제후, 너 지금 뭐 하는 거야!"

"어라라? 한예지?"

정신이 들어보니 제후는 자기가 예지의 손을 잡고 도망치고 있었다는 걸 깨달았다. 하지만 민제후의 달리는 속도를 여자애인 한예지가 따라올 수 있을 리가 없었다. 하지만…

"ばかやろう!!"

덩치 일본 학생이 뒤쫓아온다!

"흐흭!"

그래서 '마지막 비상 수단이다' 라고 속으로 외치며 같이 도망치던 한예지를 번쩍 안아 들었다. 예지의 놀란 비명 소리가 들렸지만 지금 그게 문젠가! 잘못하면 잡힌다!

'하지만 어쨌든 싸움은 안 났지 않은가! 음하하하하~'

"와아~ 별똥별이다!"

예지가 하늘을 가리키며 너무 좋아하고 있었다.

하늘에서 별똥별이 떨어지는 게 그렇게 신기한가? 그럼 하늘에서 별똥별이 떨어지지 설마 똥별이 떨어지냔 말이다.

"너, 그거 알어? 별똥별이 떨어질 때 소원을 빌면 이루어진대."

예지가 전망대에 턱을 괴고 시큰둥하게 딴 곳을 쳐다보고 코 평수만 넓히고 있는 제후의 팔을 잡아끌며 말했다. 즐거운가 보다. 무엇이 그리 즐거운지 제후는 이해가 잘 안 됐지만.

"그런데 그거 별똥별이 떨어지는 순간에 빌어야 한다는 거야, 아니면 떨어지는 별똥별이 땅에 닿기 직전까지 빌어야 한다는 거야?"

"어?"

예지가 웃으며 좋아하고 있을 그때 민제후가 하늘을 쳐다보며 팔짱을 끼고 진지하게 질문했다. 그리고 그 질문에 예지는 당연히 당황했다.

그렇지만 제후는 그 순간 머리 속에 반짝 스친 그 궁금증 때문에 예지가 어떤 얼굴로 자신을 바라보고 있는지 신경 쓰지 않았다. 그저 궁금증 해소를 위해… 라기보다 남녀 커플 쌍쌍이 올라와서 심심하게 도시 경치나 내려다보고 있어야 하는 이 전망대가 마음에 안 들어 삐딱선을 탈 뿐이었다. 그들은 이런 곳에 올라올 이유가 없지 않은가.

"한데 그 엄청나게 짧은 순간에 소원을 빌 수 있는 사람이 있나? 말도 꺼내기 전에 먼저 떨어져 버렸겠다. 한마디로 그건 소원 빌어봤자 말짱 헛거라는 소린데… 하여간~ 도대체 그 소린 누가 배포시킨 거야? 만약 그 이야길 듣고 별똥별 기다렸다가 소원 빌려고 하는 나 같은 순진한 어린양이 있다면 그 소원이 실현 불가능한 사실을 알고 나서 얼마나 실망하겠어. 별똥별이 언제 떨어질지도 모르는데 기껏 하나 떨어지는 걸 발견했다 싶으며 벌써 떨어지고 없을 테니 말야. 그래서 그런 말을 마구 퍼뜨리고 다니는 건 정말 범죄라구, 범죄.”

“야, 민.제.후.”

한참을 자기 분위기에 빠져 이야기하다 보니 어느샌가 뒷덜미에서 으스스한 한기가 느껴진다.

‘아하하… 예지가 또 화났나 보네? 우, 우욱! 무서워~ 난 왜 맨날 이렇게 될 줄 알면서 매번 이럴까? 혹시 나, 맞는 걸 즐기는 건 아니겠지? 아하하~’

아무리 이야기에 열중했었다고 해도 그렇지 한예지가 반경 1미터 이내에 있는데 방심을 하다니 맞아도 싸다. 구타를 당해도 할 말이 없다. 하지만 빨리 좀 때렸으면 하는데. 솔직히 언제 때릴까 겁먹고 두 눈을 꼭 감은 채 움찔움찔하는 게 더 괴롭다.

“……”

정말 이상하군. 보통 때 같으면 이때쯤 뒤통수를 날리거나 때린 데 또 때리면서 괴롭힐 줄 알았는데 아직까지 아무 일도 없다니.

그래서 민제후는 목을 움츠리고 매를 기다리는 대신 주변 동향을 둘러볼 목적으로 감고 있던 눈을 실눈으로 살짝 떴다.

그런데 그 순간.

‘에……?

실눈을 뜨고 분위기를 살피려던 제후는 다음 순간에 놀라서 눈이 두 배는 커졌다.

'으에엑……?!'

여자애한테 맞을 줄 알고 '때릴려면 후딱 때려' 포즈로 눈을 감고 있었는데 아무 일도 없어서 살짝 눈을 뜬 순간에 키스당한다면 어떤 남자가 눈이 두 배가 안 될까? 더구나 성격에는 좀 문제가 있어도 객관적으로 외모 확실하게 받쳐 주고 똑똑하고 자존심 강한 도도한 여학생에게 키스를 받는데 말이다. 솔직히 제후는 눈이 커졌다기보다 눈알이 아주 튀어나오는 줄 알았다.

하지만 그때 그가 놀라서 그냥 뻣뻣하게 굳어 있자 한예지가 그 소년의 목에 두 팔을 두르고 살며시 눈을 감으며 입을 맞춰왔다. 아름다운 긴 생머리 소녀의 적극적인 대시라니!

민제후, 그 뒤로 얼마나 시간이 지났는지 기억이 잘 안 났다. 정신을 차려보니 예지는 간데없고 자신만 혼자 멍청히 전망대 위에 서 있었던 것이다.

'어라라? 방금 무슨 일이 있었던 거지?'

어리벙벙해서 기억을 더듬어보던 그 소년은 또다시 머리 속에서 리플레이되는 아까의 상황 때문에 결국 목까지 시뻘게져서 두 손으로 자신의 입을 막고 눈을 휘둥그레 떴다. 얼굴에서 김이 올라오는 것만 같다.

삐익—!! 삑!

그때, 호텔에서 데리고 나온 둘기가 주변 구경을 실컷 하고 그가 있는 곳을 발견하곤 그의 옆으로 푸드득 내려섰다. 하지만 둘기도 평소와 다른 주인의 모습에 어리둥절한 모양이다. 눈을 데굴데굴 굴리고 고개를 갸웃거리는 새끼 금웅.

그 모습에 민제후가 조금 더 빨개진 얼굴로 그 새의 머리를 쥐어박으며 엄하게 말하고 돌아섰다.

"넌 알 거 없어, 마."

삑?

주인님이 중얼거린 '애들은 몰라도 돼'가 무슨 의미일까?

둘기가 꼭 그렇게 묻는 표정으로 동물의 시선까지 피하는 민제후의 주변을 계속 푸득푸득 날아다녔다. 닭둘기의 어리둥절함은 언제쯤이나 풀릴지 모르겠다.

수학여행 두 번째 날 일정.

오늘 학생들은 만리장성과 명13릉이란 곳을 가는 일정이 짜여져 있었다. 모두들 아침에 모닝콜을 받고 일어나 호텔 뷔페 식당에 가서 아침을 먹고 책이나 TV에서만 보던 만리장성으로 드디어 출발!

만리장성은 달에서 육안으로 보이는 지구 유일의 인조 건축물이라지 않은가. 모두들 기대가 컸다.

한데 입구에 자리 잡고 있는 기념품과 사진 촬영들.

관광지 입구답게 조잡한 기념품이랑 조잡한 중국 전통 가마 태우기, 조잡한 전통 의상 입고 사진 찍기 등 조잡 시리즈가 있었지만 이런 건 학생들은 무시무시.

만리장성의 입구는 V 자 모양으로 연결된 부분의 골짜기쯤에 있었다. 입구는 2층이라서 지상에서 제법 올라가 등반을 시작하게 되어 있는데 우선 그들은 입구 왼쪽 방향의 성벽 쪽으로 올라갔다. 그리고 그때부터 여학생들이 당황하기 시작했던 계단들. 입구부터 큼직큼직했던 높은 계단은 올라갈수록 어떤 건 한 개에 여학생들의 무릎 높이인 것도 있었다.

"우앗! 이거 왜 이리 높아?"

아마 학생들은 이것이 가장 많이 하고픈 말이었을걸?

분명 평범한 사람의 신체 사이즈를 무시하고 만든 그 계단은 처음에는 부담스러웠지만 남는 게 힘이요, 넘치는 게 젊음이라고 씩씩한 남자애들은 나중에는 만리장성을 오른다는 기분에 금방 적응이 되었다.

여름이라 중국은 날이 더워서 큰일이라고 생각했었지만 만리장성의 벽에는 구멍이 뚫려 있어 정말 살았다. 그 구멍으로 쏭쏭 들어오는 바람이 짱 시원했기에 에어컨 기능을 위해 뚫어놓은 것이 아닐까, 농담같지만 사실 진짜로 심각하게 고민을 하는 민제후가 있었다.

"엑?! 저건 또 뭐야?"

만리장성에 오르면서 또 자주 듣는 말이 이것이 아닐까?

철봉 손잡이가 있는 곳으로 가니 정말 믿지 못할 경사의 계단이 나타났다. 높이도 물론 어른 무릎 높이로 높거니와 그 살인적인 경사는 발 한 번만 잘못 헛디디면 바로 죽음일 것 같다.

"우와~ 한 70도는 더 돼 보인다. 그 봉 놓지 마라. 그거 놓는 순간 저 밑에까지 원 코스로 굴러갈걸."

박원우의 감탄사를 들을 필요도 없이 제후는 그 경사로를 경외롭게 쳐다보며 정말 나이 들어 만리장성에 놀러 왔으면 이곳에서 포기했을 거라고 생각에 잠겼다. 힘없는 노인들은 여길 어떻게 오르란 말이냐!

제후네 일행이 그렇게 열심히 올라가다 보니 어느새 최고봉에 오르게 되었다. 그런데 거기에 있는 기둥 하나. 어른 키 높이의 흰 기둥에 휘갈긴 듯한 필체의 빨간 한자가 쓰여 있었다.

“야, 박원우. 저거 뭔 뜻이냐? 읽을 줄 아냐?”

“…그런 거 물어보지 마.”

그런 이유 때문에 그 비석에 쓰인 내용이 무엇인지 감상도 못하고 내려올 뻔한 소년들.

중국 속담에 있단다. ‘만리장성에 올라보지 않은 사람은 사나이가 아니다’ 라고.

그 말을 지나가던 다른 애들에게 물어보고 ‘무지 똑똑한 녀석들이네. 휘갈겨 쓴 한자도 다 읽고’ 라며 엉뚱한 생각에 잠겨 그 애들을 존경하는 마음을 가졌었던 제후는 곧 얼마 지나지 않아 그 말이 여행 책자에 보면 다 나와 있다는 사실을 뒤늦게 깨닫고 상대방은 알지도 못하는 일로 억울하다고 방방 뛰었으니… 바보.

어쨌든 그 비석이 있는 곳은 888m로 장성에서 가장 높다고 했던가?

그래서 그곳은 장성 투어의 끝으로 더 이상 내려가지 못하게 막아놓았는데 그래도 누군가 굳이 내려가려고 한다면 좀 더 아래로 내려갈 수는 있으나 대신 그곳은 반반한 돌 계단이 아니라 다듬어지지 않은 돌과 풀이 이리저리 삐죽삐죽 삐져나와 있어 매우 힘들어 보였다. 물론 내려가지 말라고 한 곳을 내려간 것도 민제후 패거리들. 나중에 담임한테 걸려 한소리 잔뜩 듣고서야 풀려날 수 있었다.

그런데 만리장성을 오르려면 3시간은 걸린다고 들었건만 남자애들은 예상외로 1시간 만에 만리장성 최고봉을 정복해 버려 ‘에이, 이게 뭐야’ 라며 투덜대고 있었으니… 결국 힘이 남아도는 소년들, V 자 골짜기로 내려가 나머지 다른 쪽 오르막을 올라가고야 말았다. 여자애들이 더위와 등반에 힘들어하면서 자신들과 다르게 힘이 남아도는 그 소년들을 어이없게 바라보는 줄도 모르고.

하나 그런 시선 속에도 꿋꿋하게 도전한 나머지 한쪽 만리장성.

입구의 오른쪽으로 나 있는 만리장성은 왼쪽보다 약간 완만했다. 그래서인지 사람은 별로 없었지만 오른쪽 만리장성에서는 급경사의 왼쪽 장성을 바라보는 데 그 묘미가 있었기에 구불구불한 왼쪽 장성을 꽉 찬 배경으로 하여 사진을 열심히 찍어 뿌듯한 기분을 맛보고 내려왔다.

조용한 장성의 분위기, 펄럭이는 깃발 소리.

만리장성 멋지다.

"나 만리장성에 올랐으니 진정한 사나이가 된 거냐?"

이것이 만리장성을 정복하고 난 후 하산하면서 민제후가 한 첫마디였다.

"@#%$$#&%%~"

'이게 뭔 소리래?'

제후는 하루 일정을 마치고 저녁때 호텔로 들어가는 도중 그 근처 주변 가게로 갑자기 눈이 돌아가 잠깐 구경을 하며 시간을 죽이고 있었다. 호텔에서 그리 먼 곳이 아니라 별 생각 없이 그러고 있었는데 그때 다가온 어떤 중국 여자.

20대 후반쯤으로 보이고 얼굴도 보통 이상의 미모를 가지고 있었지만 이상한 옷을 입은 그 여자가 알아듣지도 못할 중국말로 자꾸 샬라샬라 물어보니 제후는 답답해서 참을 수가 없었다.

그래서 뚱한 표정을 지으며 당당하게 한국말로 물었다.

"뭐라 하는지 잘 모르겠어요."

그런데 그때 놀라운 일이 벌어졌다. 그 여자도 갑자기 깜짝 놀라며 한국말로 대답한다.

"엑? 뭐야, 외국인 아니었어? 야, 그럼 너도 조선족이니? 머리색 때문에 착각했네. 에이 씨, 오늘 드디어 한 건 할 수 있을 줄 알았는데."

"저, 조선족 아닌데요."

"아~ 그럼 혼혈이구나."

저 단정하는 듯한 말투는 뭐지?

제후는 외할머니가 외국인이셨으니 혼혈이란 말이 완전히 틀린 말은 아니지만 그래도 부모님은 모두 대한민국 국민이다.

"전 한.국.인. 입니다!"

그리하여 '한국인' 이라는 부분을 엄청 강조해서 발음해 주었다. 그랬더니 어쩐지 서로 자기소개하는 분위기가 되어버린다. 아무래도 이것이 해외에서 같은 국어를 쓴다는 것만으로도 느낀다는 같은 민족으로서의 일체감이란 게 아닐까?

"그래? 어쨌든 한국 사람이라고? 반갑다. 난 조선족이다. 난 복사(卜師) 일을 하고 있어."

"복서? 오~ 여자 분이 거친 운동을 좋아하시는군요."

"이봐! 복서가 아니라 복사야, 복사! 점쟁이 말이야!"

말로 하지, 꼭 소리칠 필요까지 있었을까?

어쩐지 자기 일에 굉장히 자부심이 강한 여자 같다고 제후가 생각했다. 그 일에 특별한 재주가 있나 보다. 점쟁이라……

"난 점을 쳐주면서 생활을 하지. 내 점괘는 꽤 잘 맞아."

"그런데 왜 손님이 없죠?"

제후가 오늘 드디어 한 건 할 줄 알았다는 여자의 말을 기억하고 그냥 아무 생각 없이 질문했다가 그 다음 대답에 당황했다.

"그야 점이 잘 틀리니까."

“…….”

방긋 웃으며 거리낌없이 대답하는 점쟁이 누나.

뭔가 방금 그들 사이로 찬바람이 지나갔다.

“게다가 요즘은 주로 외국 관광객 위주로 손님을 받아서 더 그렇지. 외국인은 복채가 비싸서 짭짤하긴 하지만 고정 고객이 될 순 없잖아? 근데 내국인들은 잘 안 맞거든.”

“아깐 잘 맞는대메요!”

“아, 그건 너무 잘 맞아서 잘 틀린다는 뜻이야. 호호호.”

그건 또 무슨 소리야?

“생각을 해봐라. 사람의 미래라는 것이 단 한 가지겠니? 과거는 지금까지 지나왔던 길 하나뿐이니까 잘 보이지만 미래는 아직 선택되지 않은 수십 수백 가지의 다른 길들이 무수히 뻗어 있는걸. 그래서 어떤 점쟁이라도 과거는 쉽게 맞출 수 있지만 미래는 맞추기 쉽지 않지. 본인이 아직 선택하지 않은 미래를 점쟁이들이라고 어떻게 시시콜콜 다 알 수 있겠어? 안 그래?”

‘뭔가… 좀 이상하긴 하지만.’

“음, 그런가요?”

“그럼～ 너무 잘 맞아서 내가 손님의 운명을 알려주면 그 사람은 그 운명을 유일하다고 잘못 의식하게 되고, 그럼 그때부터 그 운명의 방향이 조금씩 삐뚤어지게 되어서 전혀 다른 운명이 다가오는 거야. 그래서 진짜 운명을 보는 자들은 알아도 말 못해. 그저 지켜만 볼 뿐이지.”

점쟁이 누나의 친절한 설명에 제후는 낯설지 않은 뉘앙스를 느꼈다.

‘그저 지켜만 본다고? 어쩐지 어디선가 들어본 적 있는 말인걸?

그 말을 누가 했더라?

잘 모르겠다. 하지만 만약 그것이 진짜라면 그럼 점은 어떻게 봐준단 말인가? 점이라는 것은 과거보다는 미래를 알고 싶어서 보는 경우가 대부분인데.

"이래서 외국인 대상으로 해야 되는데. 동양에 대한 신비감을 가지고 있어서 그냥 차림새랑 유도 심문으로 대강 때려맞추면 디게 재미있어하면서 돈도 많이 주거든. 호호호호~"

"그건 사기치는 거잖아요!"

"이런 순진하긴."

자신이 점을 너무 잘 봐서 미래를 잘 못 맞춘다는 억지.

제후는 밉지 않은 억지를 부리는 그 누나가 너무 재미있어서 서로 스스럼없이 대화하며 이야기를 나눴다. 그 누나네 집안이 부업으로 이런 점을 봐주는 일을 몇 대째 해왔다느니, 할아버지한테 점치는 걸 배웠다느니, 자기 이름이 메이라는 것 등 시시콜콜한 이야기를 듣게 되었다. 그렇게 한참을 서로 수다 떨다 보니 가까워지게 되어서 그 점쟁이 누나, 아니, 메이 누나가 갑자기 손뼉을 치며 기분 좋게 제후의 점을 봐주겠다고 소리쳤다.

"아! 너, 내가 점괘 봐줄게! 이것도 인연인데."

"됐어요."

잘 안 맞는다면서.

"아냐아냐, 왠지 필이 팍 꽂혔어. 이런 때 진짜 잘 나와."

그러니까 그런 게 왜 하필 나한테 꽂히는데요.

"날 믿어, 믿어. 난 점은 틀려도 점괘는 잘 맞는단 말이야! 시시콜콜하게 몇 월 며칟날 뉘집 개가 새끼를 낳고 누가 누구랑 바람난다 등은 못 맞춰도 다가오는 중요한 운명에 대한 추상적인 형상을 알려주거나 조언 등은 충분히 알려줄 수 있으니까 말이야.”

믿을 수 있을까?

지금까지 이야기해 본 바로는 그냥 성격 좋고 눈치 빠른 교포 누나일 뿐인데.

‘에휴~ 그래, 뭐, 손해 볼 건 없으니까. 더구나 공짜래잖아?’

“어떻게 하면 되는데요?”

“자, 여기 있는 것 중에 하나만 뽑아봐. 그 패가 바로 네 미래다.”

제후가 마음을 정하고 방법을 묻자 메이 누나가 소지품 중에서 부스럭부스럭 뭔가를 꺼내더니 둥근 필통 같은 것을 꺼낸다. 그리고 그것을 열자 그 안엔 가느다란 대나무 막대가 촘촘하게 꽂혀 있다. 그중에 아무거나 하나를 뽑으라는데…

‘이거 너무 간단한 거 아냐?’

뭔가 많이 의심이 가지만…

“음… 이거요.”

“좋아. 그럼 어디… 어?”

“왜요?”

점 같은 건 안 믿는다고 생각하면서도 기왕 뽑은 점괘라 관심이 절로 갔다. 더구나 그것이 점쟁이도 ‘앗’ 하고 놀랄 정도의 점괘라면 더더욱 그렇다.

“원래 이런 패도 있었나?”

“뭔데요?”

하지만 다음 순간 제후가 보게 된 것은 메이 누나가 머리를 긁적거리며 미안하다고 웃는 얼굴이었다. 그리고 한 가지 더! 아무것도 없는 빈 막대.

"아무것도 없어."

메이 누나가 그것을 위아래로 계속 살펴보며 중얼거린다.

"그것참, 이상하네. 그럼 미래가 없다는 거야, 백지라는 거야? 이럴 리가 없는데. 하지만 아무리 실수로 잘못 들어간 패가 있다 해도 그것이 뽑히면 그게 그 사람 운명이 될 텐데… 하지만 이건 어떻게도 해석할 수가 없으니."

제후, 본인은 괜찮은데 메이 그녀 자신이 그 점괘에 더 매달리는 듯 보였다. 아마 처음 보는 괘가 나와서 그런가?

"미안하다. 내가 뭐 실수했었나 봐."

"아뇨, 괜찮아요. 사실 처음부터 재미로 해보려고 했던 건데요 뭐. 그리고 누나랑 얘기할 수 있어서 재미있었구. 신경 쓰지 마세요."

처음부터 별로 관심이 없어서 뚱하긴 했지만 누나가 너무 미안해하는 것 같아서 제후가 방실방실 웃으며 걸음을 옮겼다. 메이 누나가 미안하다고 호텔까지 데려다 준다고 했기 때문에 그렇게 되었다. 백 미터도 안 되는데 말이다.

그때 호텔 입구로 세진이가 들어가는 것이 보였다. 유세진도 잠깐 밖에 나갔다 온 모양이다.

"어? 어어? 어어어?"

왜 저러지?

"야야, 혹시 저 애, 너 아니? 저 까만 머리 남자애. 뿔테 안경 끼고."

"세진이요?"

제후가 메이 누나의 질문에 대답하며 약간 뻘쭘해졌다. 물론 메이 누나가 늙었다는 소리도 아니고 얼굴도 미인 측에 속하면서 피부도 아직 팽팽하다는 걸 인정은 하고 있지만, 그래도 나이 차이가 조금 많이 나는 것이 아닌가 싶어서 말이야.

'야~ 유세진! 그놈의 인기 중국 땅까지 이어지나 보다.'

"자, 장난 아니잖아, 저 녀석. 어? 쟤 이름이 세진이야? 아, 세진이…
세진이……."

'네네, 안경 끼고 있으면 사람들이 잘 못 알아보지만 진짜 여러 방면
으로 끝내주지요. 가끔 알쏭달쏭한 소리를 중얼대는 것만 빼면 말입니
다.'

"하늘의 이치를 읽는 자라니… 세상에! 할아버지께 구전으로 듣기는
했지만 내가 죽기 전에 저런 인간을 실제로 볼 줄이야. 호호호호."

'뭐? 하늘의 이치를 읽는 자? 유세진을 가리키는 말인가?'

"누나, 그게 무슨 소리예요?"

민제후의 미간이 찌푸려졌다. 뭔가 아주 중요한 사실을 들은 것 같
은데.

"하긴, 나처럼 특별한 인간을 알아볼 수 있는 눈을 가진 사람도 드물
긴 하지. 나같이 잘난 사람이 아니면 어떻게 찾을 수 있었겠어. 구슬도
꿰어야 보배라는데, 아무도 못 알아보면 그게 무슨 보물이라고. 오호
호호호호~!!"

"……."

질문을 하려던 제후는 웃음을 터뜨리는 메이 누나를 물끄러미 쳐다
보면서 고민에 빠져야 했다. 아까 했던 말에 뭔가 뜻이 담겨 있는 건지,
아니면 그저 메이 누나의 자기 잘난 척을 위한 코멘트였는지.

"풀 하우스!"

수학여행 두 번째 밤의 남자애들 숙소 풍경.

첫째 날은 자유 시간이 주어졌고 피곤했기에 다들 얌전히 잤지만 어디 둘째 날부터야 그렇게 될쏜가? 저녁 밥 먹고 각자 자기들 보물을 하나씩 끌어안고 방 하나둘을 정해서 선생님 몰래 삼삼오오, 또는 패거리 단위로 뭉친다. 그리고 이쪽 방에는 포커를 치는 방이 돼버렸다.

"헤헤, 그럼 미안하지만……."

"잠깐!"

"에?"

3장, 2장이 각각 같은 숫자인 풀 하우스를 내민 학생이 가라앉은 판의 분위기상 자신이 이겼다고 생각하고 판을 쓸어가려고 하자 또 다른 남학생 하나가 그 손을 막아선다. 그리고 외치는 카드는…

"스트레이트 플러쉬(Straight Flush)! 스티플이다!!"

"악!"

포커의 최고 패였다. 그렇다면 이번 판은 정말 게임 오버인가?

모두들 들고 있던 카드를 던졌다.

"이런 씨바!"

"에이 씨! 이번 판은 다 텃네, 텃어! 어떻게 저런 패가 저놈한테 가 있는 거야?"

"음하하하, 그럼 미안하지만."

그런데 그때, 이번에도 또 손 하나가 나서서 턱 막는다.

"잠깐 기다리시죠."

판을 끝내려는 손을 누군가 막아설 때 얼굴을 찌푸렸던 남학생이 자신을 막아선 인물의 목소리를 듣고는 얼굴색을 싹 바꿨다. 그 상대가 바로 유세진이었다.

긴장.

모두들 한마디로 긴장하고 있었다.

세진, 피식 웃으며 손 안에 쥐고 있던 카드를 펼쳤다.

"로열 스트레이트 플러시(Royal Straight Flush)입니다."

"에에엑!! 마, 말도 안 돼! 거. 짓. 말!!"

혹시나 했지만 역시나.

남자애들이 그 믿을 수 없는 현실에 머리를 쥐어뜯으며 괴로워했다.

로열 스트레이트 플러시!!

말이 쉽지 이건 정말 더 이상 올라갈 수도 없는 최고의 패. 라스베이거스 전문 도박사들도 평생에 한두 번 잡아볼까 말까 하다는 패인데…….

"로티플이라니……."

클래스S 남자애들은 전부 절규하다가 눈물을 흘리며 바닥에 널브러진다.

이런 상황, 한두 번이 아니었나 보다. 그러니까 방금 전 그 판을 끝으로 지금까지 모든 판을 유세진이 다 싹 쓸어간 것이었다. 남자애들은 선생들 몰래 포커 치다가 결국 유세진에게 다 털리고 단체로 개털됐다.

"크흐흑~ 결국 다 털리고 말다니."

눈물을 쏟는 아이들.

하지만 그것이 그럴 수밖에 없는 것이 그들이 포커판에서 털린 건은 돈이 아니고 술이었기 때문이다. 수학여행에서 술을 안 마신다면 그것이 어찌 수학여행이라 할 수 있겠느뇨. 하지만 철두철미한 부반장 유세진에게 털렸으니 이번 수학여행에선 술 구경은 완전히 튼 것이다. 더구나 정당하게(?) 쓸어갔으니 아무도 세진을 욕할 수 없었다.

"그게 다 뭐야?"

"아, 이번 판에서 마지막까지 다 쓸어 모은 양주입니다."

제후는 지금까지 구경만 하다가 세진이가 마지막에 아이들이 몰래 들고 온 술들을 모아 한곳에 담는 걸 보고 두 눈이 휘둥그레졌다.

이름만 들어도 알 만한 양주는 다 나와 있었다.

「루이 13세」, 「발렌타인 30년」, 「까뮤 트레디션」, 「죠니워커 블루」, 「로얄 살루트」, 「헤네시」 등의 고급 양주들. 모두 몇백만 원 대를 오르락내리락하는 엄청난 가격의 최고급품들이다. 더구나 유세진이 들고 온 것은 자그마치 한 병에 500만 원 이상 가는 최고 명품 「맥켈란 1946」이었다. 입이 딱 벌어진다. 덕분에 유세진이 판에 끼기 위에 가져온 이 미끼를 보고 침 질질 흘리던 남자애들이 겁도 없이 유세진을 끼웠다가 몽땅 털렸던 것이다.

부반장으로서의 능력도 참 탁월한 세진이었다. 평화적으로 아이들의 음주 사태를 막았으니.

유세진은 오늘도 선생님과 아이들 사이에서 지혜롭게 균형을 맞춰 가고 있었다.

'그렇지만 쟤들은 도대체 저걸 어떻게 가지고 왔을까?'

민제후는 그것이 신기할 뿐이었다. 무슨 수로 저 술병들을 하나씩 챙겨올 수 있었는지. 정말 미스터리였다.

'하늘의 이치를 읽는 자.'

제후는 점을 보고 와서 그런지 이번엔 자꾸 유세진 쪽으로 눈이 기우는 것을 알았다.

하긴, 세진이 녀석이 하는 말은 뭔가 묘한 뜻을 남겼고, 생각해 보니 항상 그 뜻대로 이루어졌던 것 같다. 마치 모든 걸 알고 있었던 것처럼. 더구나 좀 전에 보았던 포커판은 환상 그 자체였는데, 정말 유세진은 보통 사람은 못 보는 것을 특별히 보고 읽을 수 있을지도 모른다고 생각됐다.

'그럼 한번 시험해 볼까?

게다가 재미있을 것 같으니까.

포커판이 정리되고 애들은 새로운 놀이를 찾아 집중하고 있는 사이 유세진은 침대 위에 올라가 등을 기대고 책을 펴는 것이 보였다.

"세진아, 여기에서 하트 에이스는 어느 거게?"

민제후는 아까 애들이 가지고 놀던 카드를 들고 가서 안 보이게 쫙 펴서 들고 물어본다. 정말 맞출 수 있을지 없을진 모르지만.

그러나 그 순간 유세진이 민제후의 목소리에 잠시 책에서 힐끔 시선을 들더니 마치 아무거나 뽑는 것처럼 카드 하나를 뽑았다.

"이거요."

"오~"

맞췄다!

'그렇담 이번엔 화투다!'

"그럼 여기에서 똥은 어느 거게?"

"이겁니다."

이번에는 책을 보며 아까와는 달리 아예 시선도 돌리지 않고 대강 손으로 뽑아준다.

"오오~"

역시 맞췄다.

"우와아~!!"

어느샌가 주변에 몇 명의 남자애들이 몰려와 있었고 다들 계속된 실험에 감탄을 한다. 한마디로 대단했다. 도박사의 길로 빠진다면 전설이 될 수도 있겠다 생각했다.

주변의 다른 애들이 감탄하며 말한다.

"역시 유세진! 네 박수기엔 정말 혀를 내두를 정도구나. 그럼 진짜로 드라마 속 이야기처럼 천기도 읽긴 읽는 거냐?"

이것을 박수기라고 해야 하나?

어쨌든 메이 누나가 '하늘의 이치를 읽는 자'라고 했던 것이 자꾸 생각난다. 반 애들이 장난으로 말한 대로 진짜 천기도 읽을 줄 아는지 물어보고 싶은 충동이 일어나는 제후였다. 하지만 제후는 어쩐지 더 이상 건드리면 안 될 것 같단 생각이 들었다. 그러면 세진이가 힘들 것 같다는 느낌이 들어서 그 충동을 억제하고 궁금증을 포기한다.

그래서 관심사를 다른 곳으로 돌렸다.

"그럼 이번엔, 한예지의 약점은 어느 거게?"

하지만 그때!

퍽!

"꾸엑!!"

간만에 느끼는 쌔끈한 감각. 뒤통수에 느껴지는 신발의 감촉이 델리케이트하게 느껴졌다.

'나 이러다 변태가 되는 거 아닐까?

"뭐가 알고 싶다고, 민제후?"

"…아, 아닙니다, 예지마마. 아하하……."

진심으로 변태화에 대한 걱정이 심화되던 중 바닥에 엎어진 민제후 앞에 음산한 마녀 버전으로 한예지가 나타났다. 하지만 오늘도 언제나처럼 아름다운…

‘아악! 내가 지금 무슨 말을 하려고 했던 거야!! 누구한테 언제나 뭐?!’

순간 자신에게 용납할 수 없는 어떤 말을 내뱉을 뻔한 제후는 스스로를 질책하며 엎어진 자세에서 그대로 바닥에 머리를 계속 찧었다. 빨리 정신 차려야 할 텐데.

어쨌든 만 하루 만에 본 한예지의 모습은 한국에서의 모습과 별반 달라진 게 없어 보였다.

‘으음, 이거 다행인 건가 서운해야 하는 건가?

그렇게 민제후가 바닥에 쓰러져서 생각에 잠겨 있느라 일어날 생각을 잠시 잊었을 그때, 닭둘기가 날아와 쓰러진 제후의 머리 위에 앉아 간만에 그 머리칼에 깨끗이 세수(?)를 한다. 그래도 여기가 북경이라 단백질 섭취가 사냥이 아닌 주방에서 주는 깨끗한 고기류라서 그나마 다행이라고 생각하는 불쌍한 금갈색 머리칼의 소년이 있었다. 오늘 하루도 무사히.

＊　　　＊　　　＊

그 시각, 베이징 호텔에서 멀리 떨어지지 않은 곳에 위치한 고급 찻집.

한적한 그곳에 한 명의 아름다운 여성이 대동하고 있는 남자 직원과 함께 사업에 관한 이야기를 하고 있었다. 조심스러운 이야기인지 좀처럼 진척이 되지 않아 애를 먹고 있는 듯했지만 곧 서로의 손익이 일치한다는 것을 깨닫고 좀 더 가볍고 밝은 결론에 도출할 듯 보였다.

“네, 저희 조건이 마음에 드실 거라고 생각합니다. 김우택 씨는 90년대 중국으로 건너오셨죠?"

이 여인의 이름은 윤혜서. 그리고 사업상 북경에서 조심스레 만나는 이 남자의 이름은 김우택으로 한국에서도 이름이 널리 알려진 마약 제조 기술자였다. 그런데 그런 인물을 윤혜서가 만난다는 것은 현성우도 마약 사건에 연관이 없다고 할 수 없을 것이다.

이들이 대체 무슨 일을 벌이려는 것일까?

"그렇소."

"김우택 씨는 헤이룽장성 하얼빈 인근 아청(阿城) 및 치타이허(七臺河)에서 공장 설비를 갖춰놓고 대규모로 히로뽕을 제조하신다고 들었어요. 더구나 이번에 성능도 훨씬 뛰어난 신종 히로뽕을 개발하셨다고 들었는데… 하지만 중국에서는 중국 마약 당국과 한국의 공조 수사를 시작하기로 하면서 집중 단속을 하게 될 테니 당장 공안에게 잡히지 않는다 해도 여러 가지로 불리한 점투성이일 겁니다. 그래서 드리는 말씀입니다. 이번에 국내로 들어가서 국내에서 마약 제조 기술자로 일해주세요. 조건과 그 밖의 기타 사항들은 이미 훨씬 전에 보내드린 서류 그대롭니다."

본격적인 마약에 대한 사업 시작인가?

"음, 좋소. 그럼 그럽시다!"

윤혜서의 붉은 입술이 그 협상 타결로 인해 임무 완수라는 해방감과 미묘한 기쁨으로 살짝 곡선을 이루며 올라갔다. 무엇보다 중국 공안이나 한국 경찰의 눈을 피해야 한다는 어려움이 있었지만 윤혜서는 악마의 약을 국내로 끌어들이는 데 성공했다.

*　　　　*　　　　*

수학여행 세 번째 날 아침.

호텔 숙소의 욕실. 샤워기에서 물방울이 똑똑 떨어지는 소리가 욕실 가득히 들려온다. 고요하다 못해 적막하기까지 한 장소.

세면대에는 물이 가득 받아져 있고 그 속에 얼굴을 푹 담그고 있는 금빛나는 밝은 갈색 머리칼이 보였다. 수도꼭지에서 떨어져 내리는 물방울 소리도 샤워기에서 떨어지는 물방울 소리처럼 깊고 처연하게 들려온다. 물을 가득 받아놓고 그 속에 잠겨 있다면 그 기분을 그대로 느낄 수 있을지.

"푸학—!!"

그때 세면대에 가득 받아놓은 물에 얼굴을 담그고 있던 제후는 숨을 참지 못하고 결국 뛰쳐나오고 말았다.

"콜록콜록……."

참을 수 있는 데까지 참아보겠다고 숨을 참고 물속에 얼굴을 박고 있었더니 일어서는 순간 기침이 심하게 쏟아져 나왔다. 사실 자칫 잘못했으면 크게 사고가 날 뻔한 일이기도 하였다.

물속에 얼굴을 넣고 숨을 참으면 처음엔 참을 만하다가 좀 더 지나면 숨이 막혀서 참을 수가 없어지고, 거기에서 더 시간이 지나면 숨 막혀 죽을 것 같다. 하지만 그 순간에 괜한 오기가 발동돼서 더 참아보겠다 이를 악물게 되면 어느 순간부턴가 숨이 막힌다는 생각 자체가 사라지고 정신이 멍해지게 되는 것이다. 그때 정신 차리고 나오지 않으면 정말 세숫물에 코 박고 죽는 꼴이 날 것이다.

'이상한 꿈을 계속 꾸는데 무슨 일이 생기려나?'

제후는 손을 들어 세면대 앞 거울의 물기를 닦았다. 물론 닦아도 닦아도 젖은 손으로 만지는 것이라 거울 위에 물방울이 맺혀 깔끔하게 보이지는 않는다. 거울 속에 한 소년이 멍한 눈으로 자신을 바라보고 있음을 느낀다. 머리가 젖어 이마와 어깨로 물기를 뚝뚝 흘리고 안색은 나쁜 꿈자리 탓인지 창백했다.

꿈 때문인지는 모르겠지만 제후는 요즘 자신의 시력이 나빠지고 있는 것이 예전에 느꼈던 영혼과 육체와의 괴리 현상과 비슷한 것이 아닐까 생각하고 있었다.

정신적인 문제를 배제할 수 없다…….

의사들이 그렇게 말했다면 그것은 영혼 분리 현상도 배제하지 말아야 하는 것이 아닐까? 시력에 대한 문제를 자꾸 촬영장 사고 때 눈을 다쳤던 일 쪽으로만 연관시켜 생각했기에 지나쳤었는데 어쩌면 예전에 가끔씩 자신의 의지대로 손발이 움직여 주지 않았던 그런 현상들과 마찬가지의 맥락일지도 모른단 생각이 든다. 누군가 그를 집어삼키려고 한다는 느낌이 강하다. 그것의 정확한 정체는 모르겠지만 본능적으로 드는 느낌은 그러했다. 아니, 그 정체를 이미 알고 있지만 모른 척하고 싶은 건지도 몰랐다. 인정하고 싶지 않아서.

제후는 아직도 물방울이 떨어지는 자신의 얼굴을 거울을 통해 뚫어지게 쳐다보면서 스스로에게 다짐하듯 말했다.

"결코 먹히지 않겠어, 결코!"

먹는다. 먹힌다.

그 미묘한 관계.

하지만 적어도 먹히진 않겠다, 검은 자아에겐.

세 번째 수학여행 날의 일정은 천안문, 자금성, 이화원을 둘러보는 것이었다.

　아침은 항상 호텔에서 먹게 되는 것이 불만인 민제후 일행이었다. 아무리 수학여행이고 단체 여행은 규칙이 있다 하지만 한곳에 모여 밥 먹고 몰려다니면서 보여주는 것만 봐야 하다니…

　그래서 제후는 그날 하루 일탈을 결심하고 새벽에 일찍 일어났다. 아니, 사실은 나쁜 꿈을 꾸느라 일찍 깬 거지만.

　"저는 천안문 광장으로 바로 가겠습니다. 죄송합니다."

　제후가 옷을 갈아입고 모자를 쓰고 호텔을 나서면서 규칙 위반을 한다는 생각에 양심에 쬐.끔. 찔려서 선생님 방을 향해 고개를 숙여 목례하고 재빨리 빠져나왔다. 그런데…

　"어?"

　호텔 밖으로 나오니 애들이 모여 있다. 세진이, 동민이, 예지, 원우.

　"네들, 여긴 웬일이야?"

　서로 같은 생각을 했던 것일까?

　하여튼 그렇게 아무 말 없이 씨익 웃는 애들을 이끌고 북경의 아침을 들여다보러 출발했다.

　그들은 교원반점 후문을 나서면 바로 도로를 따라서 아침 장이 선다는 걸 알았다. 복숭아, 자두, 토마토 같은 주로 과일류가 리어카, 수레 딸린 자전거 같은 곳에 쌓여 있고 사람들이 활기 차게 물건을 사고 파는데 그 상쾌한 아침에 소란스런 북경의 시장 모습은 역동적이라서 보기 좋았다고 할까?

　그렇게 시장과 북경의 아침을 느끼며 이것저것 색다른 아침 식사를 마친 제후 일행은 드디어 천안문을 찾아 떠났다. 그런데 그때, 버스 안에서 어딘가를 가리키며 소리쳤던 말.

“와아~ 저게 천안문일 거야!!”

“그런데 모택동 초상화는 어디 있어?”

“어어?”

민제후의 그 말을 듣고 반사적으로 버스에서 내린 일행은 다음 말을 듣고 분노가 끓어올랐다.

“여기가 아닌가 벼. 허허~”

모두들 원흉의 근원인 민제후를 때려주고자 했지만 아무도 그 뜻을 이루지 못했다. 발이 워낙에 빠른 녀석이라. 여하튼 덕분에 그들은 거의 300여 미터를 더 물어물어 가서야 모 주석의 사진이 보이는 천안문 광장을 밟을 수 있었다. 날씨도 더워 죽겠는데.

천안문 광장에 도착한 민제후 일행은 그제야 학교 친구들과 합류할 수 있었다. 역시 단체 관광은 몸 하나만큼은 편하다는 장점이 있단 걸 여실히 깨닫는 아침나절이었다. 그래도 모두들 곧 원기충전해 천안문 광장에서 번갈아 기념 사진을 여러 번씩 찍고 천안문의 붉은색이 사진에 좀 더 선명히 나오길 바랬다. 북경의 대기는 늘 흐릿한 게 안 좋다.

다음으로 자금성에 가기 위해 천안문을 통과해야 했다. 많은 이들이 혹시 모를지도 모르는 사실 하나! 천안문은 고궁의 입구라는 것. 의외로 모르는 사람들이 많은 것 같다.

“천안문이 자금성 입구였단 말야?!”

바로 이렇게.

이 사람이 누군지는 알 만한 사람은 다 알 듯.

천안문 아우문을 지나니 높은 담장을 가진 위용도 당당한 고궁문이 들어왔다. 입장료는 학교에서 알아서 내줘서 또다시 행복한 민제후.

고궁에 들어서면 날개를 펼친 붉은 독수리처럼 당당한 위용을 가진 기와들을 보고 누구나 탄성을 지르게 된다. 규모도 그렇고 흙을 상징하는 붉은색의 지붕도 그렇고 옛 중국 황제가 살았다는 궁궐에 내가 입성했다는 기분도 탄성을 자아내기엔 충분했으니까. 더구나 지붕 끝마다 동물 신들을 모셔놓고 그 재앙을 막아보고자 하였다는 중국인들……

한데 이상한 건 그중 끝에는 닭을 탄 사람의 형상이 있는데 더 이상한 건 그 닭 위에 탄 사람은 옛날에 사형된 한 신하라나?

"왜 사형당한 신하가 닭을 타?"

"…그런 거 나한테 묻지 말랬지."

민제후와 원우의 이 다정한 대화.

이해가 가지 않는 부분. 아리송한 설명. 어쨌든 설명을 듣고 나선 지붕 장식을 유심히 쳐다보게 되었다.

이화원. 세계에서 가장 긴 복도가 있다네. 700여 미터의 복도?

장랑을 따라 걷는 게 지루해져 복도 천장과 벽에 그려진 그림을 보면 중국식 그림이라는 느낌을 확실히 받아본다. 그러나 그런 것보다 엄청나게 큰 곤명호라는 인공 호수가 더 경이로울까? 폭이 한강보다 훨씬 더 크게 느껴지는.

이화원은 옛날 서태후가 청일전쟁 자금을 빼돌려서 만든 여름 별장이라 했다. 나라를 망하게 한 사치스런 황후였지만 그렇게 큰 스케일을 가진 여자라니, 대단하지 않을 수 없었다.

그러나 감흥에 젖어 있는 한예지의 상념을 깨는 건 남자들의 일치단결된 한마디.

"그래도 난 여자들 사치는 싫어."

세 번째 날엔 장기 자랑이 열리게 되었다. 장소는 호텔 측에서 마련해 준 연회장이다.

이번 장기 자랑은 많은 기대를 얻고 있었다. 워낙에 특별한 특기를 가진 학생이 많은 성전특고다. 당연히 자신의 특기를 살려 장기 자랑에서 실력을 뽐내는 자리이니 여느 고등학교 수학여행과는 수준 자체가 달랐다. 특기를 가진 학생들로 구성된 클래스D에선 장기 자랑 참가자가 특히 많았는데, 일본 국제 마술 대회에서 그랑프리를 딴 신세대 마술사가 나와서 환상적인 공연을 하기도 하고 국제 대회 입상을 한 힙합댄스 팀이 나와서 서프라이즈한 무대를 꾸미기도 했다. 경호 시범을 보여주는 친구도 있었고, 동물 조련을 보여주기도 하였으며, 풍선 인형 만들기 같은 독특한 장기도 보여주었다. 그 밖에 신기한 장기와 클래스B의 학생들의 아름답고 달콤한 멜로디의 각종 악기 공연도 멋졌다. 그런데 그렇게 장기 자랑이 거의 다 진행되어 나갔을 때쯤이었다.

《아, 아, 마이크 시험 중! 여러분, 제 말 잘 들립니까?》

갑자기 장기 자랑을 지켜보던 민제후가 무대 위로 뛰어올라 가 사회자의 마이크를 빼앗아 들고 학생들 앞에 섰다.

《음, 지금까지 여러분들의 훌륭한 재주들을 보았습니다. 그런데 말이죠, 너무 잘해서 재미가 없어요. 무슨 뜻인지 아실랑가 모르겠네? 냐하하하~ 원래 이런 수학여행 같은 델 오면 장기 자랑 무대에서 너무 완벽하게 하는 것보단 조금, 아니, 아주 많~아니 망가져야 재미있다고 생각합니다. 틀리면 틀릴수록 재미있고 실수하면 실수할수록 더 배꼽 빠지는 게 이런 곳에서 보는 수학여행의 묘미 아닌가요?》

'네! 맞아요!' 라는 소리도 여기저기에서 간헐적으로 터져 나오지만 대체로는 의중을 알 수 없는 웅성거림이다. 한 번도 이런 제안을 한 사람이 없었나 보다. 벌들이 웅웅대는 듯한 그 소리들은 그만큼 제후의 제안이 아이들에게도 땡긴다는 뜻일 테다. 관심이 없으면 그렇게 많이 친구들과 이 문제로 떠들지 않을 테니까.

《장기 자랑은 수학여행에 도착해서 급하게 조달해서 만들기도 하고, 같은 반 친구들과 그룹으로 팀을 짜서 연극식으로 해도 좋고, 어쨌든 그렇게 만들어서 하면 하는 사람도 재밌고 보는 사람은 엄청 웃길 것 같은데. 어떠십니까?》

민제후가 반대 의견이 있는지 살피고, 다음으로 선생님들이 계신 곳에서 끄덕임을 확인하고서 다시 마이크를 잡고 웃으며 말했다.

《오오~ 멋쟁이 교장 선생님!! 싸랑합니다! 모두들 교장 선생님께 박수를~》

"와하하하하하~"

짧게 웃음소리와 함께 아이들이 교장 선생님께 감사의 인사로 박수와 휘파람을 보냈다.

《흠흠! 그럼 제가 제안 한 가지 하겠습니다. 즉흥 장기 자랑을 하되 각 반에 한 팀씩 준비하도록 합니다. 그리고 가장 중요한 점은… 자신들 전공을 이용한 장기 자랑은 절.대. 안 됩니다. 서툴고 허술해도 좋습니다. 그게 보는 즐거움이 더 있거든요. 이게 규칙의 전부입니다. 그럼 이만.》

제후가 다시 마이크를 사회 보고 있던 학생회 임원들 중 하나인 학생에게 넘겨주고 무대에서 폴짝 뛰어내려 갔다. 그리고 이 돌발적인 제안은 그 자리에서 즉석으로 받아들여졌다.

"야, 민제후! 너 어떻게 무대에 올라갈 생각을 다 했어?"

“어? 그거야······.”

무대에서 연회장 좌석으로 뛰어내려 온 제후는 기타 등등 브라더스들에게 질문을 받았다. 그래서 숨기는 것 없이 솔직하게 대답해 주었다.

“너무 재.미.없.잖.아. 재밌게 해보라는 뜻이었을 뿐인데.”

“음, 너다운 대답이긴 하구나.”

웅성웅성!

즉흥 장기 자랑.

어쨌든 돌발적인 제안이었는데 그것으로 인해 조금 처져 있다고 생각한 학생들의 분위기가 한껏 고조되었다. 주어진 시간은 약 1시간. 아이들은 그동안 서로 여기저기 몰려들어 즉흥 장기 자랑에서 무얼 할지부터 정하고 구체적인 세부 계획을 열심히 짜고 있었다. 그리고 물론 클래스S도 빠지지 않았다. 어떻게 보면 가장 개성 만점인 클래스가 특급 클래스이니까.

마침내 1시간이 지나고 즉흥 장기 자랑 시간이 돌아왔다.

첫 타를 바로 민제후가 속해 있는 특급 클래스였다. 급하게 급조된 거라 다른 반도 거의 개그가 주일 텐데 이 팀도 거의 마찬가지였다.

《즉흥 장기 자랑! 그 첫 번째 반은 클래스S입니다. 제목은 ‘엽기 차력 쇼’ !!》

“따이, 따이, 따이~!!”

사회자의 소개에 따라 무대 위로 학생들이 나갔다. 그리고 그 모습에 시작도 안 됐는데 벌써 여기저기에서 엄청난 폭소가 터져 나오고 있었다.

구성인은 기타 등등 브라더스들과 민제후, 그리고 민제후한테 끌려

온 박원우 등이었다. 그런데 그들이 분장이라고 한 것이 요란한 꽃무늬가 들어간 몸빼 바지에 시장 아줌마들이 쓸 것 같은 수건을 머리에 쓰고 이마엔 빨간색 띠를 둘렀다. 그리고 그 학생들의 얼굴에는 일제히 고양이 수염을 그렸다. 그래서 공연 전에 잠깐 눈썹 그릴 때 쓰는 펜슬을 빌려주신 진수아 담임 선생님께 고맙다는 인사 멘트까지 빠뜨리지 않은 엽기 차력 쇼 팀이었다.

역시 분장의 힘이란 대단한 것임을 느끼는 그들이었다. 아직 아무것도 안 하고 인사만 했는데도 벌써부터 여기저기에서 터지는 웃음은 장기 자랑이 아니라 진지하게 공연을 했던 1시간 전 무대의 어느 것보다 훨씬 많은 반응이었다.

어쨌든 이제 쇼에 들어가는 특급 클래스의 괴짜들.

"따이, 따이, 따이!!"

《아~ 네, '고무장갑 터뜨리기'를 하겠다는군요. 기대가 됩니다.》

이 코너는 차력 쇼를 보이는 사람이 말을 해서는 안 된다는 것이 중요했다. 그래서 사전에 준비해서 사회에서 설명을 부탁해 놓은 차력 팀이었다.

"따이, 따이, 따이!!"

"따이~!!"

빨간 고무장갑이 선보여지고 그것을 박원우가 머리에 뒤집어썼다. 그 작은 고무장갑을 머리에 썼다는 것 자체가 놀라운데 그것에 바람을 채워 풍선을 불겠단다. 그리고 그 약속을 지키기 위해 박원우는 열심히 열심히 불었다. 그런데 아무리 불어도 고무공처럼 커지기만 하지 터질 생각을 안 하는 고무장갑이었다.

결국.

“따이, 따이… 헉, 헉…… 앗, 따거!!”

고무장갑이 로켓 폭탄처럼 원우의 머리를 벗어나 멀리 날아가 버리고 말았다.

《오! 안됐군요. 이놈의 고무장갑, 알고 보니 국산이었습니다. 네에~! 그렇죠~! 그러니 절대 찢어질 리 없죠!!》

“푸하하하하하하하!!”

박원우 실패함으로써 첫 번째 차력 쇼는 실패했다.

두 번째 엽기 차력 쇼.

“따이, 따이, 따이~!!”

《네. 두 번째 차력은 굉장히 위험한 것이라 합니다. 그래서 하기 전에 먼저 주의를 주네요. 훈련이 안 된 분은 이것을 보고 절대 따라 하지 마시라고 합니다. 이번 엽기 차력 쇼의 이름은…….》

“따이, 따이!!”

《‘엉덩이로 나무젓가락 부러뜨리기’ 랍니다!》

위험한 차력이란다. 공부와 전공 이외에는 뭐가 뭔지 잘 모르는 순진한 성전특고생들, 다음 엽기 차력 쇼를 보고 진짜 엽기로 받아들이게 되었다.

“따이, 따이, 따이!!”

엉덩이로 나무젓가락 부러뜨리기는 차력 쇼를 하는 사람이 기다란 천을 들고 나와서 엉덩이 위에 가로로 눕혀놓은 젓가락을 그 천으로 가랑이 사이에 껴서 부러뜨리는 엽기 쇼였다. 의외로 고난이도라는 것을 알아야 하는 쇼쇼쇼~ 쇼!

더구나 엉덩이로 나무젓가락 부러뜨리기는 기타 등등 브라더스와 민제후였다.

"따이, 따이, 따이~! 따이!!"

《조금만 더, 조금만 더, 네! 부러졌습니다!! 인간 승리입니다. 앗! 잠 깐만요! 타임 요청합니다. 이런, 부상인가요? 젓가락이 부러지면서 어 디 민망한 데를 잘못 찌르지 않았나 걱정됩니다.》

"꺄아~ 꺄하하하하하하하~!!"

온 연회장이 웃음바다가 되었다. 역시 장기 자랑이란 건 망설임없이 망가져 줘야 한다는 걸 보여주는 첫 스타트였다.

성전특고에서 특급 클래스라고 하면 집안, 배경, 성적, 특기 등 모든 면에서 완벽해 보이는 아이들 집단으로서 가까이 접근할 수 없다고 생 각하는 게 주류였는데 오늘을 기점으로 해서 그런 편견이 조금은 희석 됐으리라 생각됐다. 그리고 이번 수학여행이 끝나면 같은 반 아이들끼 리는 물론이고 다른 반이나 다른 클래스 아이들까지도 예전보다는 조 금 열린 시각으로 볼 수 있을 것 같다고 생각되었다.

"왜요~? 이르케여~? 이르케여~?"

승순이 역할을 하는 클래스A의 수재 남학생을 보니 박수를 안 칠 수 가 없었다.

"아부지~! 큰일 났심더! 집에 도둑이 들어서 집문서, 땅문서, 3년째 붓던 적금 통장, 어제 엄마 곗돈 탄 거까지 다 들고 갔심더!"

"뭐여? 에구구, 그럴 리가. 우리 집 집문서, 땅문서, 3년째 붓던 적금 통장, 어제 니네 엄마 곗돈 탄 거까지 전부 냉장고 뒤쪽에 테이프로 싹 붙여놨는디."

"아. 하. 거기에 숨겨놨심꺼? 후훗! 잘 쓰겠심더! 음훼훼훼훼훼~"
따귀소녀.
클래스B에서 고상한 플롯을 놓고 한쪽 방향으로 완전히 몰린 헤어

스타일을 하고 따귀소녀를 연기하는 여학생은 너무나 똑같아서 박장대소를 일으켰고, 어리버리한 이장님을 연기한 남학생은 평소 우아하게 피아노를 치는 걸로 유명한 학생이라 그 이미지가 매치가 안 돼 모두들 발을 구르며 웃기 바빴다.

그 밖에 각종 다양한 공연, 만담, 퍼포먼스가 선보였다. 각자 자기 전공이 아닌 분야를 선택해 1시간 만에 급조된 즉흥 장기 자랑이었기에 실수도 많고 어설펐지만 즉흥은 즉흥 나름대로의 매력과 애드립을 알게 해주어 재미있고 유익, 유쾌한 시간이 아닐 수 없었다.

아이들의 박장대소. 손뼉을 치고 웃는 그 소리가 오래도록 그들의 가슴속에 남을 것이었다.

수학여행 네 번째 날.

집으로 돌아가는 날.

학생들은 지난 3일 동안 수학여행을 와서 많은 것을 보고 듣고 느끼고 돌아간다는 걸 깨닫고 있었다. 무엇보다 외국에 나와 유적이나 문화재를 보았다는 것보다는 처음으로 일반 전형이니 특별 전형이니를 떠나서 마음을 열고 서로를 바라봤다는 점이 가장 큰 수확이라면 수확일 것이었다.

제후는 어차피 배낭 가방 한 개 정도인 짐을 싸면서 돌아갈 생각을 하니 이것저것 한국에 남겨두고 온 해결해야 할 일들을 생각하느라 머리가 아팠다. 먼저 가장 중요한 일들 중의 하나는 아버지를 만나서 좀 더 이야기를 해보고 싶다는 것이었고, 그 다음으로는 병원에 입원 수속을 하고 눈과 머리 속까지 검사하는 일이었다. 그리고 그 다음으로는 청아도에 대한 문제였다.

‘문승현한테 청아도와 연관이 있을 것 같은 도면을 찾는 대로 집에 가져다 놓으라고 했는데.’

과연 찾았을지…….

한데 청아도가 무슨 열쇠라니.

솔직히 제후는 아직도 문승현의 말을 믿을 수 없는 가설로 취급하고 있었다. 하지만 궁금하기도 하고 흥미가 있기도 하기 때문에 천천히 알아보기로 결심한 일이었다. 차근차근 하나씩 풀어보기로 한 그 수수께끼.

청아도에 어떤 비밀이 있는 걸까?

*   *   *

서울의 어느 변두리 빌딩의 지하.

그곳에 고여 있는 물 웅덩이의 음침함만큼 어떤 공포가 한 가득 흘러나오고 있었다. 해성파의 배신자에 대한 즉결 처분이 이루어지고 있는 그곳. 그곳에 있는 것은 현성우 사장과 그의 수족 노릇을 하는 충직한 충견 같은 직속 부하 몇 명.

해가 뜨고 얼마 안 지난 오전인데 그 지하실은 한밤중에서 새벽까지 이어졌던 폭행과 협박이 아침에 배신자를 잡았다는 소식을 듣고 그곳을 들른 현성우에 의해서 막을 내리고 있었다. 물론 현성우 사장은 사람을 치거나 욕설을 퍼붓지 않는다. 하지만 다른 이들에겐 그의 행동 하나하나가 공포가 되어서 내려앉았다.

“자, 더 해봐. 더 비명을 질러봐.”

현 사장이 배신자라고 잡혀온 청년을 잡아 일으켜서 눈앞에 작은 단도를 꺼내어 섬뜩하게 잘 선 날을 보여주고 그것을 목에서부터 배까지 천천히 훑어 내리는 시늉으로 칼을 아래로 내렸다.

"비명 한 번이면 넌 죽는다."

"으으… 으……."

공포에 질려 부들부들 떠는 청년은 자신의 옆구리에 아까 보았던 하얀 칼날이 닿는 것을 느끼고 펑펑 울면서 애원하고 빌었다. 하지만 다음 순간 현성우 사장의 웃음 띤 단 한 마디에 모든 인간의 언어가 싹 들어가 버렸다.

"난 우는소릴 싫어해. 하지만 한 가진 약속하지. 찔렸을 때 신음 소리 하나 새어 나오지 않는다면 목숨만 살려달라는 네 우는소리 그대로 살려주지. 그렇지만 그렇지 못할 시에는 바로 죽는다."

공포에 질린 사람은 어떤 느낌도 못 갖는가 보다. 아니면 살기 위해 필사적이 되던가.

푹!

다음 순간, 어떤 대답도 기다리지 않고 그가 배신자의 배에 칼을 꽂아 넣었다. 칼이 너무나 날이 잘 서서 그런지 피부를 찢고 칼날을 꽂았다기보단 적당히 녹아 흐물대는 누런 버터덩어리에 꽂은 기분이었다. 게다가 아무 소리도 안 났으니 말이다.

반면에 칼을 맞은 그 청년은 살기 위해 비명을 삼키며 처절하게 버티고 있었다. 그리고 그는 정말 참아내었고 현성우도 그것을 인정하는 듯 빙긋 웃었다. 청년은 이제 살았구나라고 생각하며 조금 안심하고 있을 찰나에 현성우가 다시 되돌아왔다. 하지만 그냥 온 것이 아니라 손에 백열전등 밑에서 약물이 뿜어지며 공포감을 던져 주는 은 바늘 주사기가 들려 있다.

“이게 뭔지 알아? 뽕이라네, 뽕. 큭큭큭… 이거 하나 맞으면 바로 뽕 가는 거야. 그것도 최근 개발된 신종이지. 똑같은 투여량으로 기존의 것보다 환각 작용이 3배 이상 뛰어나거든. 그리고 금단 증상도 역시 훨씬 엄청나고. 좋지? 좋겠지? 좋아 죽겠지? 안 그런가? 으응?”

“으으으…….”

그것이 무엇을 의미하는 것인지 알기에 청년은 배에 구멍이 뚫렸다는 것조차 잊고 고개를 도리도리 흔들며 이미 보랏빛 멍들과 울퉁불퉁하게 변해 버린 흉한 얼굴로 울부짖으며 자비를 구한다. 그러나 현성우 사장의 목소리는 아무 감정 없이 냉혹하기 그지없다.

“곧바로 마셔도 좋고 증류수와 혼합 투여도 가능한 액체 히로뽕이야. 순도 90% 이상짜리. 이번에 우리 해성파에서 해성유통을 이용해 치밀하고 조직적으로 완성한 유통 체계를 통해 전국을 휘어잡을 야심작이란 말씀이야. 찔끔찔끔 들어오는 중국 밀수는 걷어치우고 이번에 아주 생산까지 국내에서 시작하게 될 거야. 어때? 온몸에 전율이 흐르지 않나?”

“사, 살려주십쇼, 보스. 제, 제발…….”

현성우의 조롱의 눈빛이 은 바늘에서 뽑어진 마약보다 더 스산하게 빛났다.

“잘 참은 상이다. 첫 개시를 하게 된 걸 영광으로 생각하라구.”

피가 좀 튄 것 같아 현성우가 손을 씻고 옷을 갈아입고 나오자 그를 기다리고 있던 다른 수하들이 지난 밤 일어난 사건에 대해 간략하게 설명하며 우려를 표시했다.

“사장님, 아무래도 장태현 이사가 사장님을 걸고넘어질 것 같습니다.”

날카롭게 돌아보는 현성우.

"폭력 조직과 마약 밀매에 대한 유통 체계에 대한 구축을 성전에서 도왔다는 발언을 은근히 흘리고 있습니다만."

"훗! 사실인데 뭘 그래. 지금은 쓸모없어져서 손을 놔버렸지만 우린 장태현 덕분에 유통 시장을 속속들이 파고들 수 있었지 않았나."

"하지만 저렇게 떠벌리게 놔둘 수는……."

"어차피 그 인간, 자기 잇속 때문에라도 우릴 끌어들이진 못해. 관심 들 꺼라."

현성우 사장이 손을 닦고 재킷을 팔에 꿰면서 생각에 잠겼다.

장태현 이사, 지금은 뭔가 분하고 억울한 느낌에 나름대로 폭탄선언을 한다고 터뜨렸으나 이런 문제는 어느 것 하나 불분명한 것이 남으면 단순한 스캔들이 될 뿐이란 걸 알아야 할 것이다. 어차피 자기 잇속 챙기기 위해선 자기가 내뱉은 그 말들을 인정할 수 없을 테니까.

"아! 사장님, 윤 대리님 마중을 나가셔야지요. 오늘 귀국하시는 날입니다."

그렇다. 윤 대리가 중국에 가서 어제까지 그쪽 마약 제조 기술자들과 접촉했을 것이다. 그런 일에 여자를 내세운다는 것이 처음엔 조금 못마땅했지만 나중엔 그녀만한 사람도 없다는 것을 그도 인정해야만 했다.

"몇 시 비행기지?"

"지금 출발하시면 딱 맞습니다."

"그래? 그럼 가지."

보스에게 쓸데없는 짓이라고 면박을 당할 거라 생각했던 수하는 긍정적인 대답을 듣자 한껏 밝아진 얼굴로 재빨리 문을 열고 앞섰다. 말

은 꺼냈지만 솔직히 생각지도 못한 예스라는 대답. 정말 의외다. 그래
서 그는 오늘 무슨 좋은 일이 생기는 게 아닌가 궁금해져서 저녁때 복
권이라도 몇 장 사야겠다고 결심했다.

*　　　*　　　*

북경에서 인천으로 돌아오는 비행기 안.

곧 있으면 인천 국제공항에 도착한다는 안내 방송이 여행이 끝나가
고 있음을 실감케 했다. 오랫동안 기다려 왔던 수학여행이었는데 막상
갔다 오니 너무나 짧은 시간이었기에 아쉬움만 깊게 남는다.

그런데 그때 민제후 옆 자리에 앉았던 유세진이 그를 불렀다.

"제후 군."

"응?"

"……."

사람을 불러놓고 그냥 쳐다만 보다니, 그건 무슨 심보냐?

"뭐야. 불렀으면 말을 해, 말을."

"…아닙니다."

제후가 왠지 기분이 이상해서 세진이를 계속 다그치자 금세 생긋 웃
으며 아무것도 아니란다. 하지만 그런 식으로 궁금하게 만들면 하루
종일 얼마나 찜찜한데. 마치 목욕탕 가서 열심히 때를 밀고 나오려는
데 등 뒤로 손이 닿지 않아 등만 못 닦고 옷 입은 그런 기분이 든다.

"뭔데? 뭔데 아니야?"

"아니에요. 정말 아무것도 아닙니다. 조금 걱정이 돼서 말을 걸었지
만."

궁금해서 뭐냐고 자꾸 졸라댔지만 역시 아무것도 아니라며 피하는 유세진.

제후는 메이 누나한테 유세진이 '하늘의 이치를 읽는 자'니 어쩌니 하는 소릴 들었었기 때문에 더욱 찜찜해져 참을 수 없을 지경이었다. 물어보고 싶다. 이번엔 도대체 뭘 본 거냐고.

하긴 알고 나면 그 운명이란 거 의미가 없다고 메이 누나도 말했었지만 말이야.

"언제나처럼 잘 이겨내실 테죠. 믿겠습니다."

민제후의 복잡한 심경을 아는지 모르는지 유세진은 천진난만한 미소를 생긋 지으며 또 저런 말을 툭 던진다.

뭘 이겨내고, 뭘 믿어?

'그러니까 더 무섭잖아!!'

유세진은 그냥 성격이 나쁜 게 아닐까?

"와아~ 드디어 도착했다!"

인천 공항에 도착해 바닥을 밟으니 한국에 돌아온 걸 절절히 느낀다. 역시 자기 나라 자기 땅이 좋은 모양이다. 중국에서 못 먹고 못 자고 헐벗었던 것도 아닌데 내 나라 내 땅에 왔다는 사실 하나가 그렇게 기쁘고 소중한 감정일 수가 없었다. 평생 이런 기분이면 여행은 다녀도 이민이나 장기간 해외 거취는 못할 것 같다.

"3일 만에 돌아오는 건데 느낌은 꼭 30년 만에 돌아온 것 같다. 아하하하."

"바보냐? 3일이면 3일이고 30년은 30년이지 무슨."

"이런이런, 이렇게 감정이 메말라서야. 쯧쯧."

제후가 입국장에 들어서서 여기저기를 둘러보며 친구들과 수다스럽게 떠들었다. 그런데 그때.

"……!!"

민제후가 자기 눈이 잘못됐나 싶어 손등으로 두 눈을 비볐다. 하지만 몇 번을 다시 비벼도 그 소년의 눈에 보이는 것은 똑같은 모습의 너무나 잘 알고 있는 여자 얼굴.

'혜서?!'

소년은 혼란 속에 빠져들어 윤혜서의 얼굴에 시선을 헤매 다녔지만 곧 그녀의 모습이 시야에서 사라진 것을 느끼고 모든 걸 다 내팽개치고 정신없이 그녀를 쫓아갔다.

"그럴 리가… 윤혜서는 죽었다고… 자살했다고 들었었는데."

현성우가 분명히 윤혜서가 자살했다고 알려줬었는데.

그것이 거짓말이었나?

그 애가 살아 있는 걸까?

제후는 정신없이 헤매 다니며, 계단을 계속 오르락내리락하며 윤혜서의 모습을 찾아다니고 있었다. 그런데 아무리 찾아도 방금 전까지 멀지 않은 곳에 있었던 그녀의 모습은 보이지 않는다. 공항에 사람도 많기 때문에 더 찾기 어렵다. 그래서 그렇게 막 체념하고 돌아서려는데…

"윤혜서 씨!"

제후가 믿을 수 없다는 눈으로 그 목소리가 들려온 쪽으로 고개를 돌렸다. 얼굴만 같은 것이 아니라 이름까지도 같다면, 그렇다면 바로 그 윤혜서 본인이 아닐까?

제후는 그런 결론밖에 나오지 않았다.

"이거 잊고 가셨더군요."

"아, 감사합니다."

민제후, 그의 눈앞에 그리워하던, 항상 미안해하던 그 얼굴이 살아 숨 쉬고 있다. 그런데 다가서지 못하고 멍하니 바라만 보고 있는 것은 도대체 왜?

"윤 대리님, 사장님께서 마중 나오셨습니다."

"……!"

오늘은 과거의 망령들과 만나는 동창회날이었나 보다.

'혜서에 이어서 현성우까지……!'

하지만 그것들은 그저 망령과 망령으로서가 아니라 살아 있는 사람과 사람으로 존재한다. 더구나 그 둘은 매우 친밀해 보이는 사이.

잠시 넋을 놓고 있는 사이 또 윤혜서와 현성우의 모습이 공항에서 사라진다. 제후는 자칫 잘못하다가 아까처럼 다시 그들을 놓칠 것 같아 정신없이 뛰어서 그들의 모습을 한 번 더 확인하고자 했다. 공항 청사 밖으로 헐떡거리며 뛰어나가자 어느새 그들은 공항 앞에서 대기하고 있던 검은색 승용차에 함께 올라탄다. 그리고 자동차에 올라타기 전까지 팔짱을 끼고 다정하게 걸어가던 두 남녀. 게다가 아까 처음에 그들이 만났던 장면을 떠올려 보라. 현성우가 마중 나오자 윤혜서가 아찔한 미소를 지으며 달려가 그에게 안겨서 열정적인 키스를 하고…….

"윽! 아니야! 그럴 리가… 잘못 봤을 거야!"

제후가 자신의 머리를 쥐어뜯으며 거의 정신이 나간 것처럼 계속 헛소리를 하기 시작했다. 그때, 그 소년 앞으로 부우웅 지나가는 현성우 사장의 자동차. 그 뒷좌석 창문으로 다시 한 번 더 웃고 있는 남녀의 얼굴이 보이자 확인을 한 것이나 마찬가지라고 생각됐다.

"아냐… 아닐 거야… 아닐 거야… 이건 아니야……."

"민제후! 너 어디 있었던 거야!"

"도련님!"

그때를 맞춰 마중 나온 김 비서가 갑자기 말도 없이 사라져 걱정돼서 찾으러 온 신동민과 만나서 같이 다가오고 있었다. 그 뒤로는 다른 친구들의 모습도 보였다.

"아니야… 아니야… 크흐흑……."

하지만 이미 민제후의 눈에는 그들이 아니라 전생의 화면들이 가득 차 진실과 거짓을 가리기 위해 안간힘을 다하고 있었다. 떠오르는 건 한 가지뿐. 하지만 그것이 아니기를 간절히 빌지만.

"아냐!!"

그동안 억눌러 오던 어떤 감정들이 그 순간 폭발했다.

"이건 말도 안 돼! 거짓말! 거짓말!! 으아악!!"

"왜 이러십니까, 도련님! 이러지 마십시오!! 정신 차리세요!!"

"정신 차려, 이 자식아! 야! 너, 그쪽 제후 팔 잡아!"

가까스로 공항에서 없어졌던 민제후를 찾은 김 비서와 일행들이었지만 이런 모습을 예상하고 찾아다녔던 것은 아니었다. 워낙에 길치라 혹시라도 공항 청사 내에서 미아가 됐을까 봐 찾아다녔던 것뿐인데, 뒤늦게 발견한 친구의 모습은 정상이 아니었다.

민제후는 현재 강한 쇼크로 인해 현재 동공이 풀리고 정상적인 사고를 할 수 없는 상태였다. 그는 자신이 알던 모든 진실이 날조된 거짓일 수도 있다는 생각에 순간 숨이 턱 막혀왔다.

확인해야 한다!

“혜서야, 아니지? 아니지? 혹시나 바보 같은 내게 떠오르는 그런 일… 아니지?”

현성우… 윤혜서… 너희들…

“제발 아니라고 말해!!! 아아아악—”

공항에서 발작을 일으킨 제후가 김 비서의 품에 쓰러져서 정신을 잃었다.

그는 순식간의 눈앞이 아득해지면서 세상이 불투명한 유리 상자 속에 갇힌 듯한 느낌이 들었다. 그리고 모든 것을 잊고 무의식 속에 빠져들자 그나마 빛이라도 구별할 수 있었던 세상이 곧 먹물을 뿌린 물속처럼 캄캄해졌다.

제3장 흔들리는 세상

한국 최고라고 불리는 S대 종합 병원의 어느 병동 복도.

그곳에 갑자기 사람들의 어지러운 발자국 소리가 가득 차기 시작했다. 한 무리의 의사와 간호사들. 하얀 가운을 입은 의료진들이 긴급 상황인 듯 그 병원 최고 특실을 향해 부리나케 달려가고, 곧 그들의 뒤를 이어 특실 환자의 보호자들이 연락을 받고 뛰어온다.

와장창!!

"으아아아악—!!"

그때 복도 쪽을 향해 벌컥 열려진 특실의 문으로 터져 나오는 비명 소리!

목소리를 듣자니 아직 십대 소년 같은데 문밖으로 흘러나오는 비명 소리는 고통과 절망으로 가득 차 결코 그 나이 대의 어린 소년이 갖고 있다고는 생각되지 않을 정도로 날카롭고 아프다.

곧 환자의 부모님들이 특실로 달려 들어가고 그 뒤를 쫓아 친구로 보이는 몇 명이 뛰어왔다. 그러나 병실문 앞에 당도했을 땐 마침 다시 터져 나오는 소년의 비명 소리에 모두들 멈칫 멈춰 서야 했다. 그것은 마치 청정한 하늘을 깨뜨리는 듯한 날카롭고 슬픔 자체인 깊은 울음.

가슴이 무너진다.

그래서 병실문 앞에 도착한 친구들은 그 충격에 몸이 굳어서 누가 시키지도 않았건만 아무도 감히 움직일 생각을 못했다. 그리고 순백의 도자기 인형 같은 아름다운 검은 머리의 소녀는 안에서 벌어지고 있는 광경에 차마 안으로 들어서지 못하고 그만 두 손으로 자신의 입을 틀어막는다.

"어, 어떡해……."

바닥은 온통 피투성이.

내동댕이쳐진 깨진 링거 병에서 역류해 바닥으로 쏟아지고 있는 건 붉디붉은 피. 혈액.

그 충격적인 광경에 아이들은 자신들의 눈을 믿을 수가 없었다. 다른 사람도 아니고 언제나 굳건할 것만 같았던, 누구보다도 밝고 장난기로 가득했던 그들의 친구가…….

"으아아아악—!!"

"그쪽 팔 꽉 못 잡아! 그리고 진정제 더 놔!! 빨리!!"

충격적이었다.

한 사람의 영혼이 무너진다는 것은 바로 이런 것이라고 보여주듯.

그런데 하필이면 왜 그 예가 민제후가 되어야 하는 것인지…

한예지가 자신도 모르게 눈물을 후드득 흘리며 그 큰 눈동자를 깜박이지도 못하고 멍하니 서 있자 어느새 그 뒤로 조용히 다가온 세진이가 말없이 그녀의 두 눈을 손바닥으로 가려준다. 남자 아이의 커다란 손이 시야를 가리고 그 따뜻한 온기를 느끼자 예지는 그제야 어둠 속에서 참고 있던 울음소리를 쏟아냈다. 지금 병실 안에서 고통스러워하는 민제후만큼.

"흐흐흑… 흑흑흑흑……."

우리가 무얼 잘못한 걸까?

세상이 흔들리고 있었다.

*　　　*　　　*

깨어났다.

정신이 드니 코끝으로 엷은 소독약 냄새가 나는 걸 알았다.

'여긴… 병원인가?'

그런데 순간 소년은 자신의 눈앞에 어떤 사물의 형상도 맺히지 않는다는 걸 깨달았다. 그렇다고 깜깜한 어둠 속에 잠긴 건 아니었다. 눈을 뜨자 뭔가 시야에 보이긴 했지만 너무나 흐릿하고 불투명해서 마치 투박하고 뿌연 유리 상자 안에 갇힌 듯한 느낌.

'이, 이게 뭐지? 난 지금 여기서 뭐 하고 있는 거지? 왜 앞이…….'

아예 아무것도 안 보이고 완벽한 어둠 속에 잠기면 마음이라도 편하겠건만 이런 불투명한 세상의 모습은 심장을 터뜨릴 것처럼 사람을 불안하게 만든다. 결국 정밀 검사 전에 시력을 잃은 것인가?

한데 갑작스런 시력의 상실이 믿어지지가 않아 침대에서 일어나 허둥대고 있던 참에 다시 그의 머리를 강타하는 것은…

'……!!'

새롭게 밀려들어 오는 장면들.

공항에서 보았던 해성유통 현성우 사장과 그…….

"성우랑… 혜, 혜서가……."

털썩─

침대 밖으로 내려서려던 제후가 그만 털썩 주저앉았다.

민제후란 이름의 소년이 한 여자의 이름 하나로 완전히 넋을 잃어버리고 말았다. 두통으로 머리를 짚고 있던 두 손이 힘없이 옆으로 툭 떨어졌다.

무중력 상태에서 갑자기 몇십 톤의 쇠망치로 머리를 맞은 것처럼 너무 어이가 없고 믿을 수 없는 광경들이 다시 펼쳐진다. 충격보다는 상황 자체가 이해가 안 되고 모든 지각이 멈춰 버린 상태.

제후는 자신의 몸이 뼈와 살로 이루어진 신체가 아니라 더러운 솜으로 가득 찬 찢어진 솜 인형처럼 느껴졌다.

"으아… 아아아… 혜서가……."

병원 침대 위에 일어나 앉은 금갈색 머리칼의 아름다운 소년이 초점을 잃은 눈동자로 멍하니 중얼거렸다. 부들부들 떨리는 손. 목소리.

날조된 진실.

도대체 어디까지 진실이고 어디까지 거짓이지?

"살아 있다……?"

멍하니 중얼거린다. 확인받는 것처럼.

그리고 그것이 무엇을 의미하는 것인지 모를 정도로 소년은 바보가 아니다.

순식간에 얼굴이 일그러졌다.

"으아아아악─!!"

와장창!

참을 수 없어! 도저히 참을 수가 없어!!

'누가 말 좀 해봐! 그럼 그동안 내가 믿어왔던 진실이란 건 뭐지? 내가 무엇을 위해 아파하고 힘들어했지? 왜 나한테 이런 짓을 하는 거야! 차라리, 차라리 지금까지처럼 아무것도 몰랐더라면, 아무것도 몰랐더라면… 아무것도!'

"끄아아아아아악—!!"

머리가 터질 것 같다. 목구멍이 뜨거워진다. 온몸의 피는 얼음처럼 싸늘히 식은 느낌인데 목구멍으로는 용암보다 뜨거운 무엇이 울컥 터져 나올 것만 같았다. 눈앞에 불이 번쩍인다. 뭔가 차가우면서도 뜨거운 액체가 눈에서 흘러나와 얼굴을 흠뻑 적신다. 이러다 정신을 놓을 것 같다는 절박함이 뇌리를 때렸다.

미칠 것만 같다, 정말로. 한순간만 방심하면 정말 미쳐 버릴 것만 같아서.

눈앞이 뱅뱅 돌아갔다. 정말 하룻밤 새 장님이 되어버렸는지 아무것도 보이지 않는 시야가 그나마 핏빛으로 붉어져 갔다.

'지금 나, 진짜로 미쳐 가고 있나?!'

무서워…….

"아, 안 돼. 안 돼… 무너지지 마. 날 뺏어가지 마. 더 이상은 안 돼, 이 나쁜 자식아!!"

와당탕!!

공중으로 팔을 휘두르며 일어서서 자신이 시력을 잃었다는 사실은 까맣게 잊고 그런 절박함에 비명을 지르며 날뛰었다.

그러자 무언가 손에 걸리고 발에 걸려 넘어져 요란한 소음을 내면서 깨져 버리는 물건들.

그리고 그때였다.

"까아악!"

제후가 자기 속에서 미쳐 날뛰는 미친놈을 붙잡지 못하고 스스로도 어쩌지 못해 헤매고 있을 그 무렵, 문 쪽으로 생각되는 곳에서 뿌연 형체가 보였다고 생각될 찰나 간호사의 비명 소리는 나타났을 때보다 더 빨리 사라졌다.

제후는 그제야 자신의 모습과 주위의 모습들을 느끼고 얼굴에 씨익 웃음을 피워 올렸다. 섬뜩할 정도로 차가운 쓸쓸한 조소. 보이진 않지만 냄새와 느낌으로 충분히 알 수 있고 느낄 수 있었다.

병실은 침대를 제외한 물건들이 망가지고 부서져서 뒹굴고 바닥에는 깨진 링거 병과 호스가 어질러져 있을 터. 그리고 깨진 물건들로 인해 유리 조각들이 흩뿌려진 사이로 기분 좋은 색감과 냄새를 전해주는 붉은색 액체는 바로 자신의… 피!

깨진 링거 병에 연결되어 있던 링거 선이 그때까지도 아직 뽑히지 않고 제후의 팔에 매달려 포도당을 주는 대신 거꾸로 피를 뽑아 올리고 있었다.

'바닥은 내 혈액이 역류해서 쏟아져 선명한 핏빛으로 아름답게 젖어 들어 갈 거야. 얼마나 짜릿할까? 지금 병실 바닥을 붉게 물들이고 있을 저 액체는 내 심장 속을 통과해 봤겠지? 히히히.'

뭉클뭉클 역류해서 팔에서 뽑혀 나가는 혈액들이 내 몸과 바닥과 벽에 유리 조각들과 함께 낭자해 있다니 왠지 기분이 좋아진다. 가슴속의 맺혔던 어떤 불덩이가 조금은 식혀진 느낌.

피 냄새가 좋다니. 나 정말로 미쳐 버렸나?

아니면 아직 진행 중?

"킥킥킥… 키륵키륵……."

엉망이었겠지?

내 꼴이 얼마나 우스웠겠어? 안 그런가, 현성우? 안 그러니, 윤혜서?

감쪽같이 속아 넘어가는 내 꼬락서니를 보고 너흰 얼마나 배꼽을 잡고 웃었겠니? 재미있었니? 그래, 너희라도 재미있었어야 할 텐데. 왜냐하면…

'난 재.미.없.었.거.든.'

"킥킥킥킥……."

쾅!

"이 간호사, 진정제 준비해!!"

"……!!"

드디어 스스로를 미친놈이라고 인정하며 폐허가 되어버린 병실 한복판에서 키득거리고 있자 그때 갑자기 병실문이 열리며 한 무리의 의사와 간호사들이 쳐들어왔다.

하얀 가운을 입은 레지던트들과 의사들이 제후의 몸을 잡아채서 침대 위로 찍어 눌렀다. 몇 명의 남자들이 한꺼번에 붙들어서도 그러했지만 이미 눈앞에 아무것도 보이지 않고 이성을 잃고 발작하는 민제후에겐 그들을 물리칠 여력이 남아 있지 않았다. 더구나 앞이 제대로 보이지 않는대서야…

"으아아아악—!!"

"그쪽 팔 꽉 못 잡아! 그리고 진정제 더 놔!! 빨리!!"

난장판이 된 병실에서 서너 명의 의사 선생들이 한 명의 소년을 제압하는 데 어려움을 느끼자 간호사들이 재빨리 진정제를 더 주사했다.

제정신을 잃고 심한 발작을 하는 소년의 입에는 혹시나 혀를 깨무는 사고가 있을까 봐 강제로 재갈이 물려졌다.

"제후야!!"

병실 안으로 들어선 민제후 부모님들의 절망에 찬 부르짖음도 그때 들려왔다.

제후는 밝은 조명에 약물을 뿜으며 반짝이는 주삿바늘을 봤다고 느낀 순간 점차 눈이 감겨오는 것을 알았다. 그 반짝이는 은색 바늘이 피부 조직을 뚫고 들어와 차가운 수면으로 끌고 가고 있음을 느낄 수 있었다. 저항하고자 했지만 약물의 기운이 너무나 강해 저항할 수가 없다.

점점 소년의 눈꺼풀이 닫히고 팔다리는 힘을 잃고 축 늘어졌다.

민제후는 그렇게 진정제를 맞고 다시 의식을 잃었다.

"준비가 되는 대로 곧 수술에 들어갈 겁니다. 우선 시력 이상을 일으켰다고 보여지는 뇌에 고여 있는 혈종부터 제거하고……."

달칵!

조용히 의사의 말을 경청하던 김성민은 의사와 면담 중인 장혜영과 민승재 교수를 뇌두고 문을 닫고 나왔다.

이럴 수가 있는 것일까?

어떻게 이런 일이 있을 수 있지?

김성민은 밖으로 나와 한 손으로 피곤한 눈과 이마를 누르며 복도의 보조 의자 위에 늘어지듯 주저앉았다. 온몸의 에너지가 고갈된 듯 기운이 하나도 없었다. 그리고 그 속에서 믿을 수 없는 현실에 헛웃음이 터져 나온다.

그동안 우리들에게 민제후란 소년의 존재가 어떤 것이었나.

비록 나이는 어리지만 측근들 중 그를 조금이라도 겪어본 이라면 그 어느 누구도 그를 단순한 어린아이로 보지 않았다. 아니, 볼 수가 없었다. 민제후는 사람을 끌어당기는 마력이 있었고, 사건을 터뜨리는 골치 아픈 악운이 따랐으며, 또 그로 인해 파생된 그 어떤 문제도 해결하며 전화위복으로 바뀌 나가는 천재들과 천운이 항상 함께했던 신비로운 인물이었다. 더구나 어떤 시련과 고난에서도 꺾이지 않을 거라고 믿어 의심치 않았던 강한 마음의 소유자!!

겉으로 보여지기엔 그가 주변 인물들에게 항상 도움받고 서포트받고 있는 듯했지만 실상은 그 반대였다. 모든 일의 중심에 태양처럼 존재하는 것은 바로 민제후 회장. 그 주변 인물들은 그 태양의 빛을 받아서야 비로소 빛을 내는 행성들.

그리고 그 소년을 성전그룹 회장으로 반강제 취임시킨 것은 그 비밀을 알고 있는 사람들 사이에서 장문수 창업주의 가장 엽기적인 기행으로 손꼽혔었지만 지금에 와서는 놀랍게도 그 어떤 불만의 목소리도 들리지 않고 있었다. 아니, 오히려 민제후란 소년이 이뤄낸 수많은 기적들이 사람들 가슴속에 아로새겨져 성전 재단이나 장씨 문중에서는 거의 전설처럼 남아 있는데…

"그런데 어떻게 이런 일이… 말도 안 돼……."

그렇게 태양처럼 빛나던 존재가 추락한 것이다.

사회적인 지위의 추락이 아니라 인간적인, 영혼적인 면에서 황폐화되고 추락했다는 것이 문제였다. 의사들은 우선 수술부터 해서 뇌 속의 혈종을 제거해 보자고 하지만 지금 도련님의 모습은 단순히 실명의 문제가 아니었다. 아무도 인정하고 싶지 않겠지만 진실을 말한다면 민제후 도련님은 현재 미쳐 있었다.

정신 이상. 말 그대로 미쳐 버렸다.

"하… 하하……."

믿을 수 없는 현실.

수학여행지에선 아무 일도 없었다고 하는데… 그렇다면 공항에서 무슨 일이 있었던 것일까?

하지만 도대체 어떤 충격을 받았기에 누구보다도 강하고 밝게 빛났던 그 소년이 갑작스런 시력 상실에 정신 이상까지 일으킨 것인지.

김성민은 이런 일이 있을 거라고 감히 상상조차 해본 적이 없었기에 앞으로 뭘 어찌해야 좋을지 몰라 머리 속이 새하얘졌다.

이럴 땐 어떻게 해야 하는 거지?

"마시게."

"……!"

그때 그가 의자에 앉아 두 손에 얼굴을 묻고 엎드려 있자 누군가 그의 앞에 종이컵을 내밀며 말했다.

향긋한 커피 향.

하얀 김이 모락모락 나는 자판기 커피가 누구한테 쫓기는 듯한 초조하고 멍한 가슴에 작은 온기를 심어주었다. 그 순간 이게 정말 필요했구나를 절실히 느낀 진한 블랙 커피.

'누가…….'

"아, 민 교수님."

"지금 이게 자네한테 필요할 것 같아서. 아, 말 놔도 되지? 내가 훨씬 연장자이니."

"물론입니다. 그리고 커피, 감사합니다."

민승재가 그의 대답에 싱긋 지나가는 미소를 지으며 자신도 자판기 커피를 들고 그의 옆에 앉았다. 병원은 조용했다. 사람도 안 보였고. 한동안 그렇게 말없이 앉아만 있었다.

"걱정이 많으시죠?"

한동안의 고요를 커피 향과 함께 여운으로 즐기다 김성민이 먼저 말을 꺼냈다.

성질이라곤 평생 한 번도 부려본 적이 없을 것 같은 순한 인상으로 민 교수가 미소 짓는다.

"훗! 글쎄."

한없이 부드럽고 따뜻한 향기마저 나는 미소. 하지만 김 비서는 문득 순진무구해 보이기까지 하는 저 얼굴이 오늘은 어쩐지 강인해 보인다고 생각했다.

외유내강(外柔內剛).

하긴 보이는 모습이 전부가 아님을 민제후 도련님을 통해서 지난 시간 동안 톡톡히 알아왔었다. 민승재 교수도 그럴 테다. 더구나 그들은 부자지간.

그때 민 교수가 종이컵을 기울여 커피 한 모금을 삼키며 말을 이었다.

"곰곰이 생각해 봤지. 지금의 내 아들에게 가장 가까이 있는 사람이 누굴까? 물론 그 아이에겐 세상에 둘도 없는 친구들이 많아. 그렇지만 역시 항상 가까이에 있었던 사람은 바로 자네였더군."

"……."

"걱정이라면 수년이 넘도록 얼굴 한 번 못 본 나보다 김 비서, 자네가 더하겠지."

"정말 그럴까요?"

하지만 그렇지 않다. 난 걱정보다 무섭다는 생각만 계속 했을 뿐이었다. 그저 두 손을 맞잡고 계속 무섭다고만.

장문수 회장님을 모실 때에는 한 번도 이렇게 감정적이 되어 넋을 놓은 적이 없었는데. 이런 모습, 보좌관으로서는 실격이었다.

'정신 차려야 해!'

"아참, 때가 좀 이상하지만 한 가지만 물어보고 싶은 게 있는데."

김성민이 심기를 가다듬고 자신이라도 정신 차려야 한다고 주먹에 힘을 쥐자 그때 그 긴장을 풀어주는 듯한 민 교수의 목소리가 다시 귀가를 때렸다.

"우리 아이, 어떤 녀석인가?"

"예? 무슨……."

"제후 말일세. 학생으로서도 좋고 회사의 대표로서도 좋고, 뭐 아무거나. 사람들에게 어떤 인물인가 싶어서 말이야."

왜 그것이 알고 싶은지 알 수가 없다. 지금 도련님은 병실에 감금되어 있다시피 한데…….

"글쎄요, 도련님은 한마디로… 빛이시죠."

하지만 김성민은 고개를 들고 민 교수를 바라보며 그 순간 머리에 떠오른 생각을 충동적으로 내뱉었다. 그리고 한번 말을 내뱉기 시작하자 마치 녹음된 테이프를 틀어놓은 것처럼 술술 생각이 풀려 나온다.

"그분을 보고 있으면 마음이 밝아집니다. 황당하고 사람을 당황케도 하시지만 그것조차도 유쾌함이고 설렘이죠. 제후 도련님은 순식간에 사람의 마음을 매료시키는 섬광(閃光)이라고 할까요? 처음엔 당황하게 되지만 곧 그 폭발적인 생명력과 밝음의 에너지에 빠져 버리고 마는… 주변을 변화시키고 잠들어 있는 마음을 깨어나게 하는 태양과 같습니다, 그분은. 이 세상 누구보다도 강한 눈, 강한 마음을 가진 아름다운 분입니다. 그래요. 민제후 도련님은 아주 짧은 시간 내에 저희들에게 바로 그런 빛이 되셨습니다, 민 교수님."

그런데 뭔가 말을 잘못한 것일까?

"하하하하하하하하하하하하~!!"

민승재 교수가 잠시 그를 어리벙벙한 표정으로 바라보는가 싶더니 두 손 들었다는 듯 고개를 흔들며 급작스럽게 웃음을 터뜨렸다.

김 비서는 무엇이 잘못된 것인지 알 수가 없었다.

"쿡쿡쿡… 아아~ 이런, 김성민 비서실장. 자네까지 그 아이의 열렬한 추종자가 되어버렸군. 이래서야… 쯧, 가장 객관적인 평가를 들을 수 있을 거라 생각했는데 말야. 아아, 이렇게 되면 심사가 공정치 못한데 큰일이야."

민승재가 다 마신 자판기 종이컵을 찌그러뜨리며 일어섰다.

"난 이만 가봐야겠군. …아참."

김 비서가 배웅을 위해 일어서자 민승재 교수가 다시 뒤돌아서며 말한다.

"믿어봐. 자네 말대로라면 그 애는 잘 이겨낼 걸세."

그 후로 며칠이 더 흘렀다. 하지만…

"……"

블라인드를 내려 어둑어둑한 병실.

병실 안은 무서울 정도의 정적이 휘감고 있다. 최고의 방음 시설이 되어 있다는 것을 모르는 사람이라면 이 건물 안엔 단 한 명의 사람도 존재하지 않는 것이 아닐까 하는 의심이 들 지경이었다.

그 방 안 한쪽 구석, 더 깊고 어두운 어둠이 내려와 있는 장소에 웅크리고 있는 작은 물체가 그때 움찔움찔 떨고 있었다. 좀 더 자세히 살펴보니 그 물체는 바로 사람. 상처받은 작은 동물처럼 방구석에 몸을 한껏 웅크리고 쭈그려 앉아 있는 것은 한 명의 소년이다.

누군가에게서 숨고자 하는 것인지, 두려움에 떨고 있는 것인지…….

소년은 보기 흉할 정도로 정신없이 쏟아지는 눈물로 젖은 얼굴을 하얀 두 손 안에 파묻고 있었다. 하지만 어둠 사이로도 희미한 빛을 내는 그 소년의 밝은 금실 머리카락은 그 얼굴을 보지 않고도 그 소년이 누구인지 쉽게 짐작할 수 있게 한다. …다만 믿을 수 없을 뿐이지.

"혜서였을까? 크흐흐흑… 아니야… 아니야… 그럴 리가 없어……."

저 소년이 민제후라니!

단순하고 황당무계하긴 했어도 그 소년은 어떤 상황에서도 결코 흔들림도 보이지 않았으며 아무리 어려운 문제라도 결국 지혜롭게 헤쳐 나갔던 강한 인물이 아니던가!

장문수 창업주의 외손자, 현 성전그룹의 총재!

한데 지금 그의 손은 마치 수전증이라도 걸린 것처럼 부들부들 흔들리고 있었다. 게다가 손가락 사이로 보이는 눈동자는 더 이상 옛날의 총명한 빛을 품고 있지 못하다.

희멀겋게 탁해진 두 눈.

더구나 아름답던 금갈색 머리칼은 여러 번 쥐어뜯었는지 까치집 같고 환자복은 더럽다. 정신 이상을 일으키고 있는지 간간이 헛소리들까지 섞어가며 울고 웃고를 반복하는 남자 아이. 그와 가까운 지인들이 본다면 정말 가슴이 찢어질 만한 광경이 아닐 수 없었다. 정말로 믿을 수 없는 광경이었다.

“킥킥킥킥……..”

제후가 멍한 얼굴로 울다가 다음 순간에 다시 키들거리기 시작한다.

‘하지만 그럼 그 장면들은 뭐지? 그것은 분명히 윤혜서의 얼굴, 현성우의 모습.’

깊은 상처로 얼룩진 마음으로 공항에서 목격한 장면들이 또 한 번 떠오른다. 지난 며칠간 쉴 새 없이 제후를 괴롭히던 그 영상, 웃고 껴안고 키스하던…….

‘그 둘의 친밀한 행동들.’

“으아아아악! 아악! 아악!!”

그 순간 민제후가 갑자기 자신의 양손으로 머리를 쥐어뜯으며 바닥으로 널브러져 비명을 질러댔다. 그동안 수도 없이 반복돼 오던 발작이다. 이젠 간호사도 뛰어오지 않았다.

현실을 인정해.

역시 세상은 더럽고 추잡해.

“용서할… 수 없어… 용서… 할 수 없어…….”

날 기만한 죄.

진실을 기만한 죄.

부릅뜬 붉게 충혈된 제후의 눈에서 눈물만 주룩주룩 흐른다. 중오로 일그러진 창백한 얼굴에 흐르는 물줄기가 얼굴을 태워 버릴 듯 너무나 뜨겁다. 이미 앞을 볼 수 없는 쓸모없는 눈이지만 마치 마지막으로 남겨진 임무가 눈물을 흘리는 것이라 여기는 것인지 눈물은 멈추지 않는다.

그런데 그때였다.

어때? 고통스럽지?

'……!!'

제후는 오랜만에 자기 내면에서 울려 나오는 검은 자아의 목소리를 들었다. 하지만 예전에 듣던 목소리와는 느낌이 다르다. 좀 더 어둡고 좀 더 음습한… 실명하고 나서 완벽한 절망과 어둠 속에서 듣는 검은 자아의 실체는 예전에 느꼈던 것과 하늘과 땅 차이가 있었다.

무섭고…

친밀하다.

큭큭큭, 증오로 온 가슴이 타버릴 지경이야. 혼이라도 악마에게 팔아버리고 싶겠지? 현성우와 똑같이.

'아니, 달라. 난 내 혼을 사겠다는 악마를 만나는 행운이 없었거든.'

성우 놈처럼 내 혼을 팔아버릴 악마를 만나지도 못했지. 그 녀석의 혼을 사 간 악마의 정체가 무엇인지도 잘 모르지만. 뭘까, 그 악마의 정체는? 욕심? 야망? 성공? 권력?

쯧쯧, 그건 너무 불확실한 악마군 그래. 도와줄까?

'뭐?'

악마를 멀리서 찾을 필요 없어. 가장 가까이에 있기 때문에 악마인 것이야.

눈을 뜨고 있었지만 감고 있는 것처럼 제후는 검은 암흑 속에 잠겨 있었다. 실명 때문만은 아니다. 시력을 잃었어도 눈을 뜨고 있으면 흐 릿하게나마 빛의 유무 정도는 감지할 수 있는데 지금은 커튼과 블라인 드로 병실 안을 밀실처럼 만들었기에 완벽한 암흑 속에 잠겨 있을 수 있었다. 그리고 그 어둠에 편승해 제후는 숨어 있었다. 절망에 어울리 는 친구는 어둠뿐이라 생각했으니까.

하지만 지금 여기 자신에게 더 잘 어울릴 듯한 새로운 친구가 나타 나고 있었다.

특히 자기 자신이 그 악마일 수도 있지.

'…난 눈이 안 보여. 빛을 잃었어.'

'싫다' 가 아니라 자신의 현재 몸 상태를 말하는 소년.

큭큭큭… 상관없어. 네 몸을 사용하게 되면 그건 내겐 별로 큰 문제가 아니야. 고칠 수 있어. **너는** 못하지만 난 할 수 있어.

'그래… 그렇겠지. 난 못하지만 넌 할 수 있겠지. 그리고 다른 것들 도.'

물론! 자, 어때? 네가 동의한다면 네 영혼, 그 혼을 내가 사지. 소원을 이루어주겠어.

그 순간, 제후는 그리 오래되지 않은 꿈들이 생각나기 시작했다. 그 꿈을 꾸고 일어났을 때는 아무것도 기억하지 못했었는데 지금 이 순간에 그 꿈속에서 보았던 광경들, 들었던 목소리, 흔들리던 마음까지 모든 게 떠오르고 있었다. 그때 저 검은 자아는 제후에게 이렇게 속삭였었다.

"내가 널 지켜볼 거야. 아주 천천히. 기다리지. 언젠가 네가 스스로 날 찾는 날이 올 거야. '힘'은 거의 모두 내가 갖고 있으니까."

그리고 그 또 다른 검은 내가 말했던 기다리고 기다리던 때가 이렇게 온 것이었다. 민제후 스스로가 자신을 찾는 날을, 복수의 생각이 움트는 그날을.

"맞아, 난 지금 힘이 필요해. 힘이… 지금의 힘 말고도 또 다른 차원의 힘이……."

민제후가 멍하니 자기 세계 속에 머물다가 허공으로 천천히 손을 내밀었다.

'완벽한 절망을 맛보여 주겠어. 공포가 무엇인지, 무력감과 고통이 무엇인지 뼈저리게 보여주겠다, 현성우!'

병원에 입원하고 나서 처음으로 민제후의 얼굴에 맑은 미소가 어렸다. 투명한 그 미소가 슬픔이 가득한 소년의 두 눈에 한 가득 어렸다. 가슴이 아린다.

"맘대로 해. 내 조건만 들어준다면 몸이든 영혼이든 마음대로 가져가라고."

계약 조건은?

그 울림에 금갈색 머리칼의 창백한 소년이 입꼬리를 가볍게 올렸다.
그리고 가냘프지만 단호하게 요구하는 유일한 조건.
"…확실한 복.수."

킥! 그거야말로 바로 내가 원하던 바야. 그럼 계약 성립이다!

그 순간이었다. 그 소년의 몸이 벼락을 맞은 듯 바닥에서 튕겨져 올라와 어딘가에 매달린 듯이 공중에 몸이 매달렸다!
"허억—"
민제후의 흐릿하게 떠져 있던 눈동자가 검은 연기 같은 형체에 잠식당하는 것처럼 보이고 발끝만 겨우 바닥에 닿는 소년의 몸뚱어리는 물 밖에 던져진 생선처럼 싱싱하게 퍼덕거린다. 그리고 병실 안에서 벌어지는 신비한 현상들…….
평소 제후의 몸 주위로 모여 있던 기운들이 뒤집히고 있었다. 밝고 온화하고 부드럽고 청량한 긍정적인 기(氣)들이 어디에선가 나타난 검은 기류들에 휩싸여 빛을 잃어가고 안타깝게 사라져 갔다.
창! 챙강!
병실 안에 놓여 있던 물건들이 그 불안한 파장들을 견디지 못하고 덜덜덜덜 흔들리다가 선반이나 테이블 위에서 떨어져 깨어졌다. 꽃병에 꽂혀 있던 싱싱한 꽃들이 시들고 녹색 식물들은 누렇게 변색되어 고개를 숙였다.
민제후를 잠식해 들어가는 검은 기류의 파장이 주변에 좋지 않은 영향을 주고 있었다.

쿡쿡쿡, 이 몸은 이제 내 거야! 내 거!

그때 살짝 벌어진 민제후의 입에서 제후가 아닌 전혀 다른 이의 목소리가 흘러나왔다. 승리감으로 점철된 민제후의 얼굴은 지금은 비록 껍데기일지라도 한순간 옛날의 밝은 미소를 보였다.

그것을 기점으로 민제후의 육체 주위와 병실 안을 가득 채우고 있던 검은 기운이 점점 소년의 몸 안으로 갈무리되어 갔다. 흔적을 남기지 않고 사라지는 그 무서운 저주 파장은 난장판이 된 병실 안 풍경이나 누렇게 시들어 버린 화분이 아니라면 꿈이라고 여겼을 만큼 감쪽같았다.

털썩!

한데 그때, 의지하던 힘이 사라지자 민제후의 몸이 털썩 바닥으로 떨어져 널브러졌다. 그리고 그것과 비슷한 시기에 이미 떠지고 있는 제후의 눈동자. 바들바들 떨리는 눈꺼풀을 힘겹게 들어 올리고 초점을 맞추는 소년의 눈은 너무나 또렷해서 도저히 실명했다고 믿어지지 않는다.

시력을 회복한 것일까?

"……."

주춤주춤 일어나는 소년.

그런데 환자복을 입은 소년의 일어선 모습이 조금 전의 모습과 또 달라 보인다. 달라진 것이 없는데 전혀 다른 사람처럼 느껴지는 것은 평소 민제후라는 소년에게서 느껴지던 느낌과 정반대로 옆에 있는 것만으로도 숨이 턱턱 막혀오는 위압감과 어두움 때문.

예전의 민제후가 '빛'이었다면 지금의 민제후는 '그림자'다.

"부서져라."

소년이 손을 들어 작은 점토 장식품을 잡고 힘을 개방하자 그 물건이 곧 파삭 하며 부서져 잘디잔 파편으로 화해 바닥으로 떨어졌다.

억눌린 분노와 증오의 힘이 느껴진다.

무섭고도 격한 분위기가 연출되자 공기마저 정지한 느낌이었다.

"킥… 뭐야, 이 몸. 생각보다 훨씬 더 괜찮잖아?"

새로운 민제후가 한쪽 입꼬리만 비열하게 치켜 올리며 키득댔다.

'시력부터 시작해 그 녀석이 알아채지 못하게 조금씩 검은 영혼으로 좀먹기 시작한 육체였지만 이렇게 빨리 한꺼번에 굴러 들어올 줄이야.'

"게임이라 생각해도 좋다고 했었지? 홍! 멍청이. 이번 게임은 내가 이.겼.어!"

원래 있던 그 순진하고 멍청한 여린 녀석은 완전히 잡아서 가둬 버렸다. 이제부터는 내 세상이다.

내. 세.상.

"푸흐흐흐흐흐… 큭큭큭큭큭… 푸하하하하하하!!"

슬픈 그림자가 가득한 곳에 빼앗긴 목소리가 빼앗긴 웃음이 되어 먼 산의 메아리처럼 울려 퍼졌다.

'드디어 내일이 도련님 수술 날짜.'

김 비서가 며칠 새 푸석푸석하게 변한 얼굴로 병원으로 들어서며 생각에 잠겼다.

일주일쯤 지났나?

도련님이 입원하신 지 몇 날이 지났는지 모르겠다. 하루하루가 기다림의 연속. 그가 제후 도련님의 병중이 호전되었다는 소식을 얼마나 애타게 기다리는지 아무도 모를 것이다. 더구나 김 비서는 현재 회장 대리가 되어 최대한 중요한 결제를 뒤로 미루고 가벼운 사안들부터 일처리를 하느라 정신없이 바빴으니, 날짜가 어떻게 가는지 모르는 게 어쩌면 너무나 당연한 일.

그래서 요즘 김 비서는 민제후 도련님, 아니, 민제후 회장님에 대해 더욱 깊은 존경심을 품게 되었다. 그동안 도련님을 붙잡아놓고 성전그룹의 경영에 대해 하나하나 설명해 왔던 김 비서였지만 최근 그 일주일 동안 자신이 회장 대리로서 업무를 정리하면서 새삼 놀라게 되었던 것이다. 그는 단지 일을 미루고 정리만 할 뿐인데도…

정말 과중한 업무.

단군 프로젝트 및 영상사업단 등 새로운 신 사업을 벌이기 전의 성전그룹만 생각했던 김 비서였기에 그것은 놀라움이었다. 물론 머리로는 그 양을 알고 있었지만 머리로 알고 있는 것과 실제 체험해 보는 것은 천지 차이이니까. 또 어렵지 않게 적응해 가던 도련님의 모습에서 자신도 모르게 그 자리의 책임을 별스럽지 않게 여겼던 탓도 있었다.

그리고 두 번째로는 아무리 주변에 도움을 주는 보좌관들과 비서, 그 밖에 천재적인 친구들이 있다지만 허수아비가 아니라면 회장 본인에게 요구되는 지식은 보통 수준을 훨씬 넘어 전문적이라는 점이었다. 그렇다는 것은 제후 도련님 자신이 그동안 보이지 않는 곳에서 열심히 노력해 왔단 소리다. 게다가 업무량을 보아하니 그분은 주어진 일만 하신 것이 아니라 스스로 경영자로서 일을 찾아서 해오셨다는 것을 깨달을 수 있었다.

'그런데 어떻게 내 눈엔 맨날 널럴하게 놀러 다니는 것처럼 보였지?'

그게 정말 미스터리다.

김 비서의 눈엔 민제후란 항상 뺀질뺀질 놀러 다니고, 일하라고 앉혀놓으며 졸고 있고, 중요 프로젝트에 대한 보고를 올릴 땐 항상 새끼손가락으로 귓구멍을 후비며 성의없는 태도를 보였던 것 같은데.

'설마⋯ 매일 노는 것처럼 보인 건 그날 업무를 벌써 끝낸 상태고, 서재에서 졸고 있던 것은 밤새 일을 했기 때문인가? 그럼 설마 프로젝트 보고 때 딴 짓을 부린 것도 이미 검토가 다 끝난 상태라 지루했기 때문이란 말이야?'

"⋯⋯."

김성민 비서실장이 잠시 걸음을 멈추고 심각한 얼굴로 곰곰이 생각에 잠겼다. 그러나 곧,

"에이~ 설마."

어색하게 웃으며 고개를 흔들었다.

지나친 비약이 아닐까? 실제로 검사했을 때 하나 손도 안 댄 업무와 묘한 웃음을 흘리며 도망치는 도련님을 발견한 적도 많았지 않은가.

"⋯⋯."

'설마 그것까지도 내 행동 패턴을 파악하고 놀리려던 계획적인 행동?'

⋯골치가 아프다.

민제후 도련님에 대한 것은 생각하면 할수록 항상 뭔가 속은 것 같은 느낌이 든다. 이럴 땐 빨리 잊는 게 상책이었다. 정신 건강에 안 좋아.

'아, 이런. 지금 내가 무슨 생각을⋯ 앞일만 생각해야지. 당장 내일 도련님이 뇌 수술받게 되실 텐데.'

똑똑!

"도련님, 김성민입니다."

김 비서가 사전에 병원 측에 양해를 구한 면회 시간에 맞춰서 민제후가 입원한 특실의 문을 노크했다.

그러나 돌아오는 건 정적뿐.

무반응이란 건 좋은 걸까, 나쁜 걸까?

똑똑!

"김 비서입니다. 저 지금 들어가겠습니다."

김 비서가 지난 일주일간 민제후의 행동을 회상하면서 약간 떨리는 가슴으로 다시 한 번 노크를 했다. 모든 일에 조심스러웠다. 정신 이상을 일으키신 그분은 작은 자극에도 발작을 일으키셨으니까.

처음엔 민제후 도련님이 정신 이상을 일으켰다는 것 자체에 충격을 받았던 김 비서였지만 곧 민 교수님 말씀처럼 그분을 끝까지 믿어보기로 했다. 지금 잠시 혼란기일 뿐 금방 예전의 그분으로 돌아오실 거라고 믿었다. 도련님이 돌아오실 때까지 그분을 지키며 기다리는 것이 자신의 할 일이라고 김 비서는 믿었다.

한데,

달칵!

걱정을 하며 특실 문을 열고 들어서던 김 비서는 그 순간 두 눈을 크게 떴다.

어둠침침할 것이라고 예상했던 병실 안은 뜻밖에도 환했다. 게다가 활짝 열려 있는 창문! 그곳으로 부드러운 여름 솔바람과 눈부신 햇살이 안으로 쏟아져 들어오고 있었다. 그리고 무엇보다 가장 놀라운 것은 그 햇빛 속에 서서 거울을 바라보며 옷을 입고 있는 소년의 모습이

다. 햇살 밑에서 그 소년의 머리칼이 잔잔한 바람에 흔들리며 황금빛으로 일렁인다.

그런데 이상한 것은 그를 바라보는 순간 느껴지는 검은 이질감.

어두운 색 정장을 입고 막 넥타이를 매는 금빛 머리칼 소년의 모습은 분명 민제후가 틀림없는데 분위기는 평소와 딴판으로 달랐다. 예전의 민제후가 빛이었다면 지금의 민제후는 그림자라고나 할까?

더욱이 그 소년이 햇빛 속에 서 있기에 그 이미지는 훨씬 두드러지게 드러나 보였다. 그의 겉모습은 빛으로 위장했지만 눈은 소름이 끼칠 정도로 새까맣고 음침할 정도로 어두워서…

"도, 도련님?"

김 비서가 놀라서 다시 한 번 더 그를 부르자 그때서야 민제후가 그를 돌아보았다.

그 순간, 그는 숨을 들이켜야 했다. 정면으로 마주한 그 소년의 시선은 정말이지 섬뜩하다.

뭐가 잘못된 걸까?

"저, 괜찮으십니까?"

"안 괜찮을 이유가 있나?"

"아니, 그런 뜻은 아니…… 엇?!"

김 비서는 기분 탓인지 평소보다 조금 낮은 톤으로 들리는 도련님의 음성에 대답을 하려다가 곧 그 소년이 거울을 보고 넥타이를 매고 있었다는 걸 깨닫고 소리쳤다.

"도련님! 눈이… 눈이 보이세요? 앞이 보이시는 겁니까? 지금 절 보고 말씀하신 것 맞습니까?"

"하나씩 물어봐. 그리고 같은 질문을 형태만 바꿔서 세 번씩 말하지

마. 피곤해."

"어쨌든 지금 제가 보이시는 거지요?! 다, 다행입니다. 정말 다행입니다, 도련님!"

하지만 김성민은 제후 도련님이 시력을 되찾았다는 기적에 너무 놀랍고 기뻐서 다른 이상한 점들을 그만 놓치고 말았다. 그 소년이 지금까지 단 한 번도 웃고 있지 않다는 것과 눈빛과 분위기가 예전과 달리 음습하게 변했다는 사실을.

"흥! 우선 회사로 가지, 김 비서. 갚아야 할 오래된 묵은 빚이 있어."

민제후가 기뻐서 어쩔 줄 모르는 김 비서를 보고 무시하는 표정을 지으며 그를 어깨로 치고 지나갔다. 놀라서 쳐다보는 김 비서를 제후가 섬뜩한 시커먼 눈초리로 돌아보며 말했다.

"아주 큰 빚이."

그때서야 그 소년의 입가에 미소가 어렸다. 등골이 서늘한 미소가.

*   *   *

"자, 내가 하는 말에 거역하지 마. 거역하면 넌 죽는다. 할 수 있지?"

"…네에… 시켜만… 주시면 뭐든……."

성전그룹 밀레니엄 센터의 총수 집무실.

그곳에 밝은 머리 색을 가진 한 소년이 한 남자 직원과 말하고 있었다. 한데 분위기는 그저 대화하는 모습이 아니다. 양복 차림의 남자 직원은 그 소년의 앞에 멍청하니 앉아 있고 소년의 얼굴은 정당한 일을 하는 사람의 표정이라고 보기엔 좀 무리가 있는 모습. 더구나 소년은 그 직원이 앉아 있는 바로 앞에 서서 한쪽 손으로 그의 얼굴을 움켜쥐고 있었다. 두 눈과 코까지 소년의 손바닥에 잡혀 짓눌러지고 있는 모습은 너무나 굴욕적으로 보인다.

하지만 별 반응 없이 순종적인 대답이 나오는 직원. 자세히 살펴보니 조금은 정상이 아닌 것 같다.

"쿡! 좋아. 그럼 당분간 지금까지처럼 한다. 그리고 평상시엔 날 모르는 척하도록. 아니, 넌 나를 모른다. 알았지? 오늘 여기 온 것은 비서실에 들를 일이 생겨서다. 그리고 나머지 일은 너 스스로도 알아채지 못하게 흔적도 남기지 말고 처리해."

"알겠… 습니다."

"그럼 이제 나가."

원하는 것을 얻은 소년은 그 남자 직원의 얼굴에서 손을 떼고 물러섰다. 그런데 소년의 손이 지나간 자리에 남아 있는 것은 정체를 알 수 없는 희미한 검은 기운. 엷지만 분명 좋은 영향을 주는 것이 아닌 게 확실한 그것.

그것은 소년의 손이 사라지자 잠시 일렁일렁 얼굴 위에 남아 맴돌며 춤을 추다가 곧 그자의 눈 속으로 파고들어 순식간에 사라졌다. 그리고 그 이상한 현상이 끝남과 함께 그 직원은 시키는 대로 멍청한 얼굴로 문을 닫고 나가 버렸다.

"뭐야. 너무 쉽잖아, 여기 인간들."

소년이 잠깐 동안 거만하게 팔짱을 낀 채 한동안 기억을 빼내고 최면을 걸어 실컷 이용해 먹던 직원이 나간 자리를 뚫어지게 쳐다보았다.

발작적으로 터져 나오는 비웃음.

재미있지 않은가.

"해성유통과 성전이라… 어쨌든 장태현이 터뜨린 스캔들 덕분에 일이 더 쉬웠어. 그런 인간의 덕을 볼 때가 다 있다니 말야. 역시 세상은 오래 살고 봐야 돼. 그나저나 아까 그 인간도 그렇고, 이제 그런 피라미들은 별로 쓸모가 없어졌는데. 사실 이용해 먹으려는 목적보다는 내 힘을 응용 실습하는 유희에 가까웠지만. 쿡쿡쿡. 그래도 역시 끝마무리가 귀찮은데? 뒤처리를 어떻게 할지 고민 좀 해봐야겠군. 음……."

그냥 세뇌시킬까? 아니면 기억을 몽땅 깨뜨려서 백치로 만들어 버릴까? 물론 죽여 버리는 게 가장 확실한 방법이지만 그건 자칫 엉뚱하게 잘못 엉킬 수가 있으니까.

그런데 그때였다.

벌컥!

"드릴 말씀이 있습니다, 도련님."

김성민. 회장 비서실 책임자이자 성전그룹 회장의 수석 보좌관을 맡고 있는 그자가 갑자기 험악한 얼굴을 하고서 회장실로 난폭하게 밀어닥쳤다.

"지금? 아참, 그런데 자네, 방금 노크도 없었던 것 같은데."

"드. 릴. 말. 씀. 이. 있. 습. 니. 다!"

한껏 자제하고 있는 듯했으나 김 비서의 얼굴은 지금 충분히 거칠었기에 소년이 '그럼 조금 상대해 줘볼까' 라는 얼굴로 피식 웃으며 자리에 앉아 턱을 괴었다. 게다가 그가 저렇게 달려온 이유를 어느 정도 짐작하기에.

'잘하면 날 때려눕히겠군.'

"해성유통? 아아, 그거 말인가? 그게 어때서?"

"어때서라니요! 지금 우리 성전이 고의적으로 해성유통의 숨통을 쥐고 있다며 업계에 소문이 파다합니다. 뭔가 밉보인 일이 있는 게 아니냐고 말입니다! 이래선 안 됩니다, 도련님! 해성유통에 어떤 하자가 있는 것도 아닌데 이러다간 여론도 안 좋아지고."

"잠깐. 그러니까 다들 성전에서 고의적으로 해성유통의 숨통을 죈다고 의심한다고? 오~ 이런, 사람들이 잘못 알고 있군!"

"그러니까 오해를 풀기 위해서라도 빨리……."

"숨통을 죄다니! 쯧쯧쯧, 말도 안 돼! 난 겨우 그 따위 장난을 하려고 이런 귀찮을 짓을 하는 게 아니라고."

"예? 지금 무슨 말을……."

김 비서는 엉켜 버린 대화를 정리하기 위해 창백해진 얼굴로 미간을 찡그렸다. 혼란스러웠다.

그리고 그사이 민제후는 지금까지 사람들에게 보였던 그 어떤 모습보다도 희열에 찬 얼굴을 기쁨으로 일그러뜨리며 말했다. 무서운 얼굴로 웃고 있는 모습은 보기에도 섬뜩하다.

"해성유통, 망가뜨려 버릴 거야. 아주 철저하게 부숴서 다시는 재기하지 못하게 완전 매장시켜 버릴 거야. 그게 내 목적이야."

증오와 복수심을 바탕으로 한 파괴의 희열은 온몸에 전율이 일게 한다.

"도, 도련님, 당신이 지금 무슨 짓을 하는지 알고는 계십니까?!"

'제정신이 아냐'라고 고개를 저으며 중얼거리는 김 비서의 얼굴은 절망이다.

그가 저지하기엔 이미 민제후란 소년은 너무 큰 존재다.

"킥킥킥킥… 해성유통이라는 회사, 아무리 자산이 튼튼하다 하더라도 그건 껍데기일 뿐이지. 알맹이는 그 속에 있어. 난 알아, 해성유통은 그 떳떳하지 못한 알맹이를 숨기기 위한 도구야. 난 그 도구를 깨부

쉬서 그 알맹이를 보고야 말겠어! 또 만약 해성유통을 비호하는 기업이나 은행이 있다면 그것들까지도 한꺼번에 깨부숴 주지! 그러면 내가 보고 싶어하는 추악한 그 뭔가가 모습을 드러내겠지.”

민제후의 몸을 가진 검은 자아는 꽉 쥔 주먹을 부들부들 떨며 기쁨에 가득 찬 말을 계속 뱉어냈다. 이렇게 빨리 성과가 나타나다니…….

지금은 어딘가에서 잠들어 버린 예전 인격은 친구와 웃음, 애완 동물, 가족, 생활 등 따뜻한 것에서 살아 있다는 것을 느꼈었다는 걸 안다. 그러나 지금의 자신은 복수하기 위해 한 발 한 발 내딛는 걸음들에서 살아 있다는 느낌을 받았다. 그것은 중요했다.

살아 있다는 느낌.

난 허구가 아니라 살아 있는 존재라고 느끼는 그 기분.

바로 내가 지금 살아 있구나라고 느끼는 그런 현실감!!

현성우가 화를 내며 날뛰거나 괴로워할 것이라고 생각하니 짜릿짜릿한 희열감이 온몸의 혈관 속을 미친 듯이 뛰어다닌다. 멈추지 않을 것이다, 절.대.

“하지만 만약 그렇다 해도… 그건 경찰이 개입할 문제지 한 회사를 무너뜨릴 권리 따윈 도련님께 없습니다. 그리고…….”

그러나 그때 김 비서는 예전에 성전그룹에서 단군 프로젝트를 포기하며 그 손실을 막기 위해 정리 해고를 검토하던 때를 생각하고 있었다. 그때 많은 가장들이 실직을 하고 거리에 나앉게 될지도 모른다는 소리에 책임지면 되지 않나고 큰소리를 뻥뻥 치며 낙타가 바늘 구멍 통과하기보다 어렵다는 프로젝트를 선택했던 민제후를 생각했다. 그런 그 소년이 수천 명의 생계가 달려 있는 멀쩡한 기업을 개인적인 감정에 의해 아무렇지도 않게 무너뜨릴 수 있을 리가 없었다.

그 생각들에 김 비서가 더욱 확고하게 말했다.

"당신께서 그런 짓 하실 수 있을 리 없습니다!"

"할 수 있어."

"못합니다."

"충분히 가능해."

"못합니다!"

이 기묘한 말씨름에 민제후는 웃음이 났다.

"내가… 정말 못할 것 같아? 진심이야?"

"네, 못하십니다."

하나 너무나 당당하게 확신에 차 말하는 김성민의 모습에 제후는 기분이 나빠졌다. 민제후의 탁하고 음습한 어둠의 눈동자가 그를 살의를 담고 노려보았다. 그렇지만 그럼에도 김성민이라는 작자는 '민제후'란 인물에게 끊임없이 기대와 터무니없는 믿음을 보여서 더 이상 유쾌할 수가 없다.

스스로를 포기하고 자기 육체까지 내어준 채 내면 세계로 도망친 그 약해 빠진 녀석을 왜 이렇게 믿어주는 인물이 많은지!

제기랄!

"하실 수 없습니다. 또 옳지 않습니다. 도련님껜 그럴 권리가 없고 또 당신이 그런 잔인한 짓을 하실 수 있을 리가 없습니다. 제가 아는 민제후 도련님께서 그런 일 하실 수 있을 리 없으십니다. 그럴 리 없습니다."

신경 쓸 필요는 없지만 결국 참을 수 없는 데까지 기분이 나빠진 검은 자아였다.

"시. 끄. 러!!"

"크헉!!"

갑자기 몰아닥치는 숨이 막히는 불쾌한 기류!

김성민이 목이 꽉 막히는 기분에 공포감을 느끼며 주춤 물러서자 화가 난 웃음을 지으며 민제후가 그에게 다가섰다.

"마치 날 다 아는 것처럼 말하는군. 하지만 네가 한 가지 모르는 것이 있지. 난 옛날의 민제후도 아니고 또 어제의 민제후도 아니야. 네가 알고 있는 민제후는 죽었어!"

"…컥… 커컥……."

숨을 쉴 수가 없다.

"그래, 네 말도 맞아. 예전의 물러 터진 그 민제후였으면 못했겠지. 하지만 지금의 난 달라. 더구나 내겐 힘도 있어. 지금 내가 가진 알량한 재주 몇 가지 이외에도 너도 알고 있는 큰 비밀까지. 내가 성전그룹의 총수라는 비밀 말이야. 아무도 모르는 그것."

"크헉! …컥! 콜록콜록!"

그때 갑자기 숨을 쉴 수 있게 해방되었다. 김성민은 목을 부여잡고 파랗게 질린 얼굴로 바닥에 무너져 기침을 계속할 뿐이다.

민제후의 육체를 쓴 검은 인격이 그런 그에게 뚜벅뚜벅 다가와 내려다보며 말했다.

"난 성전(聖殿)의 총수야. 내가 마음먹어서 못할 건 이 세상에 없어. 안 그래?"

한 기업을 이끌어 나가야 할 대표는 얼마든지 잔인해질 수 있는 것이다. 마음만 먹으면 생각에 따라서 얼마든지 잔인해질 수 있었다. 그리고 지금의 난 그것이 적성에 맞는다. 예전의 그 녀석과는 다르다!

"김성민, 너한테까지 의식을 조종하는 힘을 쓰고 싶지 않아. 오래전

억눌린 채 지켜만 볼 때부터 네가 마음에 들었었거든. 말 들어."

"힘이란 양날의 검과 같은 겁니다."

애원이 안 되니 이젠 협박인가?

민제후의 입에서 또 키득키득 가벼운 웃음이 간헐적으로 터져 나왔다.

"그런가? 큭큭. 하지만 지금의 난 그 양날의 검에 내 심장이 찔려도 아무 상관 없을 것 같은 기분인걸. 내가 원하는 대로만 된다면 말이야. 내 심장에 그 검이 박히는 순간, 우리 축배를 들자구."

"도련님의 소중한 것들도 다칠지 모릅니다."

경직된 표정이 되어 김성민이 마지막으로 그를 말리고자 애쓴다.

"훗! 상관없어."

"도련님!"

"상관없다 했어, 김 비서. 지금 내게 소중한 건 아무것도 없어."

복수 외엔 아무것도.

"그리고 내 앞길을 가로막는 것이 있다면 민제후의 그 '소중한' 것들이란 거… 내가 손수 없애주지."

'되도록 민제후처럼 살아주려고 똑같이 말하고 행동하는데 그렇게 건드릴 건 없잖아? 큭큭큭큭…….'

"하하하하하하하하!!"

섬뜩함을 느끼게 하는 웃음소리.

김 비서가 딱딱하게 굳어진 창백한 얼굴로 천천히 입을 열었다.

"당신…… 누굽니까?"

그리고 그가 그제야 확실하게 인정했다.

저 소년은 결코 민제후가 아니다!

‘양날의 검이라······.’

칼이라고 하니까 생각난다. 잊고 있었던 그것.

민제후로 보이는 소년이 책상 위에 놓여 있던 청아도를 집어 들며 생각에 잠겼다. 예전에 존재하던 자아가 그렇게 아끼고 좋아했다는 그 칼이다. 청아도가 무엇인지도 모르고 그냥 자신의 영혼과 공명하는 느낌이 너무 좋아서 애지중지하며 가까이 했다는 이것.

“보물을 눈앞에 두고도 알아채질 못하다니. 역시 그 녀석은 멍청했다니깐.”

검은 자아의 민제후가 그렇게 중얼거리다가 예전의 제후와 똑같은 움직임으로 빠르게 청아도를 뽑았다. 자아는 전혀 달랐지만 같은 육체를 사용하는 탓이리라.

청아도의 검푸른 도신이 나타났다. 하지만 그 재질이 무엇인지 알 수가 없다. 게다가 날도 없고 일정한 조건에서만 화학 반응처럼 나타나는 지렁이 흘러가는 듯한 글씨들.

그가 그런 묘한 눈길을 청아도에 오래도록 던져 주었다.

“이것만 있으면 그까짓 양날의 검인지 칼부림인지 하나도 겁날 게 없지. 천에 하나 만에 하나 오히려 우리 성전그룹이 위험해진다 해도 우린 이 마지막 카드가 있으니까. 후후후.”

내가 모를 줄 알았나?

성전 창업주 이전 세대부터 준비되어 온 ‘그것’ 이 존재한다는걸?

“이 청아도가 바로 그 열쇠. 바로 ‘그것’ .”

즉, 『성전(聖殿)의 열쇠』.

절대 그럴 리 없지만 세계 경제가 대공황에 빠져든다 해도 이 열쇠만 있다면, 아무리 어려워도 이것만 있다면 어떤 최악의 경우라도 기사 회생할 수 있다.

제후는 한쪽 벽면에서 그를 노려보고 있는 성전 창업주 '망할 영감'의 초상화를 똑바로 쳐다보며 비릿한 웃음을 지었다.

난 진짜를 삼킨 가짜.

내가 진정한 후계자가 된다.

시간은 빛살처럼 빠르게 흘러갔다.

여름의 절정인 8월에 접어들고 입추가 지나갔다. 아직 여름이 머물고 있기에 자연의 녹음과 비 오듯 쏟아지는 땀은 여전했지만 곧 그 숨 막히는 무더위가 곧 한풀 꺾일 것이란 건 자연의 이치였다. 그것을 모르는 것은 우매한 인간들뿐.

그리고 그렇게 끝나기 직전이기에 절정에 이르른 여름, 성전그룹에서는 활동 목적이 비밀로 부쳐진 특별 프로젝트 팀이 만들어져 정신없이 뛰어다니고 있었다. 분주하고 바쁜 한 달이 그곳에서 지나갔다. 물론 성전그룹 밖의 사정도 편안하지는 못했다. 검찰청에선 비밀리에 특검 조직이 만들어졌고 경찰은 강력계와 마약계가 연합하여 대한민국 사상 최대 규모로 비밀리에 수사에 들어가 있었다. 그것을 아는 것은 그 사건에 참여하는 소수의 고위 관료들 정도. 이것이 믿을 수 없게도 근 한 달간 일어난 성전 안팎의 변화였다.

이것들에 대해 알 만한 사람들 사이에선 검찰 총장 및 고위 관리들에게 누군가 거절할 수 없는 청탁을 넣었기 때문이라는 소문도 있고, 또는 국내 대규모 마약 조직에 대한 엄청난 제보가 도무지 믿지 않을래야 믿지 않을 수 없는 확실한 경로를 통해서 흘러들었기 때문이라는 소문도 있다. 더구나 그 마약 조직은 이미 폭력 조직으로서 시작해 현재 대한민국에서 합법적인 사업을 가면으로 내세워 국내 마약 상권을 거의 이루었다는 충격적인 정보였는데…….

그로 인해 발칵 뒤집힌 것은 검찰과 경찰의 수뇌부.

중국계 마피아와의 연계를 끊어야 하며 가까운 시일 앞으로 다가온 일본 야쿠자와 손을 잡는 것까지 미연에 방지해야 할 만큼 커버린 국내 조직. 그러나 그런 조직이 있다는 것조차 파악하지 못하고 있었던 경찰과 검찰은 그 정보에도 당황하기만 하였다. 하지만 그 다음으로 예상치 못했던 것은 보이지 않는 어떤 거대한 세력의 등장이었다. 소수의 고위 관료들을 통해서만 접촉이 가능한 그 세력은 곧 무서운 정보력과 아끼지 않는 지원을 하며 그들의 활동을 적극적으로 돕기 시작했고, 덕분에 경찰과 검찰은 비밀리에 특검 조직을 만들어 유연하고 기민하게 움직이기 시작했다. 그리고 마침내 그 결과가 나타날 때가 되어가고 있었다.

한 달이 조금 넘는 시간.

모든 것이 그 기간 동안 이루어진 것이었다.

시내에서 좀 멀리 떨어진 공장 지대.

날이 저물어가고 있어서 노을이 내려온 그곳은 공장 몇 개만을 제외하면 거의 문을 닫은 폐쇄 공단이나 마찬가지다. 한때 잘 살아보자는 꿈과 희망으로 시작된 공단이었지만 IMF 한파가 몰아닥치면서 결국 하나둘 문 닫은 공장들. 그리고 지금은 모든 노동자들이 떠나고 인적마저 뜸한 곳이 되어버렸는데, 그런 이곳에 최근에 정비되고 기계가 돌기 시작한 공장 몇 군데. 그리고 오늘은 그 공장이 그동안의 시범 운행을 끝내고 본격적인 물건 생산에 들어가기로 한 날이다.

그러나 그 물건이라는 것이 평범한 것이 아니라 사람들에게 또 다른 의미의 꿈과 환각을 선사하는 무서운 물건이었다. 바로 최근 새로 개발된 신종 마약!

사람들에게 히로뽕이라고 불리는 메스암페타민, 필로폰의 일종이다.

아무도 없는 이 공업 단지 안에 사들인 이 작은 공장들에서 태어나는 게 인간의 영혼을 좀먹어 들어가다가 종국엔 파괴시켜 버리는 공포의 악마의 약들이라니!

더구나 그것을 만들어 제조, 판매를 시도하는 자들은 해성파라는 꽤 큰 규모의 폭력 조직. 경찰이 이곳에서 진행되어 가는 상황을 안다 해도 제대로 검거할 수나 있을지 우려가 될 만큼 큰 조직이었다.

"사장님, 유통은 조금 빠른 것이 아닐까 싶습니다만."

그 공장을 둘러보고 있던 정장을 한 몇 중 한 명이 그렇게 우려를 표하자 한 남자에 의해 일행들의 움직임이 멈춰졌다. 그러자 중간 보스로 보이는 그자는 그 때를 놓치지 않고 더 앞으로 나서서 현성우에게 걱정스러움을 구체적으로 밝혔다.

"사실 이번 사업은 매우 조심스럽지 않습니까, 사장님. 이렇게 갑자기 움직임을 드러내다가 외부에 노출될 위험도 있고, 그리고 오늘 직접 이곳으로 오는 게 아니었습니다. 조직원들 없이 이렇게 몇 명만을 대동하고 이곳에 오신 건 위험한 것 같습니다. 빨리 돌아가시는 것이 좋겠습니다."

"그래? 음, 빨리 돌아가자는 말은 알아들었어. 하지만 이번 사업 문제에 대해선 아니군. 다른 방법이 없다는 걸 자네들도 인정했고 거수 끝에 결정된 사항이야."

“그렇지만…….”

“해성유통이 부도 직전이다.”

“……!”

현성우의 목소리가 공장 안에서 울리자 그의 주위에 있던 중간 보스들이 얼굴을 일그러뜨렸다. 이미 알고 있는 사실. 하지만 보스의 입에서 그 소리를 듣게 되니 다시 한 번 열받아 얼굴이 일그러지고 말았다.

“후후, 성전그룹에 밉보인 게 많은 모양이야. 장태현이 감옥에 가기 전 어떻게 손을 써놓은 건지, 그 스캔들 하나로 끝나는 줄 알았더니……. 내가 장태현을 너무 얕잡아봤던 것 같군. 그 얄팍한 계산 속 때문에 우릴 끝까지 물고늘어지진 못할 거라 생각했는데 말야.”

하지만 지금 이유없이 해성유통은 부도 직전까지 이르렀다.

현성우는 아무리 생각해도 그 원인을 장태현 이사밖에 생각할 수 없었다. 장태현이 아니라면 성전그룹에서 해성을 이토록 핍박할 이유가 없었다. 하지만 이미 밀려난 장 이사가 과연 그런 힘이 있을까?

앞뒤가 안 맞는 퍼즐이지만 지금으로썬 현 사장에게 다른 방법이 없었다. 해성유통은 앞으로 각종 조직의 사업을 위해서도 바람막이로써 필요했다. 부도는 무슨 일이 있어도 막아야 한다. 그렇다면 해성유통의 부도를 막을 가장 큰 자금줄은 역시 그동안 준비해 왔던 이 신종 히로뽕뿐!

“어쨌든 오늘 공장을 본격적으로 가동하고 그동안 준비했던 물건을 돌리기만 하면 모든 것이 해결된다. 사실 조금 시일을 앞당겼을 뿐이지 별 큰 무리는 없지 않나. 이 사업만 우리 계획대로 잘 돌아가기만 하면 해성유통의 부도는 손쉽게 막을 수 있어.”

현성우의 단단한 음성에 아무도 반론을 제기하지 못했다.

그렇다. 당연한 소리.

이번에 그들이 중국에서 들여온 히로뽕 제조 기술자들과 새로 개발한 신종 히로뽕들은 그들의 확실한 자금줄이 될 것이다. 그제야 일행들 모두의 얼굴이 조금씩 밝게 펴졌다.

한데 그때였다.

갑자기 공장 밖에서 들려오는 소란스러움. 싸움이라도 났는지 한참 시끄러운 소리가 들려온다. 그 소리에 현성우와 함께 있던 일행 중 하나가 막 밖으로 나가보려던 찰나,

쿠르르릉……

얼마 지나지 않아 소음은 잔잔해지고 대신 공장의 거대한 철문이 천둥 같은 묵직한 쉿소리를 내며 양쪽으로 열렸다.

그러자 조명을 최대한 줄여놓은 덕분에 보이지 않던 바깥이 환하게 보여진다. 이미 노을이 지고 어둑어둑해지고 있는 하늘. 비가 오려는지 그 하늘 위로 몰려오는 먹구름도 그 무거운 철문을 가볍게 열어젖힌 인물 뒤로 보여졌다.

그는 그 문 앞에 나타난 인물을 담담하게 쳐다보았다. 이곳에 나타날 것이라고 꿈에도 생각지 못했던 사람인데 어쩐지 놀라거나 당황하지 않고 오히려 당연하게 받아들이는 그의 심장. 성우는 그 뜻하지 않은 감각에 더 놀랄 지경이었다.

'저 아이는… 민제후라는 소년?!'

현성우 사장이 민제후의 등장에 눈을 치켜뜨며 그를 조용히 바라보는 사이 주변의 부하들은 황당함이 앞서 그 소년에게 욕을 하며 다가갔다.

"뭐야, 저 쥐방울만한 쐐리는!!"

“애새끼가 여긴 어떻게 들어온 거야? 밖에 있던 새끼들은?”

“오랜만이야, 현성우 사장.”

하지만 전혀 움츠러들지 않는 소년. 아니, 오히려 가소롭다는 듯이 피식 한쪽 입꼬리를 올리며 자신에게 다가오는 인사들에 대해선 전혀 신경도 쓰지 않는다. 그 소년의 음침한 눈동자가 고정된 곳은 현성우의 얼굴뿐.

“이런 인사 마음에 안 들지도 모르지만, 당신도 늙었네?”

소름 끼치는 분위기를 한 가득 풍기는 주제에 빙글빙글 웃으며 한다는 게 저런 이야기라니.

그의 얼굴 근육이 그 순간 ‘꿈틀’ 경련을 일으킨다.

“아아~ 기분 나빴나? 미안해. 내가 오늘은 거짓말하기가 싫어서. 하지만 얼굴이 좋아 보이는군. 진짜야. 그동안의 세월이 당신한테 편안하고 안락했나 봐?”

“무슨 얘기가 하고 싶은 거냐? 그리고 네가 여긴 어떻게 왔지?”

현 사장은 민제후란 소년이 전에 만났을 때와 상당히 다르다는 걸 느끼고 비슷하게 생긴 다른 사람이 아닐까 싶어 다시 한 번 유심히 관찰했다. 그러나 아무리 열심히 뜯어보더라도 분명 그 민제후란 소년이 틀림없는데…

그렇다면 전혀 다른 사람으로 느껴지는 건 단지 기분 탓인가? 예전에는 참 밝은 아이구나라고 생각했었는데 오늘 보니 시선을 마주하고 있는 것만으로도 솜털이 곤두설 만큼 음침하고 어둡다.

“아, 그 얘기가 듣고 싶었어? 그렇다면 기대에 보답해 줘야지. 누구 말씀인데. 말 안 하면 또 내 여동생을 죽이고 날 폐인으로 만들어서 거리에 내다 버릴지도 모르니 말이야. 킥킥킥.”

“……!!”

그때 현성우의 뇌리를 뚫고 지나가는 강한 충격파.

그 이야기는 경덕 형님의…

그런데 어떻게 저 아이가……?

“뭐야?! 저 쥐방울이 감히 누구한테!”

“죽고 싶어, 새꺄!”

“잡아, 족쳐!!”

무슨 뜻인지, 어떻게 그 옛날이야기를 알고 있는지 물어보고 싶었지만 그땐 이미 화가 난 부하들이 민제후를 향해 달려들고 있을 때였다. 말릴 사이도 없이. 한데 겁을 먹고 도망칠 줄 알았던 소년은 기다리고 있었다는 듯 음침한 미소를 뿌리며 싸우기 위한 자세를 잡고 소리쳤다.

“난 당신에게 받을 빚이 있어! 이게 그 빚을 받으러 가기 위한 길이라면.”

해성파에서 작지 않은 지역 파벌을 거느린 중간 보스들 여러 명과 맞붙기 직전인데도 꺾이지 않는 저 자신감이 예사롭지 않다.

“기. 꺼. 이.”

*   *   *

번쩍!

꽈르르릉!!

번개가 치고 곧 이어 천둥 소리가 하늘을 흔들었다. 그리고 곧 이어 쏟아지는 폭우.

쏴아아아아―

예지가 침대에 누워서 책을 보다가 갑자기 창문으로 들이치는 빗물에 깜짝 놀라 일어났다. 급하게 창문을 닫으니 그 순간 다시 한 번 번개가 친다.

"웬일이지? 갑자기 멀쩡하던 하늘에 먹구름이라니. 하여간 여름 날씨는 알 수가 없다니까. 누가 장마 아니랄까 봐 저렇게 매일 비만 뿌려대고."

해가 지고 저녁때로 접어드는 때이지만 어느새 온 세상은 이미 암흑천국으로 변해 있었다. 어느 순간에 벌써 이렇게 되었던 걸까? 눈치 채지 못하고 있었는데.

예지는 비가 와서 그런지 센티멘털해지는 것 같았다. 그래서 창가에 기대어 팔에 얼굴을 대고 비 내리는 풍경을 하염없이 바라보고 있었는데 그 순간에 시끄러운 빗소리 사이에 존재하는 고요가 전화 벨소리에 깨어졌다. 벨소리에 깜짝 놀란 그녀는 잠시 '누구야?' 라며 투덜대다가 핸드폰을 받았다.

"여보세요? 아, 네, 안녕하세요. …네? 제후가요?"

예지는 그 전화를 건 사람이 민제후를 찾는 비서인 것을 알고 긴장했다. 민제후, 어디로 또 사라진 것일까?

"아뇨, 전 모르는 일인데요. 아, 네. 네. 그럼 수고하세요."

전화를 끊고 한참을 그대로 앉아서 생각에 잠겨봐도 잘 모르겠다. 오랜만에 듣는 민제후의 소식. 지난 한 달 동안 얼굴조차 못 보고 찾아가도 없다고 다음에 오라는 소리만 들었었다. 처음엔 기적적으로 눈도 치유되고 병증도 완쾌돼서 퇴원했다는 이야기에 놀랍고 믿을 수가 없어서, 너무 기쁘고 하늘에 감사해서 만나보고 싶었었지만 그렇게 여러 번 거절당하니 슬슬 화가 나기 시작했었다. 그래서 이제는 그래, 좋다.

어디 한번 언제까지 그러나 두고 보자 식으로 팔짱 끼고 자기도 모르는 척하며 토라져 있었던 것이다. 그런데 갑자기 이런 전화를 받으니 싱숭생숭하기도 하고, 이렇게 비도 많이 오는데 어디 있는 걸까 걱정되기도 해서 안절부절못하게 되니…….

"에휴~ 나도 이제 모르겠다. 우선 찾아놓고 나중에 걱정시킨 것의 다섯 배만큼만 때려줘야지. 그럼 되겠지 뭐. 칫!"

한숨을 내쉬며 제후가 갈 만한 데로 전화를 걸려고 핸드폰으로 손을 뻗던 그녀. 그러나 그 소녀가 긴장하며 막 핸드폰 버튼을 누르려는 찰나 또다시 전화 왔다고 벨소리로 소리치는 핸드폰에 깜짝 놀라서 그런 자신에게 어이없어 웃음을 터뜨렸다. 간이 콩알만해졌다.

'정말 오늘 누가 이렇게 열심히 전화를 해대는 거야?

"여보세요? 아, 세진이구나. 왜?"

유세진이 자신에게 전화를 다 하다니 별일이라고 생각하며 웃던 예지는 다음 순간 얼굴이 굳어졌다. 핸드폰을 통해서 들려오는 소리지만 세진의 목소리에서 오랜 고심의 흔적을 느낄 수 있었다. 한예지의 음성이 불안으로 가늘게 떨렸다.

"제, 제후가?"

*   *   *

번쩍!

꽈르르릉!!

천둥 번개가 또 한 번 치고 지나갔다. 이번 것은 번개가 번쩍이고 나서 금방 천둥 소리가 들린 걸 보니 번개가 친 곳이 이곳과 가까운 것 같았다.

비는 이미 억수로 퍼붓고 있었다.

공장 안은 조금 전 민제후란 소년과 해성파 중간 보스들 간의 싸움으로 아수라장이 되어 있었다. 하지만 그곳에 서 있는 것은 그 민제후와 현성우뿐이다.

부하들은 민제후의 상대가 되지 못했다. 무엇보다 그 소년이 부하들보다 훨씬 스피드가 앞섰고, 믿을 수 없지만 주먹에서도 압도적이었다. 그리고 아무리 여러 명이 한꺼번에 달려들어도 그 소년과 눈이 마주치면 움찔하다 틈을 내주었으니. 여기까지의 시간도 그리 오래 걸리지 않았다.

"야~ 이제야 우리 둘만 남았네? 이런 시간을 정말 고대해 왔지."

"훗! 그랬나? 그럼 축하해 주지."

"응, 고마워."

비꼬는 의미였는데 예쁘게 웃음 지으며 인사를 하는 민제후.

도대체 파악이 안 되는 녀석이라고 현성우가 속으로 되뇌었다. 방금 전까진 피와 폭력에 목마른 놈처럼 닥치는 대로 치고 때리고 뼈를 부러뜨리며 미친놈처럼 발광하더니 이젠 금방 어린아이처럼 예쁘게 웃는다? 더구나 좀 전의 그 웃음을 짓는 모습은—나타났다 싶은 순간 곧 사라져 버렸지만—예전에 봤던 유쾌한 소년처럼 밝은 미소였다.

적막감.

빗소리만 더욱 크게 들리는 것 같았다.

"후후, 아무리 내가 오늘 방심하고 애들을 많이 안 데리고 왔다지만 너무 조용한걸. 무슨 일인가 알아보러 오는 놈도 없고. 이것도 네 녀석 짓이냐?"

"응, 맞아. 이것 역시 이 민제후님의 깜찍한 행동이지."

현성우의 눈에 비친 민제후의 웃는 얼굴이 가식으로 보였다. 차라리 화를 내거나 싸우자고 덤벼든다면 이렇게 소름 끼치게 기분 나쁘지는 않을 텐데……

"뭐, 좋아. 대화는 필요한 것 같긴 하군. 아까 나한테 받을 빚이 있다고 했는데 그게 무슨 소리지? 다른 곳에서라면 몰라도 너한테 빚진 기억은 없는데 말이야."

"아냐, 있어. 그것도 많이 있지."

"뭐? 후후후… 그럴 리가. 착오겠지."

"내가 증거도 없이 여길 왔을 것 같아? 나 그동안 놀고 있지 않았어, 현성우 사장. 당신에게 받을 빚이 공적으로도 사적으로도 너무 많이 쌓여서 난 지금 어떤 것부터 먼저 받아야 할지 어지러울 지경이야."

"……."

현성우의 미간이 찌푸려졌다.

저 아이가 뭘 어쩌자는 속셈인지 모르겠다는 태도.

"우선 공적으로는 당신이 장태현과 손잡고 벌인 사고들이 있지. 후에 어렵사리 일이 잘 풀렸었지만 당신이 망치려고 했던 불꽃 축제는 완벽한 테러 행위였어. 더구나 그것과 관련된 인사들을 납치, 폭행, 협박까지 가했지. 두 번째로는 나와 내 친구들을 다치게 했어. 마리안을 노렸던 것이라고 추측되는 예전의 그 포스터 촬영장 사고. 그때 조명이 무너지는 바람에 내가 크게 다쳤지. 그리고 그 이후로 또 내 친구가 총에 맞고 큰 수술을 받았다. 또 있지. 넌 마리안을 결국 납치해서 큰일을 당할 뻔하게 만들었어. 그 사건들 모두 하나같이 자칫하면 죽을 수도 있는 것이었어. 알아?"

격하지 않은 목소리로 마치 책을 읽듯 나열하는 소년의 목소리가 잠시 터울을 두었다.

"이나마 굵직한 건수로만 간략하게 요약 정리한 게 이렇군. 그런데 그중 지금의 내가 가장 중요하게 받고 싶은 빚은… 바로 '박.경.덕.' 이라는 이름이지."

"……!!"

현성우의 얼굴이 '박경덕' 이라는 이름이 나오자 노골적으로 동요의 빛을 띠었다. 그것이 어떤 감정을 바탕으로 한 동요인지 알 길은 없었지만 그 이름을 아직 잊지 않고 기억하고 있다는 사실 하나만으로도 검은 자아의 민제후는 만족감을 느끼고 있었다.

그 소년이 그런 현성우에게 천천히, 한 발자국 한 발자국 가까이 다가가며 또박또박 말을 이어갔다.

"넌 이제 대가를 치러야 해. 널 키워주고 품어준 부모 같은 사람을 배신하고 저버린 그 대가. 그의 가족이라는 꿈을 망쳐 버리고 그가 아끼고 사랑했던 한 사람을 죽음에 이르게 한 대가. 아니, 아니지. 이 부분은 정정하도록 할게. 그가 아끼고 사랑했던 한 사람을 죽었다고 믿게 하고서 그 여자와 함께 짜고서 한 인간의 진실함을 유린한 대.가."

과거를 끄집어내자 그 배신의 순간이 다시 눈앞에 펼쳐지는 것처럼 생생하다. 아마도 그건 그의 자아 자체가 그 고통 속에서 탄생한 피조물이라 그럴지도…….

"넌 신뢰와 믿음을 똥 묻은 구둣발로 짓이겨 버린 대가를 치러야 해."

섬뜩한 미소를 지으며 다가오는 제후를 흔들리는 눈동자로 바라보던 현성우. 하지만 다음 순간 그 남자는 헛웃음을 터뜨리며 평소의 자신만만하고 지독한 인간으로 돌아왔다.

"훗! 그래, 꼬마야. 그것 모두 내가 그랬다고 치자. 그럼 이제 내가 어떡해야 할까? 어떡해야 속죄가 된다고 생각하지? 내가 뭘 어쩔까?"

그러나 그 소년, 그런 그를 한참을 쳐다보다 조용히 대답한다.

처음으로 웃음이 사라지고 장난기도 없다.

"…죽어."

제4장 그들이 있어야 할 자리

"뭐?! 도련님께서 거기에 안 계셔? 니들 미쳤어!!"

그 순간 김성민이 성전 저택 집무실에서 전화기에 소리소리 지르고 있었다.

구체적으로 어떤 이유 때문인지는 잘 모르겠지만 그 주변의 다른 직원들은 김 비서의 불편한 심기를 거스르지 않기 위해서 잔뜩 힘을 주고 있는 중이다. 아니, 저것은 심기가 불편하다기보다 무시무시하게 폭발했다고 하는 편이 더 옳을 것이다. 한 번도 저런 행동을 보인 적이 없었는데. 전 회장님께서 아무 경험도 없는 무지한 어린 손자에게 무작정 회사를 떠넘겼을 때도, 그 소년으로 인해 대규모 정리 해고까지 단행할 정도로 회사가 어려워졌을 때도, 새로운 회장님이 고의적으로 기업 하나를 막무가내로 짓밟을 때조차도 저 정도는 아니었었는데.

"제정신이야? 도련님이 괜찮다고 했어도 안 된다고 했었어야지! 니들 밥줄이 거져 생기는 건 줄 알아!! 당장 찾아! …뭐? 이미 찾을 만한 덴 다 찾아봤어? 지금 나랑 장난해? 직접 가실 만한 데를 다 다니면서 무조건 찾아서 모셔오란 말이야!! 알았어?! 도련님께 무슨 일이라도 생기면 니들은 다 모가진 줄 알아!!"

꽝!

전화기가 부서질 듯한 소음을 지르며 책상 위로 착륙했다.

"어쩌지… 어쩌지… 설마 그쪽에 가신 건 아니겠지?"

김성민 비서실장은 넥타이를 거칠게 느슨히 만들며 두 손바닥으로 얼굴을 비볐다. 설마설마라고 생각하지만 터질 듯한 불안함으로 속이 바짝바짝 타는 게, 아닐 거라고 믿고 싶은 가능성 쪽으로 느낌이 기운다. 그리고 마침내 그는 제후 도련님의 성정과 최근 보이던 이상한 행동들로 유추해 그 소년이 해성파의 마약 제조 공장으로 먼저 쳐들어갔음을 인정해야 했다. 역시 오늘 저녁때 그 보고서는 올려서는 안 되는 것이었다. 적어도 오늘 밤 자정 전에 벌어질 검찰, 경찰의 합동 검거 작전이 끝나기 전까진.

"젠장!!"

결국 김 비서는 불안함을 못 참고 양복 재킷을 잡아채서 방 밖으로 뛰쳐나갔다. 검거 작전 전까지 그 근처에 나타나선 안 된다는 경찰과의 약속을 어기게 되더라도 어쩔 수가 없다. 상대는 조직 폭력배! 게다가 대규모 마약 조직이며 상대는 그런 폭력 조직의 보스다. 늦으면 그 소년이 어떻게 될지도 몰랐다.

"김 비서님!!"

"어? 너희들은?"

김 비서는 비가 오는 것에도 상관 안 하고 그대로 밖으로 뛰쳐나가

막 차 문을 열고 올라타려는 찰나에 들려온 목소리에 깜짝 놀랐다. 고개를 돌린 곳에 민제후의 절친한 친구들인 한예지와 신동민, 유세진이 우산을 쓰고 뛰어오고 있었다.

"지금 민제후 찾으러 가는 거죠, 김 비서님? 저희도 함께 가요!"

"하지만 그곳은……."

잠시 그 아이들을 만류해 보려던 김 비서는 곧 자신도 그들과 마찬가지로 무작정 뛰쳐나왔다는 점 때문에 말릴 만한 근거도 이유도 찾지 못했다.

'그래, 어차피 경찰의 도움을 받아 함께할 텐데…….'

그래서 그렇게 어렵사리 김 비서가 허락의 뜻을 비추자 예지와 동민이가 우산을 접고 김 비서의 차에 재빨리 올라탔다. 그리고 차 문을 닫기 전에 한예지가 그들을 물끄러미 바라보며 희미하게 웃고 있는 검은 머리칼의 소년에게 물었다.

"세진이는?"

"전 이곳에 남아 있겠습니다. 제가 더 이상 개입하면 오히려 안 좋을 것 같군요. 다녀오십시오."

"그래? 알았어. 그럼 갔다 올게."

시동을 걸며 김 비서는 이 아이들이 무엇을 어디까지 알고 있는지 궁금해졌다. 그리고 이렇게 갑작스레 나타나 민제후를 급하게 찾는 이유가 무엇일까?

그들은 출발하면서 모두 마음속으로 하늘에 빌었다. 너무 늦게 도착하지 않게 해달라고.

＊   ＊   ＊

"크허허허헉!!"

쿠다당!

비가 쏟아지는 공장 밖으로 어떤 커다란 형체가 날아가 빗물 구덩이에 나뒹군다.

"이, 이런, 제길……."

요란하게 퍼붓는 폭우 속에 그 형체가 욕설을 하며 꿈틀 일어서려고 힘을 쓰고 있었다. 이제 보니 그건 사람이다. 옷은 고급 양복이지만 그 짧은 순간 비를 고스란히 다 맞은 데다가 빗물로 생긴 진창에 처박혔기 때문에 엉망진창이 되어버렸다.

"오~ 이런! 일어나고 싶으신가? 그럼 또 그 소원을 들어줘야지."

"크학!!"

민제후의 목소리와 함께 손가락을 팅기는 소리가 들리자 이번엔 진창에 박혀 있던 그 남자의 덩치가 마치 외부에서 조종당하는 것처럼 급작스럽게 일으켜 세워졌다. 하나 그 장면은 그 남자가 서 있다는 것보다 눈에 보이지 않는 거인이 그 남자의 머리를 쥐고 위로 들어 올리는 것처럼 느껴진다. 실제로 공중에 잡혀 있는 그 남자가 머리와 목이 고통스러운 듯 비명을 질러대고 있었다.

그때 스스로 빗속으로 걸어 들어오며 음울한 눈빛으로 말하는 소년. 그 소년도 금세 비에 흠뻑 젖어 그 예쁜 금빛 나는 머리칼이 갈색으로 변해 이마와 뺨에 찰싹 달라붙었다.

"아직 멀었어. 넌 아직 아무것도 잃지 않았어. 그건 고통이 아니야."

"커헉! 컥… 컥……."

약간 혼미한 꿈속에 있는 것처럼 눈이 풀린 그 소년이, 그 민제후가 괴로움에 헐떡대는 현성우 앞에 가서 섰다.

"진짜 고통이 뭔지 네가 과연 알까?"

"이… 자식… 차라리 나랑 직접 붙어! 이따위… 커억! 이따위 개수 작 속임수 집어치우고!! 으아아악!!"

"고통스러워? 아파? 힘들어? 킥킥… 분하지? 그렇지? 그게 바로 내가 원한 거였어."

민제후가 현성우에게 눈 높이를 맞춰서 두 눈을 똑바로 바라보며 말했다. 그리고 다음 순간 성우는 자신의 몸을 스멀스멀 감싸고 머리 속으로 흘러 들어오는 검은 기류에 까무러치게 놀라고 있었다. 그것은 작은 벌레 떼가 뇌 속으로 파고들어 정신을 조각조각 내는 기분이었다. 온갖 추악하고 괴로운 기억과 혐오스러운 감정만이 한도 끝도 없이 커져서 누군가에게 영혼이 갉아먹히는 기분. 자신의 생애에서 가장 끔찍한 장면들만 연속적으로 극대화되어 그의 의식과 무의식을 잠식해 들어간다. 그중 가장 많이 보이는 장면은 역시 박경덕과 윤혜서에 관련된 사건들이다.

"끄아아아악―!!"

"그래. 킥킥킥… 너도 아파해라. 나도 그때 그렇게 아팠어, 성우야. 뼈가 부서지고 피를 토하는 아픔도 배신만큼 지독했었어. 물론 그 뒤에 이어진 충격과 고통에 비하면 새 발의 피였지만. 그 뒤로 세월이 흘렀지. 그러면서 살점이 터지고 뼈가 부서진 것은 시간이 가면서 치유되더군. 하지만 마음은 그렇지 않더라. 그래서 너도 그 고통을 겪길 바래. 가장 힘들고 괴로웠던 순간들만 영원할 것처럼 반복되는."

털썩.

"끄헉… 컥……."

그러나 다음 순간 제후는 무슨 생각에선지 현성우를 둘러싸고 있던 정신 에너지를 거둬들였다. 그리고 그와 동시에 현성우의 몸은 또다시 빗물 구덩이로 곤두박질쳤다. 하지만 그제야 현성우는 끼익끼익 하는 이상한 소리로 목을 울리며 제대로 숨을 들이쉴 수 있게 되었다. 죽음의 문턱을 막 밟다가 기적적으로 살아 돌아온 형국이다.

"…이상해."

하나 그런 그의 얼굴 앞에서 멈춘 제후의 구둣발.

압도적으로 그를 몰아붙이며 소름 끼치게 웃어대던 그 소년이라고 믿어지지 않게 허탈한 목소리로 읊조린다.

"정말 이상해. 복수를 하게 되면 통쾌할 거라고, 후련해질 거라고 생각했는데… 난 지금 왜 이리 허전할까? 하나도 재밌지 않아. 그토록 피눈물을 흘리며 갈아 마시고 싶은 가증스런 인간이 여기 내 앞에서 고통에 몸부림치고 있는데, 하나도 기쁘지 않아."

복수라는 걸 했는데 오히려 더 공허하다. 아니, 이제 무엇을 목표로 달려가야 할지 몰라 혼란스럽다.

'난 이대로 사라져 버리는 건 아닐까?

"꺄아! 이게 무슨 짓이야!!"

그때 어디선가 나타난 자동차에서 한 여자가 내려 빗속에도 아랑곳하지 않고 뛰어오는 것이 보인다. 놀란 얼굴로 달려가 거의 정신을 잃을 듯 쓰러져 있는 현성우를 안아 일으키는 여인.

혜서다!!

"성우 씨, 괘, 괜찮아요? 말 좀 해봐요. 어, 어떡해……."

야한 화장. 노출이 심한 드레스.

하지만 제후는 현성우의 머리를 끌어안고 우는 윤혜서를 보고 꺼져

가는 증오심에 다시 불이 붙는 걸 느꼈다.

가증스러워.

가증스러워.

가증스러워!!

"비켜라, 윤혜서! 어차피 다음 차례는 너니까 조급하게 굴지 마. 훗! 원하지 않아도 너희 둘, 나란히 지옥으로 보내줄 테니."

제후가 눈에서 불이 쏟아질 것 같은 자신을 겨우 억제하며 배신감에 부들부들 떨리는 주먹을 틀어쥐고 있자 그 순간 그녀가 표독스러운 눈초리로 획 돌아보며 악을 썼다.

"이 망할 자식아! 나이도 새파랗게 어린 게 어디서 반말이야! 그리고 멀쩡한 내 이름 놔두고 너까지 왜 자꾸 윤혜서라고 불러, 이 씨발 새끼야!! 윤혜서란 이름, 이제 아주 지긋지긋해!!"

"……!!"

숨이 탁 막힌다.

'무, 무슨 소리야? 복잡해. 어지러워. 정리가 잘 되질 않아. 뭐가 어떻게 된 거지? 그러니까 저 여자가 혜서가 아니라면…….'

"그럼 네가 혜서가 아니… 라고?"

"혜리."

현성우가 대답한다. 이제야 겨우 정신을 차린 듯.

"윤혜리. 저 여자의 이름은 '윤혜리' 지."

"그럼 윤혜서는……?"

"윤혜서는 그녀의 쌍둥이 언니. 어떻게 네가 그 이름을 아는진 몰라도 윤혜서는 벌써 오래전에 죽었다. …자살했지."

쏴아아아아—

그들 사이에 존재하는 건 아무것도 없었다. 한참 동안 잊고 있던 폭우의 차가움과 피부를 때리는 빗발만이 느껴진다.

윤혜서에 대한 것이 오해였다면, 혜서가 박경덕을 기만했던 게 아니라면, 혜서가 경덕의 기억 속에 존재하는 것처럼 착하고 아름다운 여자 그대로라면…

그렇다면 자신을 포기하고 사라진 또 다른 나인 그 녀석은 얼마나 바보인가?

비가 많이 내린다.

슬프게… 슬프게…….

그렇다면 세상을 적시는 이 빗물은 어쩜 하늘 위의 윤혜서가 흘리는 눈물일지도 모른다.

"…그래서?"

꽤 오랜 시간이 흘렀다고 생각된 그때, 슬픈 눈을 하고 있던 소년이 말문을 열었다.

"그런데 그게 어쨌다고. 이제 와서 그게 어쨌단 말이지?"

진정되었다고 생각한 분위기가 소년의 반항적인 음성에 다시 날카롭게 일어섰다. 윤혜서, 아니, 윤혜리가 나타나기 전에는 압도적인 힘으로 복수보다는 사람을 가지고 논다고 하는 쪽이 더 옳았다. 하지만 지금은 상황이 달라졌다. 자신의 존재 이유를 반 이상 잃어버린 검은 자아가 흔들리는 내면을 느끼고 복수의 완성을 위해서 증오심을 폭발시키고 있었다.

갑자기 바람이 몰아쳤다. 폭우가 내리는 도중이니 조금 센 바람이 불어도 하나 이상할 것이 없지만 방금 전까지 어떤 예고도 없이 몰아닥치는 그것. 민제후 주변을 휘감아 오르며 폭주하는 그것을 자연 발

생적이라고 하기엔 너무 어이가 없다. 또한 그것은 바람보다는 폭풍에 더 가까웠다.

공장 주변에 쌓여 있던 잡동사니들이 바람에 못 이겨 날아가고 바닥을 뒹굴어 주변이 점점 더 폐허로 변해간다. 윤혜리의 비명 소리가 공간을 울렸다.

"달라지는 건 없어! 아무것도!!"

민제후가 광기가 흐르는 눈을 부릅뜨고 맨주먹으로 현성우에게 달려들었다. 그리고 그것에 놀라면서도 재빨리 품에서 단도를 뽑아 그 소년에게 대항하는 현성우. 짧은 순간 그 둘이 맞부딪쳤다! 그러나…

"죽어! 널 없애는 게 내가 존재하는 이유였어!"

"끄아악!!"

민제후가 경덕으로서 더 경험이 많고 훨씬 더 강하다. 제후가 상대방의 칼을 피하며 칼을 쥐고 있던 현성우의 팔을 통째로 잡아채서 그의 어깨에 박아버렸다. 순식간에 성우는 자신의 손으로 자기 어깨를 찌른 꼴. 광기가 흐르는 소년의 눈은 섬뜩한 표정을 짓더니 다음 순간 어깨에 쑤셔 박힌 그 칼의 손잡이를 힘껏 비틀었다. 중년 남자의 비명 소리가 처절하게 빗소리와 섞여 나왔다.

그런데 그때였다.

탕!!

"그 칼 내려놔!"

제후는 자신의 얼굴 옆으로 갑작스런 혈선이 생긴 걸 알고 뺨을 더듬으며 천천히 뒤돌아본다. 손에 묻어나는 붉은 액체. 혀에 가져다 대니 찝찌름하다.

"너, 넌 미쳤어!! 가까이 다가오면 쏠 테니 알아서 해!!"

윤혜리가 두 손에 잡은 총으로 그를 겨냥해 소리치고 있었다. 이젠 총까지 등장하다니. 아무 무기 없이 자기 자신의 힘만 믿고 나온 민제후의 빈손이 민망할 정도.

"훙!"

표독스럽게 소리치는 윤혜리를 바라보던 제후가 코웃음 치더니 눈빛을 바꿔 한순간 소용돌이치는 바람이 그녀와 충돌하게 하였다. 그녀가 예기치 않은 바람에 밀려 비명을 지르며 넘어졌다.

"이 괴물, 다가오지… 까아아악!!"

탕!

엉뚱하게 공중으로 발사된 탄알.

"쯧. 그건 위험한 물건이야, 아가씨. 함부로 갖고 놀면 큰일 난다구."

제후가 축 늘어진 윤혜리 쪽으로 싸늘하게 시선을 던진 후 다시 자신 앞에 누워 있는 자신의 목표를 뚫어지게 내려다보았다. 적어도 윤혜리 덕분에 조금 머리가 식은 것 같긴 하다.

"곧 경찰이 올 거야. 해성유통도 무너졌고 해성파도 마찬가지다."

"그럼 성전그룹은… 너였군?!"

어깨와 가슴에 난 상처에서 피가 뭉글뭉글 솟아오르면서도 성우는 살려달란 소린 하지 않는다. 빗물에 씻겨 내려가는 피가 마치 작은 시내를 이루는 것만 같은데.

"그래. 넌 옛날부터 건달이라기보단 인텔리였지. 역시 약해. 내게 발악 한 번 제대로 못해보다니. 그리고 해성도 너무 쉬웠어. 허탈할 정도로 말이야."

"쉬웠다? 하!"

"아~ 말을 잘못했던가? 그래, 쉬웠다기보다 내 힘이 압도적이었다고 하는 게 좋겠지? 돈, 정보, 권력, 인맥 등 난 이번에 내게 속한 모든 것을 총동원했으니까. 사실 이제 와 하는 말이지만 현성우 사장, 당신을 잡기 위해 들어간 비용은 정말 어마어마했어. 덕분에 돈이면 이 세상에 안 되는 일이 없다는 것을 한 번 더 확실하게 깨달을 수 있었고. 내 비서가 금액 보고를 했을 때 나도 혀를 내둘러야 했지. 작은 돈을 쓸 때면 몰라도 큰 액수에서는 스스로도 상당히 통이 크다고 자부하는데도 말이야. 단지 널 잡기 위해서."

"……."

"그렇지만 아무리 그렇다 해도 역시 쉬웠어. 그 유명한 해성파 보스 현성우를 잡기 위해서라면 그 정도 손해, 정말 값싼 대가였어. 그래서 쉬웠다고 할 수 있어. 그런데 허탈해. '겨우 이 정도로 그 대단한 현성우를 잡을 수 있었군' 이라고 생각하면. 겨우 돈과 그것에 휘둘리는 몇몇 공무원들 정도로."

겨우 이 정도?

이것이 검찰 총장한테 줄을 대고 한국 경찰을 온통 들쑤셔 놓고서 할 수 있는 말인가?

"하! 너무 어이없군. 내가 겨우 너 같은 코흘리개한테 발목을 잡히다니."

그때 생긋 웃으며 위로와 비슷한 말을 하는 민제후였다.

"그거야 당연하지. 난 당신에 대해서 아주 많은 걸 알고 있거든. 특히 당신의 과거, 성격, 행동 경로까지 예측할 수 있었으니까. 또 난 수많은 비밀 속에 휩싸여 노출되는 부분이 지극히 적었지만 당신은 내 눈에 너무나 훤히 노출되어 있었고 말이야. 그리고 무엇보다도 중요한 것은 당신은 내가 당신을 노리는 걸 감쪽같이 몰랐지. 이런 걸 뒤통수 맞았다고 하던가? 하하하하! 난 철저하게 준비했어. 넌 내가 무슨 정의의 협객이라고 똑같은 조건 만들어놓고 일 대 일 맞짱 뜰 줄 알았나? 널 좀 더 갖고 놀다가 죽여 버리려고 했는데. 그래서 경찰이 들이닥치기 전에 이렇게 내가 먼저 인사를 왔고 네가 반격할 기회를 주지 않고 몰아붙였지. 다시는 방심이나 실수라는 이름 하에 개한테 물리고 싶지 않았거든. 후후후.”

“넌… 대체 누구냐?”

조금 수그러든 소년의 음침한 기운. 그 아이가 피식 웃는다.

“알 거 없잖아. 그리고 어쩌면 이미 알고 있을 테고.”

“그럼 한 가지만 더! 넌 대체… 대체… 형님을, 경덕 형님을 어떻게 알고 있는 거지? 무슨 관계지?!”

그러자 민제후가 싸늘하게 가라앉으며 표정없이 쳐다본다.

“아아, 그 형님 소린 듣고 싶지 않아. 간만에 좋아진 기분이 다시 엿 같아졌어.”

‘화기애애한 토킹 어바웃의 시간을 이제 슬슬 끝내야겠군. 하지만 마지막인데 알려줄까? 믿기 어려운 그 사실을 알면 어떤 기분이 들까? 큭큭큭큭…….’

“좋아. 잘 들어, 아저씨. 박경덕을 어떻게 아냐고 물었지? 그건 내가 바로…….”

소년이 원래 민제후의 버릇처럼 머리를 긁적이다가 생긋 웃으며 말문을 열었다.

“그 빌어먹을 ‘박경덕’ 이기 때문이지.”

“뭐? 그게 무슨…….”

칼이 박힌 어깨를 부여잡고 억지로 일어나 앉은 현성우가 그 말을 듣고 창백하다 못해 파랗게 질린다. 믿을 수 없을 것이다. 역시 믿을 수 없겠지. 하지만 믿고 안 믿고는 듣는 사람 맘이다.

마지막으로…

"그래서 이제 널 쏘면 내 복수는 완성돼."

검은 자아의 민제후가 현성우에게서 좀 멀리 떨어진 곳까지 걸어가 윤혜서가 그곳에 떨어뜨린 총을 집어 들고 돌아서서 그를 겨냥하였다.

그리고 친절한 미소를 지어준다.

"그럼 잘 가라고. 아듀."

*   *   *

"그럼 잘 가라고. 아듀."

타앙―

제후는 그렇게 현성우를 겨냥해서 방아쇠를 당겼다.

이제 이렇게 저이를 죽이면 모든 것에서 자유로워질 거라고 스스로를 다독이면서 망설임없이 방아쇠를 당겼다. 전에 있던 인격을 밀어내고 자신이 몸을 차지했다고 믿었지만 때때로 그것이 헷갈리고 혼란스러워 존재에 대한 문제까지 확신할 수 없었다. 원래 있던 인격과 자신은 다르다고 여겼지만 점차 똑같은 행동, 똑같은 말투, 똑같은 감정을 느껴가는 것 같아서… 물론 처음엔 의도적으로 그랬지만 나중에는 구별이 없어지는 것 같아서. 그 바보 멍청이와 똑같다고 느끼고 싶지 않았는데.

그래서 쏘았다.

악(惡)의 이름, 어둠의 이름일지라도 자신의 존재를 확인하고자.

하지만 그때 제후의 눈에 비춰진 것은 숨이 끊어진 현성우의 시체가 아니라 갑자기 달려들어 '안 돼'라고 민제후를 부르며 막아서는 한 소녀. 그러나 이미 방아쇠는 당긴 후였고 총성이 울리는 순간 누군가가 쓰러졌다.

'…한예지!'

그녀의 긴 검은 머리가 빗물이 흥건한 땅바닥으로 부채처럼 펼쳐지며 쓰러져 가는 모습이 민제후의 눈에 슬로 모션으로 보여졌다. 그 순간 지구상에 소리라는 것이 사라진 것처럼 아무것도 들리지 않았다.

현성우가 아니라 엉뚱하게 한예지가 총에 맞았다. 쓰러진 그녀는 오래도록 움직일 줄을 모른다. 그들의 위로 거센 비바람이 몰아치고 있는데 그들 중 누구도 움직일 줄 몰랐다.

검은 자아에 장악당한 민제후의 눈이 그때 순간적으로 맑게 돌아왔다.

"예지… 야……."

순간이나마 원래의 민제후로 돌아온 것일까?

검은 자아임에도 민제후의 눈에 비춰진 그 장면은 정신적으로 많은 영향을 끼치는 듯.

제후는 순간 유세진의 모습을 보았다. 그리고 유세진의 말이 떠올랐다. 오래전 세진이를 만난 지 얼마 안 되었던 초기에 그 애가 지나가는 이야기처럼 해줬던 그 말.

"증오에 먹히면 당신의 마지막 기회… 사라질 겁니다."

그때, 멀리서—그렇게 멀지 않을지도 모른다—현성우가 지독한 표정을 지으며 필사적으로 도망치다 뒤돌아서서 제후에게 총을 겨누는 것이 보였다. 하지만 이미 모든 기력을 잃은 제후는 그저 물에 젖은 솜 인형처럼 생기가 빠져나간 창백한 얼굴로 멍하니 허공만 쳐다볼 뿐.

한예지가 죽었을지도 모른다고 생각하니 아무 생각도 안 들었다. 죄책감보다는 나도 이제 죽어야겠구나라는 생각뿐.

복수는 양날의 칼.

유세진의 맑은 미성이 경고하던 그 말이 자신의 온몸을 옭아매었다.

“증오에 먹히면.”

“당신의 마지막 기회.”

“…사라질 겁니다… 사라질 겁니다…….”

“사. 라. 질. 겁. 니. 다.”

타앙!!

세상이 온통 붉게 물드는 것 같았다. 비가 내리는 풍경으로 튀어 오르는 붉은 분수는 화사하고 예뻤다. 천천히 모든 정경들이 기울어져 가고 곧 이어 바닥에 부딪치는 충격과 함께 눈물을 쏟아내는 회색 빛 하늘이 눈에 들어온다.

지금까지의 모든 일들이 찰나간 주마등처럼 스쳐 지나간다. 민제후가 되어서 겪었던 모든 추억들이…….

모든 추억들이 현재를 기점으로 해서 거꾸로 거꾸로 역류해 올라간다. 거꾸로 거꾸로.

윤혜서를 보았다고 생각해 충격받은 일, 즐거웠던 수학여행, 아버지를 만난 일, 주주 총회, 불꽃축제 콘서트, 마리안을 만난 일, 제이와의 피아노 연주 발표회, 단군 프로젝트 사건, 피아니스트인 엽기적인 어머니를 만난 해프닝, 외할아버지가 도망가면서 강제로 떠맡긴 성전그룹, 새끼 금웅을 만나 닭둘기라고 이름 붙인 일, 성전특고에 처음 등교했던 날, 대재벌 외손자임을 깨닫고 벙쪘던 일상, 죽음에서 새로운 사람이 되어 깨어난 그날까지…….

여기까지가 기억의 끝이라 생각했건만 뒤로 계속해서 끊이지 않고 그가 모르는 장면들까지 스쳐 지나갔다. 힘들어하는 소년, 그 소년은 바로 자신의 모습? 원판이다!

새로운 인생을 살았던 그 모든 상념들이 끝나고 난 뒤에는 그 이전에 알지 못했던 원판 민제후가 겪은 힘들었던 일들, 괴로웠던 일들, 아프고 쓰라렸던 세월이 스쳐 지나가기 시작한다. 마치 역류되어 있던 댐이 터지듯. 원판의 아픔과 슬픔, 기억들이…….

세상에서 소리가 아주 사라진 건 아닐까?

시간이 아주 천천히 돌아가는 것이 아닐까?

그 엄청난 지난 시간들을 하나하나 스치며 보았는데도 민제후의 몸은 아직 천천히 바닥을 향해 추락하는 중이었다. 세상은 진공 상태. 모든 일들이 아주 천천히 슬로 모션이 돌아가는 것처럼 보여진다. 그리고 아무것도 느낄 수가 없다.

한데 그때!

“민제후, 이 개.새.끼.야!!”

신동민의 악다구니와 함께 온갖 시끄러운 소음과 소리들이 한꺼번에 되살아나 세상에 다시 나타났다. 그리고 민제후의 몸뚱어리가 그 순간 매우 빠르게 낙하하며 쫘악— 하고 미끄러지는 소리를 내면서 진창에 곤두박질쳤다. 누워서 바라보는 하늘은 눈물을 흘리는 회색 빛 슬픔.

어깨 아랫부분이 화끈한 게 온몸으로 통증이 퍼져 나갔다.

“콜록 콜록콜록……!!”

쫘아아아아—

삐요삐요삐요—

폭우가 퍼붓는 시끄러운 빗소리. 멀지 않은 곳에서부터 점차 더욱 가깝게 들려오는 요란한 경찰의 사이렌 소리. 앰뷸런스. 그리고 사람들이 모이는 부산한 소음들.

무(無)의 세상에서 온갖 시끄럽고 혼탁한 소음이 눈 깜짝할 순간에 가득 찼다.

“너, 죽고 싶어? 정말로 죽고 싶냐고?!”

“…….”

바닥에 곤두박질쳐 뒹굴자 다음 순간 신동민이 넋이 나간 민제후의 멱살을 붙잡고 흔들었다.

그는 주체를 못할 만큼 화가 났다. 신동민이 민제후를 발견했을 땐 현성우가 도망치면서 제후에게 총을 겨누는 순간이었다. 그리고 그때 똑똑히 보았다. 현성우가 자신을 향해 총을 겨누고 있는 걸 보았는데도 그저 조용히 눈을 감는 친구를. 그가 필사적으로 제후를 밀치고 넘어지지 않았으면 그 총알은 어깨 밑이 아니라 분명 심장을 관통했을 것이다.

"지랄하지 마, 자식아! 왜 멍청히 서 있어! 왜 안 피해! 왜 안 도망 가!! 네가 죽겠다고 하면 내가 '오냐, 잘 선택했다. 잘 가라' 라고 할 줄 알았냐? 네가 죽겠다고 한다고 내가 눈앞에서 뒈지게 얌전히 둘 줄 알았냐고, 새끼야! 엉!! 말해! 대답해 봐!"

"……."

말은 그렇게 거칠게 했지만 민제후의 멱살을 잡고 있는 동민은 눈물 을 하염없이 쏟고 있었다. 제후 녀석의 상태가 이상한 걸 눈치 챘지만 방법이 없었다. 빨리 경찰과 구급대가 오기를 바랄 뿐.

소년이 빗물에 눈물을 감추며 넋이 나간 친구를 끌어안고 오열했다.

"멍청한 자식… 빌어먹을 자식… 평소엔 되지도 않는 헛소리 늘어 놓으며 혼자서 잘난 척 있는 대로 다 하던 게 왜 말이 없어… 나쁜 자 식… 빌어먹을 새끼……."

"……."

"이러지 마… 이러지 마라. 예지는 괜찮아… 괜찮을 거야. 김 비서 님이 보고 계셔. 괜찮을 거야. 그리고 너도 죽게 내버려 두지 않 아……. 일부러 총 맞으려고 얌전히 서 있는 짓이 아니라 설사 네 스스 로 네 머리통에 총알을 쑤셔 박는 저능아 짓을 한다 해도… 절대로… 절대로… 우린 널 포기하지 않아… 친구를 포기하지 않아… 그거 알 아, 너?"

"……."

여전히 대답없이 혼이 빠져나간 플라스틱 인형 같은 몸.

눈을 뜨고는 있지만 그 유리알 같은 눈동자에는 생기가 빠져나가고 없다.

“하긴 네놈의 자식이 알긴 뭘 알겠어. 죽고 싶어 환장한 놈인데. 얼마나 죽으려고 용을 쓰는 자식인데… 나쁜 놈. 킥, 킥킥…….”

신동민이 잡고 있던 멱살을 놓고 대신에 그 소년을 꼭 끌어안았다. 비를 그대로 맞고 있는데 피까지 많이 흘려서인지 친구가 부들부들 떤다.

지금까지는 민제후가 자신들을 지켜줬다. 다른 사람들 눈에는 그렇게 보이지 않았겠지만, 아니, 그 반대로 보였겠지만 정말 사실은 지금까지 민제후라는 존재가 초전박살 아이들의 마음을 지켜주고 있었다. 그의 밝음과 따뜻함, 유쾌함, 신뢰와 믿음으로써 그들의 의지가 되어주고 버팀목이 되어주었던 소년. 생각해 보면 1년도 안 되는 시간이었는데 어느 순간 그들에게 없어선 안 될 존재가 되어 그들을 지켜왔던 제후였다.

하지만 이젠 자신들이 그 존재를 지켜줘야 할 때가 되었다.

그의 마음이 이 세상을 떠나지 않기를…….

“…아니… 야…….”

신동민이 구급대를 기다리며 이를 악물고 뚜렷하지 않은 대상을 향해 눈을 부릅뜨고 있을 그때, 그의 귓가에 들려온 가냘픈 목소리.

“제, 제후야?”

“아니야, 신동민… 나 죽고 싶지 않았어. 사실은 살고 싶었어.”

인형에게서 녹음된 멜로디가 흘러나오듯 스며 나오는 민제후의 목소리. 비록 희미하긴 하지만 그것은 예전의 황당무계하고 장난기 가득한 밝은 민제후의 목소리였다!

“정말은… 살고 싶어. 살고 싶었어. 죽고 싶지 않아. 정말 죽고 싶지 않아, 흐흐흑… 난 살고 싶었어. 나쁜 걸까?”

민제후는 마침내 자신의 몸을 완전히 되찾으며 그동안 보지 않으려고 노력했던 상처들을 똑똑히 보았다.

경덕이 되어 배신당하는 장면이 펼쳐진다. 조직에서 축출당해 폐인이 된 자신이 부랑아가 되어 거리를 헤맨다.

원판 민제후가 되어 왕따를 당한다. 친인척들에게 천하다고, 멍청하다고 손가락질받으며 모욕과 치욕 속에 눈물을 쏟는 자신의 나약함에 한 번 더 절망한다. 스스로가 혐오스럽다. 손목도 그어본다. 약도 먹어본다.

"죽고 싶다고 했지만 사실이 아니었어. 너무나 살고 싶어서 그랬어. 죽고 싶지 않아서 죽고 싶다고 생각했어. 구원받고 싶었어. 나도 남들처럼 살아보고 싶었어. 그래서 기도했어. 죽고 싶지 않아… 나에게 기회를 줘… 제발! 나도, 나도 살고 싶어! 너무나 살고 싶어… 그리고 지금도……."

원판이 약을 먹고 죽어갔다.

경덕이 차에 치여 죽었다.

하지만 그 둘 모두 죽어가는 순간 간절히 기도했다.

정말은 살고 싶었습니다. 저도 이렇게 살고 싶진 않았습니다. 하지만 이젠 지쳤습니다. 무엇이 옳은 것인지, 무엇이 정의인지 이제 전 그것을 알 수 없습니다. 만약, 만약 다음 생에 다시 한 번 기회가 주어진다면…….

민제후의 멍한 눈동자가 급격히 동요한다.

"…살.고. 싶.어."

크아아악— 안 돼! 저리 꺼져!! 이 몸은 이제 내 거야!!

'사라지는 건 내가 아니야! 사라지는 건 너야! 말도 안 돼! 네가 사라져 버려야 하잖아!!'

난 절대 사라지지 않아!

하나의 몸을 두고 두 개의 자아가 충돌을 일으켰다. 하지만 이것은 힘에 의해서가 아니라 삶에 대한 애착이 강한 자가 승리하는 싸움.
그러나 싸움에서 진 검은 자아는 자신의 존재성까지 잃고 그 억울함이 사무치고 사무쳐 어둠 속으로 끌려 들어가면서 그를 붙잡았다.

가더라도 혼자 가진 않아—!!

"헉—!!"
민제후의 몸이 순간 튕겨져 오르며 발작적으로 몸을 뒤틀었다. 저 앞에 경찰과 구급대가 들어오는 것이 보이는데…
동민은 심장이 덜컹 내려앉았다.
"미, 민제후?! 왜, 왜 그래? 야… 야? …야!! 빌어먹을! 버텨, 민제후! 조금만 더 버텨! 구급대가 곧 도착한단 말야! 정신 차려, 이 바보야!"
검은 자아의 마지막 발악. 정신을 차려가는 민제후의 뇌리에 검은 자아의 깨지는 듯한 음파가 꿰뚫고 지나갔다. 그리고 금빛 머리칼의 소년의 눈동자는 그 순간 동공이 커지며 빈집처럼 갑자기 텅 비어버렸다.
신동민의 비명 소리가 시끄러운 빗소리 속에 다급하게 울렸다.
"눈 떠, 민제후!!"

그 순간, 경찰과 구급대가 도착했다.

＊　　　＊　　　＊

《뉴스 속보입니다.

서울지검 마약 수사부와 강력부는 금일 저녁 거대 폭력 조직 해성파 일당을 폐공단에 가건물 공장을 사들인 뒤 비밀리에 다량의 히로뽕을 제조한 혐의로 일제히 검거했다고 밝혔습니다. 오늘 작전은 오랜 시간 준비해 온 만큼 검찰과 경찰의 긴밀한 작전에 따라 모두 순조롭게 진행되었으며 해성파 일당 모두를 마약류 관리법 위반 및 향정신성 의약품관리법 위반 등의 혐의로 구속·기소하였고, 판매·운반책 김 모 씨를 포함한 외부인 스무 명은 불구속 기소됐습니다.

검찰 관계자는 '히로뽕 제조 공장이 1990년대 초 대부분이 적발돼 제조 기술자들이 중국 등 해외로 진출, 제조 공장을 차린 뒤 완제품을 밀반입해 오는 사례가 많았으나 최근 중국 마약 당국과 한국의 공조 수사로 밀수입이 어려워지자 이들이 다시 국내 제조에 나선 것'이라고 설명하며 이번에 적발된 히로뽕은 새로 개발된 신종으로서 기존의 것보다 환각 작용이 3배 이상 강력하고 금단 현상 또한 지독해 악질 중의 악질이라고 평한 바 있습니다.

해성파는 중국계 마피아와 일본 야쿠자와도 손을 잡으려고 준비해 왔던 만큼 거대 조직으로서 해성유통이라는 자사를 설립, 사회 속에 깊이 침투해 있었으며 회사를 통해 조직을 더욱 정비하고 키워왔던 것으로 밝혀져 우리 사회에 충격을 던져 주고 있습니다. 또한 검찰은 현장에서 완제품 10kg과 반제품 6kg, 제조 기구와 약품 등을 압수하는 한편 해성유통의 사장이자 해성파 보스인 현성우 씨에 대해 수배를 내려 놓고 그가 가지고 도망친 신종 히로뽕과 신종 마약 제조에 관한 극비 서류를 찾기 위해 검문 검색을 강화했습니다.

해성유통 현성우 사장이 가지고 도망친 이 신종 히로뽕은 38만 명이 투약할 수 있는 분량으로 금액으로 환산하면 300억 원 대에 이른다고 검찰은 밝히고 있으며…….》

텔레비전, 라디오 뉴스에서 일제히 대규모 마약 사건에 관한 속보를 전하고 있었다. 더구나 그 마약을 다루다 잡힌 조직이 해성유통이라는 회사를 등에 업고 합법적으로 활개 치고 다녔다는 사실과 조직 폭력배 이며 마약 사범이 한 기업의 경영자였다는 사실은 사회에 충격을 던져 주고 있었다. 이곳 병원 대합실에서도 환자복을 입은 사람들과 간병을 하던 보호자들도 그 뉴스에 귀를 기울이고 있었다.

"어떻습니까, 박사님?"

의사들이 나오자 연락을 받고 병원에 나온 제후와 예지의 부모님들 과 친구들, 가까운 사람들이 일제히 일어서서 의사의 말을 초조하게 기 다렸다.

"네, 한예지 양은 크게 걱정하실 필요 없습니다. 총알은 살짝 스친 것뿐이고, 정신을 잃었던 것은 약한 몸으로 과도한 스트레스와 비를 맞 은 탓에 총을 맞았다는 사실로 쇼크를 조금 일으켰던 것 같습니다. 의 식도 조금 전에 깨어났고 지금은 잠들었습니다. 그런데 문제는……."

예지가 별 이상이 없다고 하니 한예지의 부모님을 포함해 다들 한시 름 놓았다. 하지만 모두 괜찮다고 말하길 기대했던 그들은 다음 순간 의사의 '그런데' 라는 단어에 바짝 긴장할 수밖에 없었다.

"우리 제후한테 무슨 문제가 있는 건가요, 선생님?"

민제후의 어머니 장혜영 씨가 초조한 얼굴로 불안하게 물어보자 의사가 안경을 올려 쓰며 고개를 숙였다.

"죄송합니다. 총알이 심장을 빗겨가긴 했지만 출혈이 컸고 아직 의식이 없어서……. 그리고 무엇보다도 외부 자극에 반응을 보이지 않습니다. 뇌파도 비정상적이고. 가장 큰 문제는 역시 빨리 의식을 회복해야 하는 일인데, 이런 경우는 저희도 처음 보는지라 지금 상태로선 뭐라고 말씀드릴 수가 없군요. 어쩌면 영영 깨어나지 못할 수도… 정말 죄송합니다."

깨어나려면 당장이라도 일어날 수 있지만 영영 못 깨어날 가능성도 있다. 의사의 진단은 한마디로 이런 것이었다.

"아……."

"여보!"

"아가씨!"

그러자 그 말이 끝남과 동시에 정신을 잃어버리는 장혜영 씨.

얼마 전 민제후가 정신병동에 들어가 있는 동안에도 꿋꿋하게 이겨내시더니 이번에는 결국 정신을 놓으셨다.

문을 열고 들어가니 민제후가 병실 한쪽에서 산소 호흡기를 달고 삑삑 울리는 기계들 사이에 고요하게 누워 있는 것이 보였다. 제후의 몸은 지금 주인이 없는 빈집과 같은 상태. 그런데 평생 저 상태로 살아갈 수도 있다니.

그 소년을 알고 지낸 가까운 사람들은 청천벽력 같은 의사의 진단에 모두 망연자실해졌다.

                    *   *   *

정신이 들어보니 난 어두운 곳에 갇혀 있었다. 밖으로 나가야겠다는 생각을 잠시 했지만 곧 왜 굳이 나가야 할까라는 생각이 들었다. 그래서 주저앉아 생각에 빠졌다. 이것저것 생각에 빠져 헤매 다니다 보니 지금의 나와 예전의 나, 사람들, 친구들, 인연과 악연에 대해 생각하게 되었다. 그때 든 생각.

나는 왜 복수하고 싶다고 생각했지?

어차피 인간은 죽잖아. 그것이 조금 더 빠르고 늦고의 차이일 뿐 모두 죽잖아.

모두 언젠간 죽어서 불에 타 연기로 화해 하늘로 오르거나 땅에 묻혀 더러운 육신이라도 대지에 스며들어 풀과 나무의 양분이 되는 도움을 주고, 작은 벌레들에게 그 기운을 나눠 주며 그렇게… 그렇게… 사라져 가는 것이잖아.

그런데 난 왜 복수를 원했지?

내 마음속의 검은 자아에 유혹당했다고 하는 건 변명밖에 안 돼.

그들이 상처받길 원했던 것일까? 마지막이야 어쨌든 한때나마 내가 사랑하고 아꼈던 이들.

그런 그들에게 주어진 시간을 박탈하고 좌절감을 안겨주고 상처 입혀 내가 행복해질 수 있다고 생각했던 것일까?

모르겠다. 정말 모르겠어.

모든 진실을 알았다고 생각한 순간, 그냥 분노로 가슴이 터질 것 같았어.

바보처럼 나 혼자만 모르고 기만당했다고 생각한 순간, 증오로 온몸이 타오를 것만 같았어.

그래서 그냥 있을 순 없었어.

하지만… 지금의 난 전혀 행복하지 않다.

내 소원대로 복수를 했지만 전혀 행복하지가 않아. 아니, 오히려 너무 가슴이 아파.

너무 아프고 아파서 가슴이 저려.

…눈물이 나.

'이건 결코 내가 원했던 것이 아니야.'

*　　　　*　　　　*

의식이 없는 금갈색 머리칼의 단정한 소년.

차라리 예전처럼 제정신이 아니더라도 깨어 있으면 치료 방법이라도 찾겠건만 며칠이 지나도 의식이 없자 사람들은 애가 탔다. 방법이 없는 것이다. 그저 깨어나길 기도하며 기다릴 수밖에.

의료진들의 이야기는 분분했다.

깨어 있는 것 같은데 깨어 있지 않은 상태. 눈동자에 초점이 없고 외부 자극에 지극히 무(無)반응. 완전히 자아가 닫힌 상태. 마음을 완전히 닫아걸고 먼 세계로 여행을 간 상태라고.

정신과적인 치료가 필요하지만 이 정도로 외부 자극에 반응이 없다면 어떻게 해야 할지 막막하다고. 이런 경우는 처음 본다고 당황해하는 의료진들.

그 말에 사고난 다음날 깨어난 한예지가 의식이 없는 민제후에게 달려가 울며불며 때려서 사람들이 그 소녀를 떼어놓기 위해 안간힘을 써야 했다. 그래서 친구들은 또 한 번 가슴이 무너졌다.

"마음을 다쳤습니다."

한적한 어느 오후, 유세진이 혼자 조용히 제후의 병실로 찾아와 의식이 없는 민제후에게 말을 걸었다.

"제후 군은 지금 마음을 심하게 다쳤어요. 예전 상처가 벌어지고 곪아서 터진 데다가 새로운 상처까지 겹쳤죠. 아플 거라는 거 압니다. 무서울 겁니다. 하지만 용기를 내세요. 너무 많은 사람들이 기다리고 있지 않습니까."

병실의 가습기에서 쏟아지는 하얀 증기가 투명해지며 공기 중에 녹아들어 가는 것처럼 세진의 목소리도 투명하게 녹아들어 간다.

"예전에 피아노 전공 연구 발표회 기억나십니까? 그때 당신은 강제경 군과 최고의 멋진 대결을 펼쳤었죠. 전 발표회는 직접 보진 못했지만 그 승부를 위해 달려가는 당신의 뒷모습을 보면서 이렇게 말했었습니다. 『당신이 언젠가 자신에게서 해방되기를. 스스로를 해방시킬 수 있는 힘을 얻게 되길. 그리고』……."

유세진의 얼굴에 엷은 미소가 천진난만하게 떠오른다.

"『그날이 당신이 가장 힘들 때 지표가 되는 희망이 되기를…』이라고."

제후 군이 들을 수 있다면…

"생각해 내시기 바랍니다. 당신은 그때 삶을 무엇이라고 정의했었는지."

아직 완전히 여길 떠나 버린 게 아니라면…

"당신이 사랑하는 사람들을 기억하십시오. 당신이 돌아오길 바라는 사람들이 너무나 많습니다. 당신이 지켜야 할 것들을 생각하십시오. 당신이 있어야 할 자리는 그곳이 아닙니다. 그리고… 병원이라면 이제 지겹지도 않습니까? 후후후.”

‘빨리 돌아오시길.’

유세진이 가볍게 목례를 하고 안경을 올려 쓰며 단정하게 병실을 걸어나갔다.

그리고 그 검푸른빛 머리의 소년이 밖으로 나가고 한참 뒤, 비록 아무도 보지 못했지만 민제후의 손가락이 꿈틀 움직였다.

‘여긴 어디……?

나는 어둠 속을 헤매 다니다 어느 순간 누군가를 발견했다. 나와 마주 보고 있는 아이. 두 명의 민제후가 마주 보고 있었다.

이것은 예전에 꿈속에서 봤던 것과 같은 장면이다. 그러나 그때의 꿈과 달라진 게 있다면 그때와는 정반대로 따뜻한 느낌을 느낀다는 것이었다.

“넌…….”

그 순간 음악 소리가 들려왔다.

‘내 기억들인가?

어두운 주변으로 마치 홀로그램 영상이 보여지는 것처럼 지금은 외국 유학 중인 제경이와 맞붙었던 연주 발표회의 장면이 보여졌다. 나의 연주, 제경의 연주, 음악 소리… 피아노 소리…….

제경이가 그 기억의 영상 속에서 환상적인 무대를 선사하고 있다. 제경이 말한다. ‘내 삶은 자유!’ 라고 부르짖는 파격적이고 즐겁고 환상적인 제경, 아니, 제이의 피아노 소리가 나를 감싼다.

기분이 너무 좋아져서 생각했다.

그때 난 뭐였지?

난 내 삶은 뭐라고 했었지?

"내 삶은……."

생각날 듯 말 듯. 내 삶은…

"…마법."

충동적으로 내뱉은 그 단어가 갑자기 내 가슴을 풍요롭게 한다.

그리고 곧 제이의 피아노 무대가 스르르 녹아들듯 어둠 속으로 사라지고 다음 순간 연결되어 공간을 울리며 깜짝 놀랄 정도로 큰 소리의 피아노 연주곡이 들려오기 시작했다. 젊음으로 열정적이고 희망으로 반짝반짝 빛나며, 무서움 속에 더욱 가치있는 용기, 축복과 사랑, 미래……!!

그 곡은 바로 내가 발표회 때 나의 모든 걸 걸고 선보였던 기적의 피아노!

그래, 이제 알았다!

"내 삶은 '마법' 이다."

그때였다.

파앗!

암흑뿐이던 세상이 깨어졌다.

눈앞이 트였다.

그것의 진정한 뜻이 무엇인지 이제야 눈을 떴다. 살아 있기에 감사하고, 살아 있기에 가능하고, 살아 있기에 상처받고, 살아 있기에 용서할 수 있다.

그제야 난 눈앞에 두려움과 적대감의 대상이었던 또 다른 검은 '내'

가 제대로 보였다. 그는 처음부터 마주 보고 있던 또 다른 민제후였다. 처음부터 먹고 먹히는 관계가 아니었다. 저것도 나, 여기 서 있는 나도 바로 나.

전 같으면 이해하지 못할 그런 진실들이 내게 가까이 다가들고 마침내는 내 영혼으로 스며들었다. 오랜 가뭄에 바싹 마른 땅에 흔적도 없이 스며드는 단비처럼.

원판의 기억들이 작고 작은 별 조각 유성우처럼 쏟아져 들어왔다. 그것은 마치 SF 영화 속에서 우주선이 광속으로 항해할 때 많은 별들이 수많은 선을 이루어 찬란히 내 안으로 떨어져 내리는 것과 같은 느낌. 원판 민제후의 아픔과 슬픔, 고통과 외로움, 고독과 처연함이 느껴졌다. 그리고 비로소 박경덕으로서의 전생의 기억과 원판 민제후로서의 전생의 기억이 합쳐져 현생의 기억과 맞물려 일체를 이룬다.

그래서 알았다.

'난 처음부터 민제후였을지도 모른다.'

하지만 지금에 와서 그것이 중요할까? 이 육체가 원래부터 내 것일지도 모른다는 것이 충격이 될까?

곧 '아니, 중요하지 않아' 라고 대답하는 내 자신.

미소 지으며 난 또 하나의 나로 다가간다. 내가 민제후가 된 박경덕이든, 박경덕의 기억을 가진 원판 민제후든, 또는 이도 저도 아닌, 처음부터 박경덕과 원판 민제후가 하나의 영혼이었든 이제 그것은 중요하지 않았다.

나는 나일 뿐.

그 두 소년이 가까이 다가가 서로의 상처를 품어주듯 서로를 꼭 안아주었다.

'그래, 이제야 내 상처를 스스로 내 품에 품을 수 있어. 됐어.'

서로의 어두운 면을 인정하니 어둠의 자아가 사라졌다. 아니, 내가 사라졌을지도 몰랐다. 빛과 어둠으로 나누어놓았던 건 우스운 일이었다. 둘 다 민제후였고 둘 다 '나'였으니까. 그럼에도 서로 자신을 잃어버릴까 봐 겁을 냈었다는 사실이 우습다.

드디어 민제후가 하나가 되었다.

"이제 됐어."

사방이 새하얗게 빛나는 따뜻한 공간에 내가 사랑하는 사람들의 얼굴이 떠올랐다. 행복한 미소 속에 사랑하는 사람들의 모습이 온 세상에 가득했다.

한밤중, 한예지의 병실.

예지는 상처가 깊지 않아 곧 퇴원을 해도 됐지만 예지의 부모님이 이번 기회에 병원에서 검사도 받고 천천히 퇴원하자고 해서 할 수 없이 아직까지 병원에 남아 있었다. 그리고 병원에 있는 동안 제후의 상태가 어떤지 쉽게 들여다볼 수 있어서 지루한 병원이지만 퇴원을 미룬 것에 별 불만이 없는 그녀였다.

그런데 그 소녀가 잠든 한밤중. 그 병실로 사람의 그림자 하나가 조심조심 들어섰다.

불빛이라곤 창밖에서 흘러 들어오는 밤거리의 희미한 가로등과 달빛이 전부라 병실 안이 칠흑같이 어둡지는 않아도 사람 얼굴을 알아볼 수 있을 정도는 아니었다.

"……."

그 사람이 예지가 잠들어 있는 침대가로 다가가 한동안 말없이 내려다보았다.

소녀는 책을 보다 그대로 잠들었는지 손에 아직 책을 쥐고 있다. 그 정체를 알 수 없는 사람은 한예지의 그런 모습에 살짝 미소를 흘리며 그녀의 손에서 책을 빼내 잘 덮어서 침대 옆 테이블 위에 올려놓는다. 그리고 누워 있는 그녀의 긴 머리칼을 손가락으로 넘겨주며 그녀의 이마에 고개 숙여 살짝 입 맞췄다.

신부의 베일처럼 수줍게 비추는 은은한 달빛.

그 사람의 그림자는 그 속에서 한동안 예지의 얼굴을 쳐다보다가 밖으로 사라졌다.

뭔가 급한 일이 있는지 일제히 어디론가 뛰어가는 사람들의 발자국 소리.

벌컥!

숨을 헐떡이며 문을 열고 들어선 것은 민제후의 측근들과 친구들이다. 면회 때문에 병원에 왔다가 허둥대는 간호사에게서 민제후가 밤새 감쪽같이 사라졌다는 소식을 듣고 들고 왔던 꽃과 과일 등은 전부 팽개치고 달려온 것이었다. 병실문을 열면서 제후의 이름을 부르지 않은 것은 정말로 간호사들의 말처럼 그가 없기를 바라는 마음에서였다. 병실에 없다는 건 깨어났다는 뜻이니까.

"깨어났구나… 깨어났어… 잘됐어……."

숨을 헐떡이며 도착한 병실엔 진짜로 텅 빈 침대와 그 위에 벗어놓은 환자복뿐이었다.

아이들은 기뻐서 어쩔 줄 몰랐다. 비록 어디로 갔는지 민제후의 행방은 묘연하지만 어쨌든 깨어났으니까. 그런데 왜 이렇게 눈물이 나는

지…….

 너무 기쁘고 감격하면 웃음 대신 눈물이 나나 보다. 너무 이상한 법칙이다. 너무 기쁘면 웃음보다 눈물이라니.

 "짜식! 결국 그렇게 털고 일어날 거였으면서. 큽!"

 문승현의 코맹맹한 말에 동민과 예지가 눈물이 괴인 얼굴로 깔깔대며 웃었다. 세진은 문밖에서 묘한 웃음을 지었고, 김 비서는 저택으로 전화해 제후의 부모님께 그 기쁜 소식을 알리느라 정신이 없었다.

제5장 풀어지는 매듭과 또 다른 새로운 매듭

"왜? 언니가 말을 안 들어?"

기억을 재생하는 회색 빛 필름 속에 들어 있는 이 여자는… 윤혜서?

"어려운 일이면 내가 좀 도와줄까, 성우 씨? 응?"

아니, 아니다. 이 여자는 윤.혜.리.
윤혜리였다.
혜서는 끝까지 경덕 형님을 배신하지 않았다. 그녀는 함께 팔려온
자신의 쌍둥이 동생 몫까지 사창가에서 일했던 영혼이 순결한 여자.
그리고 이 똑같은 얼굴의 여자는 그녀가 그곳에서 빠져나오고도 뒤늦
게 되찾아오고자 했던 동생 윤혜리. 하지만 외모는 똑같을지 몰라도

영혼이 다른 두 여인.

어쨌든 혜리는 여러 가지 방식으로 나 현성우에게 접근하였고, 경덕 형님과 나와 혜서 사이를 이간질하였고, 나의 어쩔 수 없는 콤플렉스들을 끊임없이 자극시켰다. 윤혜리는 마지막엔 나의 환심을 사기 위해 윤혜서 흉내까지 내며 경덕 형님에게 접근하여 그의 재산이나 귀중한 정보 등을 아낌없이 긁어모아 내게 제공, 결국 박경덕을 제거할 현성우의 반기에 결정적인 역할을 하였다.

그러나 내 마음의 대부분을 빼앗아 가버린 여인은 그런 그것을 거부했었다. 모든 일이 다 잘되어가는데 그녀는 그런 자신을 비난하고 야단치며 돌아올 것을 종용하였다. 하나 난 윤혜서가 그러면 그럴수록 그녀가 경덕 형님을 사랑하고 있기 때문에 자신에게 올 수 없는 것이라는 확신만 더 강해질 뿐이었다.

난 혜서에게 무릎까지 꿇고 사랑을 애걸했었다. 자존심이고 뭐고 결국엔 다 던져 버리고 자신만 봐달라고, 자신만을 안아달라고 애걸했었는데… 그 순간 윤혜서가 했던 말은 제발 우릴 배신하지 마세요?

'우리'?

'우리'라는 단어를 사용할 정도로 박경덕과 윤혜서가 벌써 그렇고 그런 관계라고?

내 눈빛이 한순간에 싸늘해졌었다.

그때 결심했다. 결코 멈추지 않겠다고. 어디 한번 인간이 어디까지 곤두박질칠 수 있는지 해보자고.

그렇게 내 영혼은 윤혜서에게 처절히 거절당한 그날 밤 악마에게 팔아버렸다.

그 후론 의외로 쉬웠다. 실무는 대부분 경덕 형님보다 내가 직접 손을 댔었기에 사업을 빼돌리는 건 식은 죽 먹기보다 더 쉬웠다. 나머진 조직의 힘의 균형 문제였는데, 박경덕이라는 이름은 조직 안에서 꽤 큰 이름으로 자리 잡고 있어 조금 버겁긴 하였다. 하지만 그것도 곧 박경덕의 추종자들과 의리를 내세우는 측근들을 제거하면서 일제히 조용해졌다.

그리고 마지막으로 남은 것은…

"아아아— 죽여 버리겠다, 이 자식!!"

박경덕, 그 인물뿐이었다.

"죽여요? 절요? 네~! 좋습니다! 날 죽이겠다니, 그렇게 되면 정말 유쾌하고 재미있겠군요. 아하하하!!"
"널 내 친동생이라고, 내 아들이라고 생각했건만!"

그러나 그마저도 혜리가 혜서 흉내를 내며 다급한 척 그를 유인했기에 별 어려움 없이 잡을 수 있었다. 간단한 속임수로 경외의 대상이었던 사자를 잡는 기분은 미묘했다.
나쁘진 않았다.

"그. 런. 데. 은혜를 원수로 갚다니, 어떻게 나한테 이럴 수 있느냐… 뭐, 그런 뜻인가요? 역시 순진하시군."
"이 악마 새끼!!"

"이 악마 새끼!!"

머리 속을 울리는 비명 소리…
한적한 숲 속의 별장.
한 남자가 그 별장의 거실에서 얼음이 담긴 글라스에 연신 양주를 채워서 입 안으로 털어 넣고 있었다. '넌 악마 새끼야' 라는 마지막 발악 같은 누군가의 외침이 그의 마음의 상처를 후벼 파고 있었다. 지난 수년 동안 그 상처가 아픈지 썩는지 곪는지 신경조차 쓰지 않던 그였는데. 그런데 이제 와서 그 통증을 뼈에 새기고 있다니…….
"내게 양심이란 게 아직 남아 있었던가? 웃기는군. 훗! 후후후!"
그 남자가 자조하며 다시 한 번 독한 양주를 목구멍에 들이부었다.
현성우였다.
이곳은 그가 숨어 있는 지방 어딘가의 별장.
그의 모습은 경찰의 추적에서 도망치느라 엉망이었다. 부상당한 어깨와 가슴은 임시방편으로 소독약과 외상 연고만을 바른 채 붕대로 친친 감고 있었다. 사실 그 정도의 상처라면 병원에서 수술받고 꿰매야 하지만 경찰에 쫓기고 있는 그가 속 편하게 병원에 입원할 수는 없는 노릇이었으니까. 하지만 큰 부상을 당한 사람이 연신 독한 술을 마신다는 것은 죽고 싶어 발악한다고밖에 설명할 수가 없다.
"이러지 마요, 성우 씨!"
"비켜."
"이러면 상처에도 안 좋은……."
"그 얼굴 저리 치우라고 했지! 꺼져 버려, 이 망할 년아!!"
현성우가 그의 술 마시는 모습에 놀라서 달려온 윤혜리를 자신에게

서 거칠게 떼어놓으며 욕을 퍼부었다.

"그녀와 똑같은 얼굴로 걱정하는 척하지 말란 말이다. 빌어먹을."

혜리를 바라보는 성우의 눈동자가 물기가 가득해져서 노려보았다.

'그녀는 날 걱정하는 저런 표정을 가졌을 리 없으니까. 날 보느니 차라리 손목을 그어버린 무정한 여자니까. 죽어가면서 마지막으로 남긴 유서란 것도 경덕 형님을 저버리지 말라는 것이었지. 하긴 그녀에게 난 자신을 매번 강제로 범하는 끔찍한 남자였으니. 박경덕이 축출되었어도 날 봐주지 않는다고 화가 나 부하들에게 돌아가며 싸구려 창녀보다 못한 취급을 받게 한 치가 떨리도록 증오스런 남자였으니… 당연한 것이던가? 크크크…….'

혜리에게 욕하면서도 그녀의 모습을 어지럽게 그리운 듯 포기하지 못하고 바라보는 성우는 두 눈이 슬픔으로 가득 차 올랐다.

'난 그 두 사람을 철저하게 버렸고 망가뜨렸지만, 그 두 사람은 내 영혼을 철저하게 황폐화시켰다. 질투와 시기심으로 좀먹어가던 나. 악으로 더럽게 얼룩지고 끝을 모르게 타락해 가던 나. 그 두 사람은 죽음이라는 안식으로 도망치며 그렇게, 그나마 내게 남은 악마에게 팔아버린 영혼조차 송두리째 앗아가 버렸다.'

마룻바닥에 출처를 알 수 없는 빗방울이 떨어져 점점이 얼룩이 생겨났다.

'난 혼자 남았다.'

세월이 흘렀음에도, 이제 모든 걸 가졌음에도 사라지지 않는 이 갈증.

"…알았어."

그때 혜리가 그런 현성우의 얼굴을 뚫어지게 쳐다보며 고집스럽게 화난 얼굴을 돌리지 않았다.

"당신은 항상 그랬지. 내가 무슨 짓을 해도 당신은 날 봐주지 않아. 내가 당신의 관심을 끌기 위해 윤혜서 이름을 쓰며 윤혜서인 척 행세를 하고 다녀도 당신은 내게서 윤혜서를 찾지 않았지. 나와 섹스할 때조차 당신 머리 속은 항상 다른 생각뿐이었어! 당신은 언제나 언니, 언니, 언니! 항상 혜서 언니!!"

곧 그녀는 그에게 달려와 앉아 있는 현성우의 앞에 무너지듯 무릎을 꿇었다. 그리고 애원한다. 그 어느 때보다도 진심을 담아.

그도 자신의 언니에게 이런 적이 있으니 자신의 마음도 헤아려 달라고.

"당신 이러지 마. 어째서야? 혜서 언니보다 늦게 날 만나서야? 그래서야? 날 봐. 날 보란 말이야. 내 어디가 윤혜서와 달라? 똑같잖아! 눈, 코, 입, 키와 몸매까지 똑같잖아! 그리고 지금껏 봐왔잖아! 박경덕을 제거할 때조차도! 난 달라. 난 윤혜서와 달리 당신의 야망과 욕망을 위해 모든 걸 할 수 있었어!! 당신이 악마가 되면 난 마녀가 돼서 그 옆을 지켜왔어!! 당신이 지옥에 떨어지면 그곳까지 웃으며 쫓아갔어! 그런데 왜 날 봐주지 않는 거지?"

혜리가 아무리 아프게 소리쳐도 반응이 없다.

현성우는 외면한다.

"당신이 윤혜서보다 윤혜리를 먼저 만났다면 우리 조금은… 달라졌을까?"

그 독하고 악랄한 윤혜리라고 상상이 되지 않을 정도로 처연하고 애달픈 얼굴. 그러나 성우는 결국 그녀에게서 고개를 돌렸다.

"…나가. 보기 싫어."

그러자 창백해진 혜리의 얼굴. 하나 다음 순간 다시 독해진 표정으로 천천히 일어섰다.

"흥! 좋아. 하지만 난 윤혜서와 달라. 난 언니처럼 울지도 않을 거고 어떤 절망에 빠지더라도 스스로 손목은 긋지 않아. 난 당신을 절대 놓지 않아. 두고 봐."

그녀가 거실을 나가다 잠시 돌아보며 뭐라고 말하려 하는 듯했지만 차마 입이 안 떨어지나 보다. 그녀의 시선이 현성우 앞에 놓인 술병에 끈질기게 머물며 하려던 말, '술… 너무 많이 마시진 마' 라는 그 말을 누구나 그녀의 눈동자에서 읽을 수 있었지만 현성우는 지금 그녀를 철저히 외면하고 있기에 그것조차 깨닫지 못하고 있었다.

달칵!

혜리가 나갔다.

"큭! 여기가 내 밑바닥인가?"

윤혜리가 밖으로 나가고 별장이 다시 적막감에 휩싸이자 현성우는 이번엔 민제후란 소년이 떠올랐다.

자신이 박경덕이라고 말했던 그 소년.

믿을 수 없다. 그런 일… 가능할 리가 없다. 하지만…

죽은 경덕 형님이 자신을 원망하며 그 영혼이 이승을 뜨지 못할 것이라고 생각이 되기는 한다. 배신자에 대한, 사랑하는 여자의 원수로서 증오하고 증오하다 피눈물을 흘리며 세상을 떠났겠지.

피를 많이 흘렸음인가.

성우가 다시 타는 듯한 갈증을 못 참고 손 안에 쥔 위스키를 한 번에 목구멍으로 털어 넣었다.

손 안에 위스키 잔을 들고.

크리스털 잔에 부딪치는 얼음 소리가 맑다.

"네, 형님… 용서하지 마십시오… 절대로. 제가 죽어도 절대… 용서하지 마세요."

일그러진 얼굴의 현성우가 어둠 속에 물들어간다.

"절 용서하면……."

현성우는 덜덜 떨리는 손을 자신이 가지고 도망친 신종 액체 마약으로 뻗으며 중얼거렸다.

"제가 당신을 용서하지 않을 거니까."

*　　　*　　　*

"이봐, 어떻게 됐어?! 해성파 두목 도주 경로 말이야, 찾았어?"

"곧 찾을 것 같습니다. 부상을 당한 데다가 물건도 옮겨야 하기 때문에 멀리는 못 갔을 겁니다."

국내 최대 마약 사범인 해성파에 대한 수사가 치열한 경찰서는 지금 그 문제로 정신없이 바빴다. 그 일은 검찰에서도 혈안이 되어 덤벼들고 있는 문제라서 하루라도 빨리 해성파 두목 현성우를 잡아들이고 그가 가지고 도망친 신종 액체 히로뽕도 하루 속히 수거해야 했다. 부피는 작지만 자그마치 38만 명에게 투여할 수 있는 어마어마한 분량의 마약. 소매가로 환산하면 300억 원이 넘는 그것이 전국에 풀리면 안 되었다. 그리고 가장 중요한 것은 그 신종 마약 제조법.

"빨리빨리 찾아!! 벌써 며칠째야! 이러다 해외로 튀면 더 대책없어지는 거 몰라?"

마약계 김 반장은 '만약 현성우를 못 잡는다면'의 '만약'을 자꾸 생

각하다가 등골이 오싹해지는 것을 느끼고 더욱 이마에 핏대를 올리며
대책본부 수사계와 형사들을 닦달했다. 그런 쓰레기들은 사회에서 싹
쓸어다가 저 먼 태평양 바다 한가운데에 가서 탁탁 버리고 와야 된다
는 게 그의 지론이었다.

빨리 잡아야 한다. 이대로 수사가 미궁에 빠지고 현성우의 상처가
나을 시간적 여유를 허락한다면 걷잡을 수 없는 사태가 벌어질지도 몰
랐다.

그런데 그때,

따르르릉!

"…네, 네, 예엣?! 김 반장님!!"

"뭐야?"

"시민 제보입니다! 서울에서 멀리 떨어지지 않은 산속 별장으로 한
남자가 여자에게 부축받으며 들어가는 것을 봤답니다. 여행을 온 평범
한 연인 사이로 보기엔 남자가 심하게 다친 것 같아 전화했답니다. 그
렇게 다쳤는데도 병원에 갈 생각 않고 별장에서 나올 생각을 안 한다
구요."

"뭐?! 거기가 어디야!"

그 제보 전화를 시작으로 수사에 더욱 활기를 띠었다. 그리고 그 남
녀가 숨어 있다는 별장의 위치를 대강 파악한 순간, 그들은 그들의 이
야기를 엿듣고 살짝 아무도 모르게 빠져나가는 그림자가 있다는 걸 미
처 알아차리지 못했다.

＊　　　＊　　　＊

맑은 공기.

깨끗한 산의 정기와 물의 기운이 충만한 고장이다.

제후는 새벽에 산을 조금씩 오르며 힘들어하기보다 도시에서 느낄 수 없는 그 상쾌함에 몸을 맡기고 마음을 씻어내고 있었다. 엷은 구름 같은 안개가 공기의 흐름을 따라 잔잔히 흘러가는 광경은 그런 민제후의 의도를 이해하는 듯 그의 온몸을 부드럽게 휘돌며 잡념을 가지고 사라진다.

지금 이 소년은 현성우를 만나러 가는 중이었다.

또다시 저번 만남 때처럼 싸우고 상처 입히는 복수를 위해 찾아가는 것이 아니었다. 그리고 그때의 제후는 완전한 그라고도 할 수 없었고.

"아직 멀었나? 이쯤이라고 생각하는데……."

제후가 이마에 송골송골하게 맺힌 땀방울을 손등으로 훔치며 허리를 펴고 주변 풍경을 감상하였다. 산을 오르고 오르다 보니 마침내 평평한 지형이 나타났다. 그런데 그 밑으로 보이는 지형은…….

"호수?!"

그렇다. 민제후가 깜짝 놀란 풍경 밑으로 아직 아침 안개가 아름다운 드넓은 호수가 펼쳐져 있었다. 그 소년이 밟고 있는 땅은 그 호수 입장에서 본다면 절벽 위의 작은 평지라고 보여질 듯하다.

어쨌든 아름다운 장면이었다. 마치 한 폭의 수채화 같은 아름다운 장소.

제후는 맑고 투명한 눈으로 그 아름다움을 순수하게 즐기며 감상했다. 모든 은원을 정리한 그 소년의 영혼. 이제 찌꺼기처럼 남은 오랜 세월 묵은 낡은 매듭을 풀기 위해 이 자리를 찾아왔다. 민제후의 눈빛

은 정말로 그의 앞에 펼쳐진 광대하고 아름다운 호수만큼이나 맑고 평
온하며 담담하다.

"누구야?"

'사람이 있다?!'

제후가 전혀 신경 쓰고 있지 않던 방향에서 사람의 인기척이 들리자
그쪽 방향을 향해 경계를 하며 재빨리 몸을 돌렸다. 그런데…

"성우?"

민제후의 눈에 뜨인 것은 그가 찾아 헤매던 현성우란 이름의 남자.

하지만 그가 기대했던 모습과는 너무 차이가 나는 모습이기에 제후
는 눈을 크게 떴다. 며칠 만에 만난 현성우는 너무나 많이 달라져 있었
다. 그가 입힌 어깨와 가슴 부상은 그렇다 치더라도 까칠까칠하게 돋
아난 수염과 누렇게 떠서 탄력을 잃은 피부도 그렇고, 붕대를 친친 감
은 상체는 입었다고 하기보다 걸쳤다고 하는 게 더 옳은 구겨진 재킷
차림. 게다가 맨발로 밖에 나와 벼랑 위에 아슬아슬하게 서서 손에 있
는 술병을 꼭 쥐고 있었다.

'저 모습은 마치… 절망에 빠져 있던 박경덕의 마지막 모습 같군.'

제후는 돌고 도는 세상일에 서글픔을 느끼며 희미하게 미소 지었다.

한때 세상이 불공평하다고 원망했었지만 지금 이 순간 무서울 정도
로 공평한 세상을 느끼고 쓸쓸함을 느낀다. 사람들은 잘 못 느끼겠지
만 나름대로 공평했었던 것일지도 모른다. 인간은 물질을 전부로 생각
하기에 불공평하게 느끼겠지만 하늘은 물질을 일부로 생각하기에 나름
대로 공평하게 다스림에도 원망을 받는 것일지도 모른다. 제후는 현성
우의 모습을 바라보며 그렇게 생각했다.

"형님? 혹시 경덕 형님이십니까?"

"현성우 씨?"

"드디어 오셨군요, 형님. 큭큭큭큭……."

제후는 자신을 박경덕이라고 부르는 현성우에게 깜짝 놀라 다가서려다 곧 초점없이 몽롱하게 풀린 상대방의 눈동자를 보고 멈칫 멈춰섰다. 지금의 현성우, 결코 정상이 아니었다. 말하고 움직이고 있지만 마치 꿈을 꾸고 있는 듯 풀어져 있는 저 얼굴… 철두철미하고 완벽주의자인 현성우가 겨우 술 몇 병에 사람을 착각하고 헛소리를 할 인간이 아니라는 걸 민제후는 너무나 잘 알았다. 그렇다면 저 모습은 어떻게 된 것인지.

그리고 그때 스쳐 간 생각.

'마약!!'

마약이다. 이번에 해성파에서 사라진 신종 히로뽕. 현성우와 윤혜리가 도주하면서 함께 사라진 그 마약이 틀림없었다.

괴로웠을까?

현성우도 전생의 박경덕만큼 괴로웠던 것일까?

복수를 원했다면 이로써 민제후는 완벽한 복수를 한 셈이었다. 그토록 완벽해 보였던 한 인간을 밑바닥까지 추락시켜 마약에까지 빠져들게 하였으니……. 그렇지만 제후는 지금 결코 통쾌하거나 승리감을 느끼지 못했다. 그런 생각, 진작에 버리고 이 산에 올랐을 뿐 아니라 오늘 그가 이곳에 온 이유는 전생의 모든 매듭을 풀고 새로운 시작을 위해서였는데. 그런데 그 대화 상대가 폐인의 모습으로 자신을 맞았다. 아무리 밉고, 원망스럽고, 증오했던 인물이었어도 그는 한때 자신이 자식처럼, 동생처럼 아끼고 사랑을 쏟아 부었던 귀여운 아이였다.

슬픔이 밀려왔다.

"형님… 난 지금 이 순간에도 후회하지 않습니다. 만약 시간이 되돌려진다 하더라도 난 아마 다시 그럴 겁니다."

"……."

"혜서 씨 때문만은 아니었습니다. 혜리 때문도 아니었습니다. 당신은 날 아껴주었지만 난 숨이 막혔습니다. 당신이라는 거대한 벽에 막혀 앞으로 나갈 수가 없었어요."

민제후를 박경덕이라 착란을 일으키고 있는 현성우는 괴로운지 머리를 부여잡고 얼굴을 일그러뜨렸다.

"그 벽을 부수지 않는 한, 이 현성우는 전진할 수 없었어요. 당신은 내가 갖지 못한 걸 모두 가졌으니까. 누구라도 부러워하는 그 기백과 용기, 의지, 의리, 또 반듯한 정신까지. 당신은 이 더러운 세계에 몸을 담갔어도 언제나 고고했죠. 그런 당신이 자랑스럽기도 했지만 거추장스럽고 방해가 된 것도 사실이고… 훗, 당신을 존경하긴 했지만 최고가 되기 위해서 당신은 제거되어야 했습니다."

"현성우 씨. 혜서를, 아니……."

이제 난 박경덕이 아니니 '혜서' 라고 부를 순 없다.

제후가 가라앉다 못해 쉬어버린 목소리로 물었다. 돌이킬 순 없더라도 진실만은 들어야 했다. 그들의 가슴 아픈 운명과 사랑에 대한 작은 보상의 의미로라도. 그들의 악연 속에 티끌만한 작은 진실이 숨어 있다면 단 한 사람이라도 그것을 알아주어야 한다.

"윤혜서 씨를… 사랑했습니까?"

"아뇨! 그렇지 않습니다!"

그때 발작적으로 튀어나오는 비명 같은 외침.

"그 여잔 날 사랑하지 않았고… 아니, 사랑이 다 뭡니까. 치를 떨며 날 증오했겠죠. 킥킥… 그리고 나도, 나도 그런 여자 조금도 사랑하지 않았습니다! 경덕 형님, 난 그저, 그저… 크흑… 조금 즐겼을 뿐……."

하지만 고통스럽게 일그러진 얼굴.

현성우는 더듬더듬 말하며 힘들어한다. 그에게 윤혜리의 유혹이 다시금 들려오는 듯했다.

"바보 같은 짓 하지 마! 윤혜서는 당신을 좋아하지 않아! 언니는 당신의 그 듬직한 형님을 사랑하지. 그들은 곧 결혼할걸? 난 봤어, 박경덕이 혜서 언니와 뭔가 준비하던 서류를."

"뭐? 당신은 아무것도 몰랐어? 이런, 가엾게도. 무시당하고 있었던 건가, 당신? 호호호. 맞아! 차라리 당신이 보스가 되지 그래? 보스라는 자리, 마음만 먹으면 얼마든지 비정해질 수 있는 당신 같은 남자한테 더 잘 어울려. 최고의 남자가 되는 거야. 어때, 멋지지 않아?"

현성우는 윤혜리의 깔깔거리는 웃음소리가 들려오는 듯했다.

"그때부터 제 삶의 목표가 된 것은 최고의 힘과 최고의 권력이었습니다. 정말입니다. 정말 여자 때문이 아니었습니다. 그것은 그저 하나의 계기. 네, 네! 그 순간부터 숨이 막혀오기 시작했습니다. 당신들을 인정하자, 인정하자, 한때 그렇게 마음속으로 다짐했지만 그럴 수 없었습니다. 난 무엇을 위해… 무엇을 위해서 숨을 쉬는가."

그때 떠오른 저주받을 생각!

박경덕. 저 벽만 깨부순다면, 없애 버린다면 이 갈증, 이 답답증이 사라질지도 모른다!

"하지만 혜리의 유혹에 넘어간 건 분명 제 의지. 혜리를 탓하지 말

아주세요. 그녀도 가엾은 여자입니다.”

몽롱하게 풀린 눈으로 현성우는 박경덕의 망령 앞에 윤혜리를 감싸고 있었다.

모두 불쌍한 아이들…….

현성우가 이젠 모든 것을 체념했다는 듯 생기가 완전히 사라진 목소리로 중얼거렸다.

“이제 인정할게요. 혜서 씨는 언제나 형님을 사랑했죠. 알고 있었습니다. 이걸 인정하기까지 얼마나 힘들었는지…….”

사랑했구나… 윤혜서를 사랑했구나…….

불쌍한 녀석.

제후는 이미 오래전에 지나간 이야기에 안타까움으로 가슴이 미어졌다.

박경덕은 윤혜서를 이성으로서 사랑하지 않았다. 그녀도 현성우와 같은 동생이고 자식이었다. 그리고 경덕은 알았다. 혜서가 성우에게 보통은 넘는 어떤 감정을 가지고 있었음을. 그 당시 아직 사랑은 아니었어도 적어도 현성우에 대해 어떻게 생각하느냐고 물었을 때 윤혜서의 얼굴에 떠오른 홍조만큼 당황스런 어떤 감정이 있다는 걸 알았다.

하지만 혜서는 윤락가에 있었던 자신의 과거 때문에 선뜻 성우에게 다가서지 못하고 선을 긋고 바라보기만 했던 것 같다.

불쌍한 아이들이었다. 그들 사이에 존재한 것은 분명 사랑이었고 우리들을 이어주던 것도 분명 가족이라는 끈이었는데, 결국 그 사랑으로 서로를 해치게 되다니.

어디서부터 어긋난 거지?

어디서부터 잘못된 걸까, 우리들?

누구의 잘못이니?

마약으로 인한 심한 환각 작용에 시달리며 현성우는 그 순간에도 계속 앞뒤가 안 맞는 이야기를 늘어놓고 울고 웃는다. 하지만 반복되는 이야기 속에서도 계속 변하지 않는 말은 그들의 과거.

현성우는 자신에게 말하듯, 다른 사람에게 확인하듯 계속 후회하지 않는다고 중얼거렸다. 그렇지만 그것이 제후에겐 죽도록 후회한다고 들리는 이유는 무엇일까?

후회하지 않습니다.

'후회해요.'

시간이 되돌려진다 해도 제 선택은 변함없을 겁니다.

'시간이 되돌리고 싶을 만큼 후회합니다.'

이대로 죽는다 해도 전 괜찮습니다.

'죽도록 후회합니다.'

당신을 보고 싶지 않았는데.

'보고 싶었어요, 정말로.'

후회하지 않습니다.

'죽도록 후회합니다, 형님…….'

삐요삐요삐요―

그렇게 그들이 전생과 과거 속에 취해 있을 그때, 경찰 사이렌 소리가 별장 주위로 한꺼번에 몰려들었다. 놀란 제후가 고개를 돌리자 멀리 보이는 별장에서 한 여자가 그들을 향해 미친 듯이 뛰어오다 움찔 멈춰 섰다. 윤혜리가 민제후를 발견하고 놀라 멈춘 것이리라.

그 뒤로 경찰들이 달려와 그들로부터 멀지 않은 곳에 자리를 잡고 대치하는 것이 보였다. 총을 든 경찰들. 엄청난 공권력 투입.

하긴 현성우는 해성파라는 거대 마약 제조·밀매 조직의 보스이니 당연한 일.

경찰이 그들을 찾는 건 시간문제라고 생각했었다. 민제후가 찾아낸 그들을 경찰이라도 못 찾아낼 리가 없으니까. 게다가 이 장소에 대한 힌트도 경찰서에서 얻어낸 것이었고.

지금 경찰들이 총을 그들에게 겨누며 다가오지 않는 것은 아마도 제후 때문일 것이다. 경찰이 그들을 향해 인질을 보내라 경고하고 있었다.

'이제 어떻게 해야 하지?

그런데 그때였다.

"킥……."

몇 발자국 앞에 있던 현성우가 아까와는 조금 다른 느낌의 웃음소리를 흘렸다.

"돌아가기엔 난 너무나 먼 길을 왔어. 게다가 나는 이미 옛날에 악마가 되기로 맹세했지. 다음엔 내가 빛을 받을 차례군."

"뭐?!"

그것이 무슨 뜻인지 알아차리기엔 너무 늦었다. 제후가 마지막 말을

듣는 순간 시선을 경찰에게서 뒤에 서 있는 현성우에게로 돌렸지만 그
땐 이미 현성우가 품속에서 희번뜩한 칼을 꺼내 든 후였다. 놀라서 커
진 민제후의 눈동자에 제후의 목을 그어버리겠다는 의지로 살벌하게
다가오는 칼날의 빛이 어렸다. 그리고 그 순간!

타앙!

경찰이 현성우를 겨누고 있던 총의 방아쇠를 당겼다.

제후는 시간이 정지했다고 생각했다.

현성우가 자신의 목을 향해 찌르려던 칼이 천천히 떨어진다.

경찰의 총에 맞고 천천히 뒤로 쓰러져 가는 그가 보인다.

하지만 그제야 겨우 안식을 찾은 듯 평온하게 미소 짓는 현성우의
얼굴…….

제후는 그 모든 일이 너무나 순식간에 일어났기에 정신을 못 차리고
있다가 뒤로 넘어지던 현성우의 모습이 갑자기 사라진 것에 깜짝 놀라
그쪽으로 달려갔다.

"안 돼! 저 밑은 절벽……!!"

풍덩!

"까아!! 성우 씨!!"

윤혜리가 처절하게 비명을 지르며 달려왔지만 절벽 밑의 아름다운
호수는 현성우의 모습을 삼키고 고요하기만 하다.

윤혜리의 눈물로 범벅이 된 얼굴이 제후는 마치 꼭 혜서의 얼굴 같
아 그 자리에 그대로 머물 수 없었다. 그리고 실제로 이대로 가만히 있
으면 나중에 하늘에서 혜서의 원망을 들어야 할 것이다.

"제기랄!!"

"엇! 뭐 하는 거야, 학생!"

"위험해!"

민제후가 구두만 벗어 던지고 경찰들의 외침을 뒤로하고는 현성우의 뒤를 따라 절벽 밑 호수 속으로 다이빙하듯 뛰어내렸다. 재수없이 얕은 데로 떨어져 머리가 깨지지 않기만을 바랄 뿐이다.

풍덩!

하지만 아무도 현성우의 시신을 찾지 못했다. 그 절벽 밑 호수 바닥을 샅샅이 뒤졌지만 경찰은 그의 시신을 찾을 수 없었다. 그것은 몇 날 며칠을 수색해도 역시 마찬가지였다. 경찰은 현성우의 시신이 떠내려갔을 거라고 추측했고, 당시 상황들을 종합해 봤을 때 현성우의 생존 가능성이 거의 없다고 결론짓고는 수사를 종결했다. 비록 해성파 두목의 죽음은 확인할 수 없었지만 이번 사건으로 거대한 국내 폭력 및 마약 조직을 와해시켰으며, 또 엄청난 양의 신종 액체 히로뽕을 퍼지기 전에 압수할 수 있었다는 점에서 큰 성과라고 평가한 경찰과 당국은 그런대로 만족하며 사건을 마무리지었다.

한편, 제후는 그 당시 현성우를 찾기 위해 몇 번이고 호수 속으로 자맥질했지만 아무것도 발견하지 못하고 결국 한 시간 뒤 119 구조대원들에게 붙들려 거의 반강제로 끌려 나오듯 물가로 나오고 말았다. 하지만 그 소년이 구조대에서 건네준 담요를 뒤집어쓰고 추위에 덜덜 떨면서도 염불처럼 계속 되뇌던 말은…

"죽지 않았어, 그 녀석. 이렇게 쉽게 죽을 리 없어……."

떨어지는 순간 현성우의 입 모양을 보았다고, 그것은 분명 돌아오겠다고, 다음에 돌아올 땐 자신을 꼭 죽이겠다고 말한 것이었다며 중얼대던 소년이 사건 현장 한복판에 있었다.

그리고 때를 같이 해서 그 아이는 현성우의 애인인 윤혜리라는 여자와 멀리서 잠시 시선이 마주쳤었다. 민제후라는 소년은 그때 그를 원망과 증오로 가득한 눈으로 무섭게 노려보는 윤혜리를 보고 얼굴이 어두워졌었다.

원독에 가득 찬 눈.

마치 네가 죽였다고 말하는 듯한 윤혜리의 독한 시선.

그러나 그 소년이 잠깐 한눈을 판 사이 그 찰나간에 그녀의 모습은 감쪽같이 그 자리에서 사라졌다. 경찰에서도 그녀를 잡으려고 백방으로 뛰어다니는 모양이었지만 경찰은 그녀도 결국 현성우처럼 놓치고 말았다.

그런데 그것으로 끝나지 않고 실종된 또 다른 한 명.

바로 민제후란 이름의 그 소년.

경찰 이외에 기자들과 사람들이 많이 몰리고 분주한 틈을 타서 민제후라는 소년도 연기처럼 감쪽같이 사라져 버렸다. 그리고 그들의 모습은 그날 이후 그 어디에서도 볼 수 없었다.

*   *   *

"그런데 청아도의 비밀은 뭔가요?"

성전 총수 저택.

제후가 실종된 지 일주일이 지난 어느 날 한예지와 신동민, 유세진, 문승현 등 민제후의 비밀을 알고 있는 친구들이 그 저택으로 초대되어 들어왔다. 아이들은 혹시 제후에게서 무슨 소식이 온 게 아닌가 기대하며 찾아왔고 그 저택에서 장혜영과 김성민 비서실장이 그들을 반갑게 맞으며 그들의 기대를 충족시켜 주었다. 그들이 접한 소식은 병원에 남기고 간 민제후의 메시지 한 장.

민제후가 병원을 몰래 빠져나가더니 갑자기 마약 사건이 종결된 호숫가에서 실종된 탓에 모두들 황당하고 정신이 없어 아무도 병원엔 신경 못 썼었는데, 얼마 전 병원에서 제후가 친필로 남긴 쪽지를 뒤늦게 발견하고 알려줬던 것이다. 하지만 쪽지의 내용은 전부 알쏭달쏭 이해가 안 가는 말들뿐.

나 수련 떠나요. 기간은 아직 미정. 새로 얻은 힘을 완전히 컨트롤할 수 있게 되면 돌아올게요. 다들 그때까지 밥 많이 먹고, 잠 잘 자고, 응가도 열심히 하면서 사시길. 그럼 이만.

(¯▽¯)づ ∩☆ 하이영~
깜찍하고 프리티한 제후가.

※추신:아부지, 청아도가 뭔 열쇠 어쩌고라면서 나한테 물려주니 마니 하지만, 그건 원래부터 내 거였다구요! 열쇠 따윈 따로 하나 복사 떠드릴 테니 나 돌아올 때까지 내 거에 손.도. 대.지. 말아욧!!

…이게 전부였다.

여름 내내 도대체 병원을 몇 번이나 들락날락거렸으며 사람 심장 떨어지게 만든 사건은 몇 번이나 저질렀는가! 그런데 마지막엔 어쩌면 영영 깨어나지 못할 수도 있다는 의사의 진단이 내려진 혼수 상태로까지 빠져 놓고, 깨어나서 소리 소문 없이 사라지면서 감히 이따위 편지 한 장만 달.랑. 남겨놓다니!!

아이들은 그 긴장감없는 필체와 장난기로 떡칠된 내용에 현기증을 느꼈다. 그리고 그 편지를 함께 본 친구들 모두는 얼굴에 분노의 그림자를 드리우며 동시에 똑같이 생각했다.

'이. 빌. 어. 먹. 을. 자. 식!!'

어쨌든 여기까지 진행된 상황에서 나온 이야기가 바로 그 청아도에 관한 이야기였다.

"음, 정리하자면, 청아도는 열쇠야."

청아도에 대한 질문을 해오자 장혜영 여사가 아이들에게 차를 대접하며 입을 열었다.

"아, 청아도란 이름은 제후가 붙인 이름이니까 진짜 이름은 아니구나. 사실 청아도를 부르는 명칭은 있었지만 그건 이름과는 다른 것이지. 어느 누구도 청아도에 이름 붙일 생각을 못했었어. 단지 그 물체는 우리 성전을 이어가는 사람들이 '그것'을 이어받는 열쇠일 뿐이었지. 그리고 후계자들도 그것을 물려받기 전에는 그저 열쇠라는 용도만 알 뿐 어떻게 생긴 것인지 몰랐고."

"'그것'이란 게 대체 뭔데요?"

예지의 궁금해하는 질문에 장혜영이 찻잔을 기울이다가 빙긋 웃으며 고개를 들었다.

"아, '그것'이란······."

원칙대로라면 외부 사람에게 성전의 비밀을 말하면 안 되는 거지만 이미 여기까지 개입된 이상 이 아이들도 알아야 할 권리가 있다고 여긴 장 여사였다. 그 많은 사건, 사고가 일어났던 것도 따지고 보면 '그것'과 얽힌 내부의 경쟁과 견제가 빚어낸 일들.

"성전 창업주 이전의 주인, 그러니까 장문수 회장님이 가산을 물려받은 만덕상회 주인의 훨씬 이전 때부터 매년 일정액이 축적된 재산이

보관된 금고. 그리고 그 금고의 열쇠가 바로 청아도, 아니, 다른 명칭
으로 『성전(聖殿)의 열쇠』라고 하지요."

"예에엑?!!"

아이들은 조용히 이야기를 듣고 있다가 장혜영의 말에 놀라서 쳐다
보았다.

그렇다면 성전그룹 창업 이전부터 누적되어 온 천문학적인 재산이
따로 있다고?!

"하지만 '그것'의 후계자들은 청아도를 얻으면 그것을 얻는 것과
마찬가지였기 때문에 청아도까지도 '그것'이라고 지칭하게 되었지.
후계자라 해봤자 지금까지 다섯 명도 안 되지만 말야. 매년 만약을
위해 회사의 순이익에서 일정한 퍼센티지로 쌓게 된 재산이었지만
지금 성전그룹의 규모와 매출을 생각할 때 60년이 넘는 세월 동안
축적된 재산이 어느 정도인지… 글쎄, 나도 상상이 잘 안 돼. 그 금
고를 관리하는 은행이 세계 몇 순위로 꼽히는 대은행인데도 성전 씨
크릿 재단이 초특급 대우를 받고 있다면 그 규모를 짐작할 수 있을
까?"

"금고라면… 그 재산은 뭘로 이루어져 있죠? 달러인가요?"

그녀의 설명에 약간 멍해서 듣고 있던 신동민이 갑자기 정신을 차리
고 돌발적인 질문을 했다.

그 말에 모두들 얼마일까 재산의 가치만 생각했었지 그 실체를 생각
해 보지 않았기에 다들 귀가 솔깃해졌다.

정식 후계자에게만 물려준다는 천문학적인 규모의 재산의 실체는…

"아니, 현금이 아니라 거의 금괴로 알려져 있어. 나머지는 최고가의
보석들."

금괴, 그리고 보석들이라니.

"음, 나도 말로만 전해 들었지만 보석들을 제외하더라도 그 쌓여 있는 금괴의 양은 가히 거대한 탑이라 하더군. 그 탑이 바로 '성전(聖殿)'의 본체. 또 그것만 있다면 설사 성전그룹이 무너져도 다시 세우는 건 일도 아니라고 말이야. 그래서 청아도, 즉 『성전(聖殿)의 열쇠』를 얻어야지만 진정한 성전그룹의 수장이 된다는 것도."

한예지, 신동민, 유세진, 문승현은 그 말에 정신이 하나도 없었다.

금괴와 보석으로 탑을 쌓을 수 있을까?

이걸 과연 믿어야 할까?

"그동안 원로로 구성된 성전 씨크릿 재단에서 제후에 대한 행동들을 주시하고 있었고 그 결정을 내리게 되었대, 뭐, 나도 그 아이의 나이와 경력 면에서 모든 것이 너무 빠르다고 생각했지만… 이렇게 보시다시피."

"아하… 하……."

이 말들이 사실이라면 도대체 민제후, 이 녀석은 어디까지 올라갈 작정인가.

"아! 그리고 승현 군이 본 그 설계도는 내가 어렸을 때 진짜 '그것'에 대한 극비 문서를 보고 낙서하듯 따라 그렸던 거야. 그때 아버지 비밀 금고 속에 있던 진본을 장난치다 태워먹고 엄마한테 얼마나 엉덩이를 맞았었는지… 휴~ 아마 지금 승현 군이 작업실로 사용하는 곳은 성전특고가 지어지기 전에 우리 집안 잡동사니를 보관하던 창고였을 거야. 그런데 아직까지 그게 남아 있을 줄 몰랐네. 호호호호~"

"그럼 그 금고는 지금 어디에 있나요?"

"아, 그거? 안됐지만 그건 진짜 비밀이에요~ 아무도 몰라, 아무도. 후계자들이나 제대로 알까? 나도 구체적으론 어디쯤인진 잘 몰라. 하지만 대충 추측컨대…….."

아이들은 모두 긴장하며 다음 말을 기다렸다.

장혜영이 아이들의 기대감을 한껏 올려놓고 입술에 대고 있던 검지 손가락을 살며시 떼며 화사하게 웃으면서 말했다.

"독일… 어디쯤?"

독일?

잠깐! 독일이라면 그동안 민승재 교수가 머물고 있던 바로 그…

"네엑?! 그럼 혹시 민제후 이전 성전의 후계자는……!"

그런데 그때 민승재가 응접실로 들어왔다.

민승재 교수.

민제후의 아버지이자 문학박사이며 대외적으론 현재 독일 명문 대학의 교수로 재직 중. 그리고 최근 밝혀진 바로는 확실치 않으나 성전 씨크릿 재단의 일원 중 하나로 생각됨.

한데 어쩌면 바로 그가……?

"어라? 다들 여기서 뭐 해? 그런데 왜들… 그러지? 내 얼굴에 뭐가 묻었나? 아하하하……."

장혜영을 제외한 나머지 학생들의 얼굴이 묘하게 일그러졌다.

판박이다.

저 말로는 설명이 안 되는 미묘한 성격과 분위기.

이렇게 보니 민승재 교수님은 제후와 부자지간임이 확실했다. 한때나마 민승재 교수가 민제후와 피 한 방울 안 섞였을지도 모른다고 생각했었다니. 눈이 삐었었나 보다.

　　　　　*　　　　　*　　　　　*

　계절이란 오묘하다. 세월이란 것도.

　그 길고도 길었던 여름 방학이 끝나고 가을 학기가 시작되었다.

　가을 학기는 9월이 지나가자 금방 10월이 되었고 단풍이 지는가 싶더니 어느새 낙엽이 되어 떨어졌다. 11월이 지나고 12월이 되어 하늘에선 하얀 눈이 펑펑 내리고 가슴 두근거리는 크리스마스와 연말도 지나갔다. 살을 에는 듯한 한파가 한반도에 밀려오고 온 세상은 얼음과 차가움으로 가득 차 있을 때도 기다리는 사람은 종적이 묘연하고 시간은 그 순간에도 쉴 새 없이 흘러가고 있었다.

　많은 일들이 있었던 지난 시간들.

　작년 겨울 왕따를 당하던 한 소년이 어느 날인가 자살을 기도했다가 살아나 갑자기 특급 클래스에 편입되면서 벌이고 이끌었던 각종 사건들. 그것들이 정신없이 눈앞에서 때때로 펼쳐진다. 힘들었지만 하나하나 겪어가면서 서로 영향을 주고받았던, 그래서 더욱 의미있고 잊을 수 없는 일들이 그들의 가슴속에 남는다.

　"벌써 반년이나 지났네. 다음 달이면 개학식인데 제후… 그날 안 올까?"

　"안 오면 어때. 그럼 그 다음날에 오겠지."

　"그 다음날도 안 오면?"

　"그럼 그 다다음날 오겠지 뭐."

　반년이 지났음에도 나타날 생각을 안 하는 민제후였다. 소식 한 장 없어서 걱정이 되긴 한데…….

"후훗, 그러네. 정말 그러다 보면 언젠가 진짜 나타나겠네."

예지의 걱정에 동민이가 고개를 들고 조용히 말을 이었다.

"초조해하지 마, 한예지. 우린 그 자식 믿고 있잖아. 돌아올 거야. 틀림없이 꼭 돌아올 거야."

한창 추운 겨울.

모처럼 초전박살 부실에 다 함께 모여 있는 그들이었다. 한쪽에선 스토브 위에 올려놓은 물주전자가 김을 내며 끓고 있고, 스토브의 아늑한 열기와 주전에서 올라오는 하얀 증기는 겨울의 포근함을 상기시켜 준다. 그런데 지금 이 시각 민제후라면……?

"그리고 그 녀석, 마땅히 갈 데도 없다구. 그동안 아마 산에서 풀뿌리 캐 먹고 연명하지 않았을까?"

그 말에 '와하하' 웃음을 터뜨리는 아이들.

"맞아. 아마 도 닦는다고 산에 들어갔다가 멧돼지한테 쫓겨 다녔을 거야."

"어디서 본 건 있어가지고 수련한답시고 부들부들 떨어가며 미련하게 폭포수를 맞았을지도 모르지. 겨울 내내 말이야."

"글쎄요, 어쩌면 운이 좋아서 한 천 년쯤 묵은 산삼을 캐 먹었을지도 모르죠."

서로를 바라보고 씨익 웃는 초전박살의 아이들이었다.

"그러니까 걱정하지 말자구. 녀석은 사막에 혼자 떨어져도 살아 돌아올 놈이니까."

민제후는 돌아올 거다.

오늘이 아니면 내일, 내일이 아니면 모레. 그리고 다음 달, 내년, 후년이 될지라도 언제고 간에.

돌아오겠다는 약속을 했으니까. 아니, 그런 약속이 처음부터 없었다
해도 여기가 그의 자리이니까 돌아올 거다.

우린 믿.는.다.

끼끼끼끼끼끼기긱—

빵빵! 빠아앙~!

"저 개쉑! 누구 인생 조지고 싶어?! 앙!"

트럭이다. 그것도 아주 큰 대형 덤프 트럭.

한데 그 대형 덤프 트럭이 마치 집어삼킬 듯 달려들었던 물체는 그리 작지 않은 키의 남자.

횡단보도 위에 그 한 명의 남자만이 의연하게 서 있고 그 앞에는 덤프 트럭이 급브레이크를 밟았는지 아스팔트에 타이어 자국을 내놓은 채 아슬아슬하게 빗겨나 멈춰 있었다.

"씨발~ 뒈질려면 이런 길 한복판에서 남의 뒷다리 잡지 말고 한강 다리 밑에서 조용히 가, 새꺄!! 니미럴, 재수가 없으려니까. 빌어먹을 늙은이! 퉤!"

트럭 운전수의 심하다 싶을 정도의 걸걸한 욕지거리.

그런데 사고가 날 뻔한 남자는 부랑자인가? 아니면 노숙자? 어쨌든 그 부랑자가 입고 있는 것은 너무 더럽고 때가 꼬질꼬질하게 껴서 이제 옷이라고 부르기조차 황송할 지경이다. 게다가 머리 위에 푹 뒤집어쓴 모자와 넝마는 뭔지.

지난 겨울 방한용으로 사용한 것 같은데 그것 덕분에 트럭에 치일 뻔한 그 부랑자의 표정은 보이지 않았다.

아무래도 파랗게 질려서 오들오들 떨고 있지 않을까? 바로 눈앞에서 아슬아슬하게 트럭이 빗겨 지나가며 멈춰 섰으니 그것이 당연할 테다. 1미터만 빗나갔어도 순식간에 저승 문턱에 다다랐을 테니.

"지랄하네."

어라라?

이상하다. 교통사고 직전에 살아나 무서워 떨고 있을 것이라고 예상했던 부랑자가 처음 내뱉은 말소리가 지랄하네?

"이봐, 댁이야말로 정신을 엇.따. 놓고 다니는 거야! 앙!! 여기가 어딘데 그렇게 과속으로 운전하는 거냐고!! 여긴 학생들 등하교로 분주한 거리잖아! 더구나 이 씨뎅아, 니 눈깔은 폼이냐? 여기여기, 여기 내 발 밑의 이 하얀색 줄무늬들 안 보여?"

그 부랑자가 트럭 운전수를 향해 꼬치꼬치 따져 가며 한쪽 발로 횡단보도의 하얀 페인트 무늬를 탁탁 두들긴다. 너무나 당당하게 소리치는 그자의 모습에 벙찐 트럭 운전수.

"당신, 정신이 있어 없어? 내가 아니고 다른 학생이었음 이 정도로 끝났을 것 같애? 차에 치어도 벌써 치어서 뒈졌겠다! 아니지, 치이진 않았어도 정신적인 충격으로 아마 기절해서 바로 골로 갔을걸? 댁은 오늘 운수 대통한 줄 알어!! 씨발! 그리고.”

한참을 버럭버럭 화를 내던 그 부랑자. 곧 자신의 얼굴을 가리고 있던 넝마 같은 목도리와 부푸래기투성이의 낡은 털모자를 벗으며 소리쳤다.

“내가 어딜 봐서 늙은이야, 이 아. 저. 씨. 야!!”

그자의 손이 자신의 모자를 휘리릭 벗어 들자 아침 햇살 아래 예쁘장한 소년의 얼굴과 금갈색 머리칼이 나타났다.

금실이 사락사락 섞인 밝은 갈색 머리칼.

그 머리칼은 마치 잘려진 햇살마냥 금빛으로 반짝이며 소년의 반듯한 이마 위로 풍성하게 흩어져 내려 아름답다.

하지만 여기서 잠깐.

소년? 소년이라…….

이 부분에서 조금 정정하고 기준을 정할 필요성을 느낀다. 그 소년은, 아니, ‘그’는 이제 소년이라고 불리기엔 좀 어색해 보일 정도로 달라져 있었으니 말이다. 예전보다 키도 많이 컸고 전체적으로 여유와 자연스러움이 행동 하나하나에 배어들어 있어 더욱 어른스러워졌기에 그를 모르는 사람이 본다면 고등학생이 아니라 대학생으로 생각할 정도다.

바로 이 소년의 정체는……!

“그리고 당신!”

그런데 그때 난폭 운전 트럭 운전수를 향해 가운뎃손가락을 당당히 들어 올리며 이렇게 큰 소리로 외치는 그 남학생.

“이거나 먹. 으. 셔!!”

누구에게도 절대 꿀리지 않는 저 자세! 받으면 받은 것의 5되 반만큼 돌려줄 줄 아는 훌륭한 마음가짐!

황당함 그 자체다.

여기까지만 들어도 그가 누군지 알아차릴 수 있을 것 같은데…….

그러나 그는 거기까지 하고 나자 마침내 자신이 할 말은 다 했다는 듯 옷자락을 탁탁 털며 여유롭게 길을 건너 사라졌다. 흥얼거리는 노랫소리와 함께 사라지는 금갈색 머리칼의 남학생. 그래서 이른 아침 그 길가에 남은 것은 평생 말발과 욕설로 어디 가서 뒤져 본 적 없었던 털보 트럭 운전수의 빠져나간 넋과 방금 전에 어떤 일이 일어났었는지 보여주는 앞 범퍼가 조금 찌그러진 대형 덤프 트럭 하나뿐이었다.

횡단보도를 아슬아슬하게 빗겨간 덤프 트럭. 그리고 부딪치지도 않았는데 찌그러진 앞 범퍼.

운전수도 아직 깨닫지 못한 그 진실 앞에 그 알 수 없는 인물이 사라져 간 방향은 성전특고였다.

"에이, 아침부터 기분만 잡쳤어. 쳇!"

드디어 컴백하는 민제후 군!!

제후는 오늘 아침의 상황이 오래전 박경덕이라는 인물의 마지막날의 장면과 비슷한 것을 깨닫고 그 아이러니함에 피식 웃음 지었다. 그날과 오늘은 다르지만 같고, 같지만 달랐다.

그날이 끝이자 새로운 시작이었듯이 오늘도 바로 민제후 인생 혼란기의 끝이자 또 다른 의미로 뉴 라이프 시작의 날이다.

또 한 가지 다른 것은 경덕은 그때 소주병을 들고 있었지만 지금 제후의 손에는 츄파춥스가 들려 있다는 점이었다.

‘아! 모르는가? 여러 가지 맛이 나는 막대사탕 말이다. 뭐, 요즘엔 쭈쭈봉으로 바꿔보고 있기도 하다. 츄파츕스 여덟 가지 맛과 쭈쭈봉의 아홉 가지 맛에 관한 정밀 비교 분석이 끝나지 않았으니 사탕의 그 심오한 맛의 세계는 우리 다음에 논하기로 하자꾸나.’

제후가 학교로 향하면서 누구에게 하는 말인지도 모를 소릴 중얼거리며 경쾌하게 걸음을 옮겼다.

등에는 지금 입고 있는 옷보다 더 꼬질꼬질한 천으로 친친 둘러멘 긴 막대기 같은 걸 지고 있었고 불룩한 주머니에는 막대사탕이 가득 들어 있었다. 신발은 그나마 개중 양호한 걸로 신고 있었지만 아까 교통사고를 당할 뻔했을 때 갑작스레 힘을 개방하는 바람에 다리가 아스팔트에 밀려서 신발 밑창이 벌어졌다. 그래도 걸을 때마다 덜그럭거리는 느낌이 재밌다고 생글거리는 인간 또한 민제후였다.

빈털터리. 가출할 때 청아도를 가지고 나왔으면 좋았겠지만 그럴 여유가 없어 여기저기 방방곡곡 여행을 다니면서 우연히 얻게 된 보검 하나만이 그래서 유일한 재산이다.

“오늘 성전특고 개학식이라던데. 우왓! 이런, 잘못하다간 늦겠잖아?!”

제후가 흥얼거리며 걷다가 해가 뜬 각도를 바라보고 화들짝 놀라서 뛰기 시작했다.

시계도 없나 보다. 여행 다니면서 몸에 지니고 있던 건 다 팔아먹었나?

어쨌든 생각을 정리한 그는 곧장 학교를 향해 뛰기 시작했다. 전력 질주는 아니지만 놀랄 만큼 상당히 빠른 속도. 스쳐 가는 아침의 상쾌한 공기가 금빛으로 반짝이는 아름다운 금갈색 머리칼을 쓰다듬어 주듯 부드럽게 날렸다. 어린 새의 깃털처럼 깨끗하고 맑은 느낌의 두 뺨이 성전특고에 가까이 다가갈수록 붉게 상기되어 갔다.

마침내 돌아왔다.

"준비 다 됐어?"

"어, 응. 그래."

신동민이 학생회실 문을 열고 고개만 살짝 보이며 묻는 예지를 바라보며 되도록 침착한 모습을 보이려고 애쓰며 웃었다.

"개학식에 학생회 임원 임명식까지 한꺼번에 거행하는 학교는 아마 우리 학교뿐일 거야. 그치? 무슨 놈의 학교가 학생회장 선거가 반 편성되자마자 바로 이루어지냐? 하긴, 실력에 따라 반이 재편성되는 시스템이니 이런 게 가능한 거지."

"훗! 맞아. 그렇겠다."

동민은 예지의 장난스런 투덜거림에 그제야 자연스런 웃음을 되찾았다.

새 학년에 올라가는 그들은 안 변했다면 하나도 안 변했고, 변했다면 정말 많은 것이 변해 있었다. 외모적인 부분만 해도 이제 그들은 더 이상 앳된 소년, 소녀가 아니라 좀 더 많이 성장했다.

구체적으로 말하자면 한예지는 작년보다 훨씬 더 성숙해져서 그 청순미에 여성의 느낌을 진하게 갖게 되어 사복을 입고 밖에 나가면 사람들이 이젠 예지를 한창 잘 나가는 여대생인 줄 착각할 정도다.

신동민은 원래부터 철이 일찍 든 탓인지 조숙했기에 많이 달라진 점은 없었지만 굳이 찾으라고 한다면 편안함과 여유가 자연스레 몸에 배어 많은 여학생들의 더욱 매력적인 이상형이 되었다고 할까?

그리고 세진이는 올해로 열일곱이 되었는데 그사이 키도 훌쩍 많이 커서 곧 신동민도 따라잡을 것 같았다. 게다가 마음을 열어 사람들을 대하려고 노력한다는 것에서 유세진은 그들 중 가장 많이 변한 인물일 것이다. 하지만 예전의 그 친절한 척하면서 실상은 싸가지없는 모습은 가면이 아니라 원래 천성이었는지 그런 전체적인 모습이 바뀐 것은 아니었다. 다만 그런 모습 사이사이 진심을 보이게 되었다는 뜻. 어쨌든 세진이도 점점 더 남자다워지고 멋있어지고 있다는 말인데, 그렇게 변해갈수록 유세진과 마리안의 관계도 급진전을 이루는 것 같았다.

아, 마리안은 그 후 해외 진출에 아주 큰 성공을 거두게 되었다. 시간이 흐를수록 옛날보다 더 예뻐지는 마리안이었고, 더구나 해외 진출 성공으로 인해 일본, 중국, 대만, 홍콩 등 아시아 각 지역을 바쁘게 돌아다니게 되었다.

하지만 그 때문에 한때 마리안과 세진의 사이가 삐걱거렸다. 역시 자주 만날 수도 없는데 마리안의 스케줄 탓에 그나마 잡은 약속도 자꾸 캔슬되고, 그렇다고 세진이가 쫓아다니면서 보고 싶어한다거나 일부러 전화해서 매달린다거나 하는 짓을 하는 애가 아니었기 때문에.

그래서 결국 먼저 유세진이 피곤하니 그만두자고 말했고 그 둘 사이는 그렇게 끝나 버리는 듯했다. 그러나 매일매일을 훌쩍이는 마리안을 보다 못한 마리안의 매니저가 세진이를 만나러 가라며 갑자기 어느 날 하루 스케줄을 몽땅 다 펑크를 내버렸는데, 그렇게 뛰쳐나간 마리안은 그 건물 밖에서 쑥스러워하며 기다리고 있던 세진이를 만나 극적인 화해를 했다나 어쨌다나.

뭐, 지금은 유세진도 마리안을 그녀가 자신을 좋아하는 만큼 좋아하게 됐는지 가끔씩 표정이 풀어져서 다닌다. 재미있었다.

"너무 긴장하지 마십시오. 그러다 단상에서 실수하십니다."

차갑고 사무적인 세진의 목소리에 신동민이 고개를 돌리니 어느새 그 녀석은 학생회실로 들어와 학생회 임원들이 받을 임명장을 챙기고 있다. 동민은 그런 유세진을 바라보며 확실히 시선의 높이가 올라갔다는 것을 새삼 느끼고 놀랐다.

"아! 그리고… 학생회장 맡으신 거 축하드립니다, 동민 군."

그리고 저렇게 간간이 따뜻한 말 한마디씩 진심으로 건네는 유세진의 모습에 또 한 번 놀란다.

"고맙다. 나도 앞으로 더 잘 부탁해."

"훗! 당연한 말씀."

곧 개학식이 시작된다.

그러면 신동민은 성전특고에서 일반 전형생으로서 처음으로 학생회장 임명을 받게 된다. 신동민이 회장으로 당선되었을 때 일어났던 파란들이 떠오른다. 한 번도 일반 전형생이 특별 전형생을 제치고 올라선 적이 없었으니 특고에선 당연한 일이었다. 하지만 그의 자격 면에서 하자가 없고 인기 또한 좋았기에 곧 그런 잡음은 수그러들었다.

덧붙인다면 부회장은 전 학년도의 서기관이었던 유세진이다. 예지는 올해 학생회 일에선 손떼겠다고 하여 결국 구체적으로 맡은 직책이 없었다.

'민제후, 오늘 나타날까?'

친구들이 모여 있으면 항상 그 생각이 떠오르는 아이들이었다. 혹시 오늘 오지 않을까? 아니면 내일 오지 않을까? 또는 모레라도.

장혜영 여사님은 남편 분과 화해하고 한국에서 살게 되셨는데 제후가 실종되고 나서 얼마 되지 않아서 둘째 아이를 가지셨다. 제후에게 동생이 생기는 것인데 자그마치 18~9년의 나이 차가 나는 동생이라 그 녀석이 좋아할지 어떨지 걱정을 하는 장혜영 씨 부부. 하지만 소식을 알리고 싶어도 가출한 아들, 도대체 어디 가서 잡아야 할지 막막하고 연락할 방법도 없었으니.

어쨌든 민승재 교수님은 둘째 아이 소식에 좋아서 어쩔 줄 모르는 눈치셨다. 하긴 그들의 러브 스토리도 장난이 아니었다고 들었다. 그러니 당연하겠지? 사랑하는 사람과 가정을 이루고 아이를 또 얻었으니.

"신동민! 시간 됐어. 나가자."

"응, 알았어."

식이 금방 시작된다. 오늘부터 새로운 학기가 다시 시작되는 것이다.

동민은 애들에게 간단한 대답을 하고 밖으로 걸음을 옮기면서 중얼거렸다.

'그러니 민제후, 되도록 빨리 좀 나타나라! 너, 진짜 아주 많이 지각이야.'

반년이나 지각이다.

"너무해요! 나, 진짜 여기 학생 맞다구요!!"

한편, 그 민제후는 학교 정문에서 학교 경비 책임자 아저씨와 말씨름을 벌이고 있었다.

"아, 글쎄, 교복도 안 입었어, 학생증도 없어, 그렇다고 가방이나 신분중이 있는 것도 아닌데 특고 학생이라니 믿을 수 있겠냐? 더구나 그 꼬락서니 하고는… 쯧쯧."

제후는 후줄근한 자기 옷차림을 내려다보았다.

자기 모습을 보자 틀린 말은 아니었지만…

'그래도 이건 집 떠나서 혼자 반년 넘게 산으로만 다니면 이렇게 되는 거라구요! 게다가 내가 학교에 못 들어가는 건 경비 아저씨가 새로 왔으니까 그렇잖아요!!'

그렇다. 언제는 민제후가 교복 안 입었다고 학교 못 들어갔었나?

민제후 얼굴이야 특고 내에서도 워낙 유명하기 때문에 경비 아저씨들뿐만이 아니라 성전특고 관계자들은 거의 모두 제후를 알고 있었다.

더구나 정문 경비를 서는 아저씨들은 제후가 간간이 족발이랑 소주를 들고 위문 공연(?)을 다녔기 때문에 서로 잘 아는 사이였는데…

한데 그새 책임자가 바뀌다니…….

제후가 울상을 지으며 말했다.

"그거야, 미처 집에 못 들렀다 와서 교복은 못 입었지만 그래도 목욕은 깨끗이 하고 왔다구요! 이 추운 날씨에도 불구하고 얼음이 둥둥 떠다니는 비룡소(飛龍沼)에 들어가서 목간까지 하고 왔는데 너무해요!! 머리도 깔끔하게 자르고 왔는데."

그렇다. 억울하다.

「비상을 꿈꾸는 용의 연못」이라는 이름만큼 비룡소는 한여름에도 얼음처럼 차가운 깊은 연못이다. 그런데 전국의 산과 계곡을 다 돌아다니며 수련하다 마침내 마음을 정하고 겨울이 아직 다 지나가지 않은 이 계절, 용감하게 비룡소로 뛰어들어 목간까지 하고 돌아왔는데 너무

하다.

아, 참고로 머리는 마지막으로 갔었던 산을 내려와서 처음으로 보이는 읍내 미장원에서 잘랐다. 그래도 그곳 미장원 누나가 솜씨가 괜찮아서 멋있게 잘라줬다고 생각한다. 압구정동, 청담동 갈 것 없다. 단돈 오천 원에 만든 작품이었다. 냐하하하하!

'그런데 왜 안 들여 보내주냐구!!'

옷은 몰라도 속은 깔끔한데.

잘못하다간 개학식 다 끝난 뒤에도 못 들어가게 생겼다. 막 도착했을 당시에도 이미 개학식은 시작한 뒤였으니…

"에이! 몰라요!! 나 우선 들어갑니다."

"안 돼! 어딜."

"이것 좀 놔요오~ 옷 찢어져요, 아저씨!"

결국 경비 아저씨랑 밀고 당기고가 이루어졌다. 그런데 그때,

"어이. 거기, 너."

"웅?"

경비 아저씨랑 실랑이를 하던 찰나 누군가 부르는 소리에 고개를 돌리니 제후는 어디서 많이 본 포즈와 분위기, 뺏지를 보고 눈을 감박였다.

어디서 봤더라, 어디서 봤더라?

'아, 맞다! 저 모습, 저 뒤에 몰려 있는 패밀리들의 모습들까지 딱 문승현이다!'

그렇다면 저들은 선도부인가?

"어?"

"응?"

"무슨……?"

개학식 겸 새로 뽑힌 학생회 임원들에 대한 임명장을 수여하는 그 순간, 한예지, 신동민, 유세진은 동시에 어떤 느낌을 느끼고 학교 정문 쪽으로 시선을 돌렸다. 어떤 소란스러움이 느껴졌다. 아직 다른 사람들은 잘 못 느끼는 것 같지만 그들은 분명 유쾌한 사건·사고뭉치가 다가오는 걸 느꼈다.

《에, 그럼 마지막으로…….》

초전박살 멤버들은 곧 교장 선생님의 훈화 말씀에 다시 귀를 기울였다. 어차피 이번에도 교장 선생님은 마지막 말씀은 아닐 테지만 오늘은 그 지루한 훈화조차 즐거운 카운트다운으로써 웃으며 듣는다. 모두들 기뻐할 것이다. 그 녀석이 돌아온다면.

많은 일이 있었고 많은 사람들을 만났다. 바로 이곳에서. 그리고 그들은 아직 이 성전(聖殿)에서 보낼 마지막 학창 시절이 남아 있었다. 비록 고3 수험생으로서의 1년이지만, 그만 있다면 아무리 힘든 수험 생활이라도 그저 그렇고 그런 밋밋한 지루함은 아닐 것이다.

아이들은 웃으면서 마음으로 동시에 같은 말을 보냈다. 지금 정문에서 또 하나의 해프닝을 일으키고 있을 그 친구에게.

'잘 왔어, 민제후.'

한편 민제후, 그 순간 앵알앵알 시끄럽게 훈계하는 선도부들을 향해 깜찍하게 웃으며 깔끔하게 대답하고 있는 순간이었다.

"반.사."

그러자 부들부들 떠는 선도부.

지금까지 했던 말을 뭘로 들었단 말인가!

알고 보니 지난 한 학기 동안 학교에 나오지 못했지만 원래대로였다면 이번에 고3이 되는 민제후 선배이기에 교칙 위반을 체크하고 오늘은 개학날이라 간단한 경고를 주고 보내려 했는데, 그런데 저 반성의 기색 없는 오만불손한 태도라니.

"아이구~ 이런! 더 놀아주고 싶지만 미안. 개학식에 너무 늦었거든. 그럼 난 바빠서 이만. 냐하하하하!!"

민제후랑 같은 학년인 선도부장은 멀리 기묘한 웃음소리를 남기고 사라져 가는 제후를 보고 현기증이 나는 머리를 꼭 붙들었다. 그리고 다른 선도부들에게 비장한 눈빛으로 강력하게 연설하기 시작했다.

"올해 졸업하신 문승현 선배님께서 이룩하신 절대무적 선도부의 경력에 절대 오점을 남겨서는 안 된다! 아무리 이번에 고3이 된 선배라도 규칙은 따라야 하고, 아무리 특급 클래스의 살아 있는 괴짜로서 전설이 된 자라 해도 규칙은 규칙!! 그러니까……."

한마디로 선도부장 열받았다.

"저 녀석 잡아!!"

지시가 떨어지자 자존심에 상처를 입은 성전특고 선도부원들은 민제후를 잡기 위해 맹렬한 추격전을 벌이기 시작했다. 하나같이 다들 뛰어난 학생들이라 '오메나?' 라고 놀라서 열심히 도망가는 제후와 막상막하를 이루었다. 마치 무협 영화 추격 씬의 한 장면 같았달까?

"잡.아.라!!"

성전특고 개학하는 날, 하늘이 맑고 날은 더없이 푸르렀다.

그리고 그 맑은 하늘에 친구들의 마음이 그동안 민제후가 만나왔던
모든 사람들의 웃는 얼굴과 함께 가득 그려졌다.

「잘 왔어, 민제후. 잘 왔어!」

〈完〉

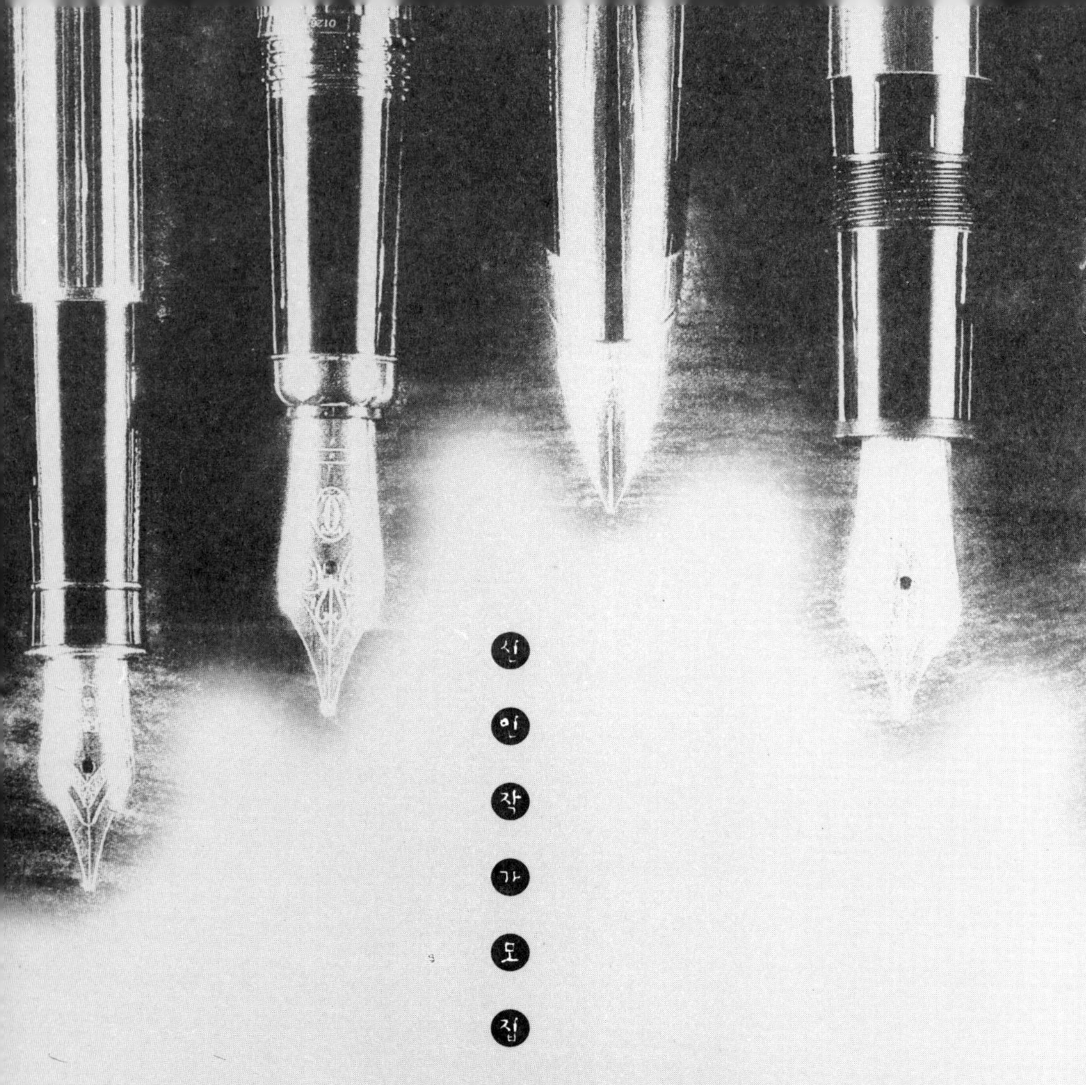

신
인
작
가
모
집

시작이 반이라고 했습니다.
작가의 길에 대한 보이지 않는 벽을 과감히 깨뜨리십시오!
청어람은 작가 지망생 여러분들의
멋진 방향타가 되어드리겠습니다.

저희 도서출판 청어람에서는
소설 신인 작가분들을 모집합니다.
판타지와 무협을 사랑하시는 분들의 많은 참여를 바랍니다.
소정의 원고(A4용지 150매)를 메일이나 우편으로 보내주시면
검토 후 출판 여부를 알려드리겠습니다.

주소:경기도 부천시 원미구 심곡1동 350-1 남성B/D 3F 우편번호420-011
TEL:032-656-4452 · FAX:032-656-4453
http://www.chungeoram.com
e-mail:chungeoram@chungeoram.com